Ya nadie llora por mí

Sergio Ramírez

Ya nadie llora por mí

Papel certificado por el Forest Stewardship Council®

MIXTO
Papel procedente de
fuentes responsables
FSC
www.fsc.org   FSC® C117695

Primera edición: octubre de 2017
Tercera reimpresión: abril de 2018

Printed in Spain – Impreso en España

ISBN: 978-84-204-2735-5
Depósito legal: B-14526-2017

Compuesto en MT Color & Diseño, S. L.
Impreso en Unigraf, Móstoles (Madrid)

AL 27355

Penguin
Random House
Grupo Editorial

A la memoria de mi hermano Lisandro (1945-2016)

Él puso ante ti el fuego y el agua:
hacia lo que quieras, extenderás tu mano.
Ante los hombres están la vida y la muerte:
a cada uno se le dará lo que prefiera.
                                    Eclesiástico, 15: 16,17

Wikipedia

DOLORES MORALES

El inspector Dolores Morales (Managua, Nicaragua, 18 de agosto de 1959) es un antiguo guerrillero de la lucha contra el dictador Anastasio Somoza Debayle depuesto por la revolución triunfante del Frente Sandinista de Liberación Nacional (FSLN) en julio de 1979; fue miembro de línea de la Policía Sandinista desde su fundación (más tarde Policía Nacional), y tras recibir la baja se convirtió en un investigador privado.

Biografía

Fue criado por su abuela Catalina Rayo, quien tenía un puesto de abarrotes en el mercado San Miguel, en el corazón de la vieja Managua destruida por el terremoto del 22 de diciembre de 1972.

Siendo aún adolescente se incorporó a las filas del FSLN bajo el seudónimo Artemio, y tras ser parte de los comandos urbanos en la capital, pasó a una de las columnas guerrilleras del Frente Sur que pugnaban por avanzar hacia el interior del país desde la frontera con Costa Rica, comandada por el sacerdote asturiano Gaspar García Laviana, de la Orden del Sagrado Corazón.

En noviembre de 1978, en uno de los combates para apoderarse de la colina 33, el mismo donde cayó herido mortalmente el propio padre García Laviana, un balazo de Galil le deshizo los huesos de la rodilla. Tras serle amputada la pierna, pues amenazaba la gangrena, fue trasladado a Cuba, donde le implantaron una prótesis.

En la Policía Sandinista fue asignado a la Dirección de Investigación de Drogas, donde llegó a obtener el grado de inspector, y en esas dependencias se encontraba prestando sus servicios cuando sobrevino la caída del poder del FSLN tras las elecciones de febrero de 1990 que ganó la candidata opositora Violeta Chamorro.

Allí continuó sirviendo, sumido en el anonimato, en medio de las profundas transformaciones sufridas por la institución, que pasó a llamarse Policía Nacional, despojada de todo carácter partidario. Apegado a la modestia, siguió usando su pequeño Lada de fabricación rusa, bastante maltratado, a pesar de que los oficiales recibían ahora generosas ofertas para comprar vehículos nuevos con créditos concesionales.

Saltó a la fama en el año 1999, cuando bajo el gobierno de Arnoldo Alemán, del mismo Partido Liberal de Somoza, encabezó un operativo que terminó con la captura de los capos de la droga Wellington Abadía Rodríguez Espino, alias El Mancebo, del cártel de Cali, y Sealtiel Obligado Masías, alias El Arcángel, del cartel de Sinaloa, ambos capturados en una finca de las laderas del volcán Mombacho, cerca de la ciudad de Granada, y puestos en manos de la DEA para ser llevados prisioneros a Estados Unidos.

Dada la corrupción ya imperante, tal acción desagradó a las altas autoridades del gobierno, y el ministro de Gobernación ordenó su retiro de servicio en connivencia con el primer comisionado César Augusto Canda, bajo el pretexto de que se trataba de una acción inconsulta, y así su carrera dentro de la institución terminó abruptamente.

Asociados más cercanos

En las pesquisas que precedieron a la captura de los capos de los cárteles de Cali y Sinaloa tuvo un papel preponderante el subinspector Bert Dixon, Lord Dixon, originario de la ciudad de Bluefields, en la costa del Caribe, también antiguo combatiente guerrillero, quien pereció a consecuencia del atentado sufrido en el barrio Domitila Lugo de Managua, cuando el Lada del inspector Morales, en el que ambos viajaban, fue ametrallado por sicarios al servicio de los mencionados cárteles. Él salió ileso, pero difícilmente logró reponerse de la muerte de Lord Dixon, dada la íntima amistad de ambos.

También destaca en su entorno doña Sofía Smith, colaboradora de las redes clandestinas del FSLN, en su papel de correo, y madre de un combatiente caído en la insurrección de los barrios orientales de Managua en 1979. Ella pasó a trabajar como afanadora en la Dirección de Investigación de Drogas, y dado su talento natural para las pesquisas policiales, se convirtió en asesora de hecho del inspector Morales. Disciplinada militante del FSLN, siguió fiel a su fe protestante, feligresa de la iglesia Agua Viva en su barrio El Edén, el mismo donde habita también el inspector Morales.

Relaciones sentimentales

En el Frente Sur conoció a la joven panameña Eterna Viciosa, de seudónimo Cándida, combatiente de la columna Victoriano Lorenzo, con quien contrajo matrimonio en ceremonia oficiada por el padre García Laviana. Fue una relación que no habría de durar, dada su afición constante a las camas ajenas, más persistente que la del licor, otra de sus debilidades. Su relación más permanente es la que establece con Fanny Toruño, telefonista de servicio al público en la empresa de telecomunicaciones Enitel, y casada con un topógrafo del Plantel de Carreteras. Esta amante se convierte también en colaboradora suya, al opinar libremente sobre las investigaciones en marcha, y acertar no pocas veces en sus juicios.

Todos estos hechos se encuentran debidamente relatados en *El cielo llora por mí* (Alfaguara, 2008), de Sergio Ramírez, coterráneo del inspector Dolores Morales, con quien conserva una excelente relación de amistad.

Cambios políticos trascendentales

Para el tiempo en que se dedica a investigador privado ocurren cambios políticos de trascendencia en Nicaragua, pues en 2006 el comandante Daniel Ortega, quien había presidido el gobierno durante la década revolucionaria de los ochenta, regresa al poder gracias a un pacto con Arnoldo Alemán, su antiguo adversario. Ortega permanece en la presidencia a través de sucesivas reelecciones, la tercera de ellas en 2016, ocasión en que su esposa, la señora Rosario Murillo, primera dama, y cabeza ejecutiva del gobierno, es electa vicepresidenta de la República. En la medida en que el matrimonio consolida su poder familiar, se consolida también una nueva clase de capitalistas provenientes de las propias filas del FSLN, o de su periferia...

(https://es.wikipedia.org/wiki/Dolores_Morales)

Primera parte
Viernes, 27 de agosto

*... me ha parecido
que el bosque empezaba a moverse...*
WILLIAM SHAKESPEARE,
Macbeth, acto V, escena 5

1. Huevos rancheros a la diabla

El venerable Lada había pasado del azul celeste al azul de Prusia al salir del taller donde operaron milagros en la carrocería, agujereada por las balas en el atentado de tantos años atrás, donde perdiera la vida Lord Dixon. Dichosamente el motor no sufrió los impactos, y aquel viernes de agosto el valiente carrito enfilaba airoso hacia el sur por la carretera a Masaya, al volante el inspector Dolores Morales.

Las estructuras metálicas de los árboles de la vida mandados a sembrar por la primera dama poblaban el camellón central y los espaldones de la carretera formando un bosque inmenso y extraño, los arabescos de sus follajes amarillo huevo, azul cobalto, rojo fucsia, verde esmeralda, violeta genciana, rosa mexicano y rosado persa alzándose entre la maraña de rótulos comerciales.

Siguiendo las indicaciones del mapa que llevaba en el asiento de al lado, tomó hacia el oeste por la pista Jean Paul Genie en la rotonda de Galerías Santo Domingo, y luego, a la altura del Club Terraza, enrumbó otra vez al sur por el antiguo camino de Las Viudas, dejando atrás el hotel Barceló y el colegio Centroamérica de los jesuitas.

El camino, ahora pavimentado pero en malas condiciones, ascendía serpenteando hacia las primeras estribaciones de la sierra de Managua. Poco antes de alcanzar el reparto Intermezzo del Bosque se abría una trocha destinada a ser pronto una carretera en toda regla, marcada en el mapa con una gruesa línea roja: unos cinco kilómetros más de recorrido entre árboles añosos derribados por las motosierras encima de los despojos de los viejos cafetales, también arrasados de raíz, cedros, genízaros, guanacastes y caobos que mostraban sus muñones rojizos. Las aplanadoras emparejaban terrazas donde iban a alzarse mansiones amuralladas, y no era difícil advertir que los corrales, las pulperías y las viviendas de bajareque que aún se asomaban a la trocha estaban destinados a desaparecer ante el avance triunfal de las orugas de los tractores.

Una equis señalaba en el mapa el punto de destino. Al lado del portón de acceso había una garita con vidrios a prueba de balas, y junto a la garita un jeep Wrangler con dos hombres a bordo, uno al volante, y al lado otro que cargaba una ametralladora Uzi como quien acuna una muñeca; uno más dentro de la garita, y dos frente al portón.

No alcanzaban a disimular su catadura de muchachos de barriada a pesar de sus trajes grises color rata y las corbatas de poliéster bien anudadas en los cuellos tiesos de almidón, que debían escocerles la piel. Usaban, además, los mismos zapatos, tan pesados como si fueran ortopédicos.

El que parecía ser el jefe descendió del jeep, y con un movimiento giratorio de la mano le indicó que bajara el vidrio de la ventanilla. La manigueta no funcionaba, así que el inspector Morales procedió a abrir la puerta, y entonces entró el ruido de las podadoras, empecinadas en rasurar la grama de los extensos campos al otro lado del muro, y junto con el ruido el olor a la savia de los tallos aventados en lluvia menuda.

El hombre usaba anteojos oscuros de un tinte impenetrable. Llevaba el pelo rasurado al rape, y detrás de la oreja la serpentina del audífono. Bajo el faldón del saco se entreveía la pistola automática enfundada en una cartuchera de nailon. El agente Smith de *The Matrix* en persona.

Le pidió la cédula de identidad con seca cortesía, la fotografió usando su teléfono celular, y, luego de devolvérsela, él mismo le adhirió en la pechera de la camisa, del lado del corazón, un sticker con unos círculos concéntricos. Era la contraseña del día para los visitantes, pero más parecía una diana para guiar la puntería.

El de la garita recibió la orden de activar el portón eléctrico, que se descorrió sin ruido, y el Wrangler se puso en marcha delante del Lada. Todo era como en los torneos de golf de la televisión por cable en que jugaba Tiger Woods: suaves colinas perdiéndose en la distancia, la grama como un paño de billar salpicada de árboles trasplantados con grúas; y bajo el sol de aquella mañana de agosto, una laguna artificial que espejeaba a lo lejos.

El asfalto de la vereda era suave como la seda, y las llantas del Lada siseaban apenas al deslizarse a la velocidad impuesta por el Wrangler, mientras los aspersores regaban sobre los prados finas cortinas de agua irisadas. Hasta el cielo terso y sereno, con sus nubes lejanas e inofensivas de tarjeta postal, parecía pertenecer a un país extranjero.

El Wrangler se detuvo al lado de un rótulo que señalaba el estacionamiento de visitantes, y el agente Smith le indicó el lugar donde debía dejar el vehículo, aunque la playa de asfalto se hallaba desierta. El inspector Morales bajó, asentando primero la contera de su bastón. Había engordado y lo usaba para ayudarse a aliviar los crecientes dolores en la cadera del lado de la prótesis.

Con la misma seca cortesía de antes, el agente Smith le pidió que abriera el cartapacio, y luego lo hizo extender los brazos y separar las piernas para cachearlo, el bastón al aire en su mano izquierda, el cartapacio en la derecha. Por fin dio con el revólver 38 de nariz corta, que seguía llevando en el tahalí sujeto con una cremallera adhesiva al tobillo artificial.

El agente Smith entregó el revólver con todo y tahalí a uno de sus subalternos, quien lo depositó en una bolsa transparente, y le entregó un tiquete de resguardo. Entonces apareció un carrito de golf adornado con una banderola en el cabo de la flexible antena de radio.

El inspector Morales se acomodó al lado del conductor, tan silencioso como todos los demás. Hasta ahora sólo el agente Smith, sentado atrás, le había dirigido unas cuantas palabras, las precisas. Las únicas voces eran las que resonaban, urgidas y embulladas, en el aparato de radio instalado debajo del timón.

La mansión de ventanales defendidos por parasoles a rayas verdes y blancas, que se alzaba entre palmeras reales en una terraza elevada, se abría en dos alas y parecía un hotel de recreo, sólo que desierto de huéspedes. A un lado, dentro de un círculo marcado sobre una plataforma de concreto, reposaba un helicóptero Bell, blanco y azul. El viento que llegaba de la espesa arboleda detrás de la mansión estremecía las aspas sin lograr moverlas.

Un mayordomo, vestido como el padrino de una boda, lo guio por una galería desde la que se podía ver un jardín entre cuyos macizos se abría un sendero de lajas, y llegados a una sala discretamente alumbrada lo dejó solo. Los sofás, que olían de lejos a cuero vacuno, rodeaban una imponente mesa de vidrio cargada de libros de arte. El inspector Morales se arrellanó en uno de los sofás, tan mullido que le dieron ganas de no volver a levantarse de allí.

En los cuatro costados de las paredes colgaban cuadros de enorme formato. Eran ojos. Solos o en pares. Unos muy abiertos, como si mostraran asombro, otros que miraban alertas, como si escrutaran al visitante y fueran capaces de seguir sus pasos; y en el que tenía de frente, uno de los dos ojos se cerraba en un guiño pícaro. Todos en negro sobre fondo blanco, trabajados al detalle, tanto que podrían tomarse por fotografías. Pero había uno que vertía una lágrima roja, la única nota de color en todo el conjunto.

Detrás de una puerta corrediza de vidrio, un camarero de chaqueta roja, corbatín y guantes blancos arreglaba la mesa del desayuno dispuesta para dos personas. Sus pasos no se oían, y tampoco las piezas de la vajilla ni los cubiertos producían ningún ruido al ser colocados.

El reino de los ricos es el silencio, pensó, las manos apoyadas en el pomo del bastón. Le gustó. Eran reflexiones que debía anotar en su cuaderno escolar, pero cuando intentaba hacerlo ya las había olvidado. Además, ¿de qué iban a servirle?

Lord Dixon le habría dicho que hacía muy mal con su descuido. Un filósofo de la vida debe echar siempre mano del lapicero porque no tiene derecho a que sus pensamientos se desperdicien. De lo contrario se convierte en un pensador inofensivo, como un león que ha perdido los colmillos, y no hay cosa peor que un león obligado a régimen vegetariano.

¿Por dónde andaría vagando Lord Dixon? Era impredecible en sus horas de aparecer.

Y ya caía en una especie de ensoñación cuando el golpe lejano de una puerta, y luego otra, y otra más, ahora a sus espaldas, lo hizo incorporarse, en lucha con el estorbo de la prótesis y la impedimenta de su barriga; pero para eso estaba el bastón.

Miguel Soto Colmenares apareció frente a él, descalzo y metido en un buzo de algodón basto. Se secaba de manera enérgica con una toalla el rostro bañado en sudor, y cuando le extendió la mano, una mano grande, húmeda y cálida, sintió el olor a fermentación de su cuerpo, a toxinas liberadas. Por lo que se veía, se ejercitaba todas las mañanas antes del desayuno. Carrera en la banda continua, spinning, remo, a lo mejor pesas, como sus guardianes forzudos.

—¿Le gustan los cuadros? —le preguntó, señalando las paredes con un ademán descuidado—. Son de Abularach, un guatemalteco genial. Le compré un lote importante en Nueva York. Pinta también corridas de toros, pero lo que a mí me gusta son los ojos.

No había visto a Soto más que en los periódicos y en la televisión. Y las imágenes suyas que le venían a la memoria no eran las más recientes, sino las del tiempo en que su primer banco, el Agribank, fue declarado en quiebra, unos quince años atrás. Todo el mundo pensó entonces que su buena estrella se había apagado.

Su voz era gruesa y tersa, y sus modales sencillos y cordiales. Ellos, pensó, además de dueños del silencio pueden ser dueños de la humildad, que no es sino una arrogancia encubierta. No les cuesta ser campechanos, porque no se desprenden de nada, igual que los cheques donados a las instituciones benéficas, que descuentan de los impuestos. Tampoco esa reflexión iría a su cuaderno.

Se sentaron, y el anfitrión, olvidándose de los ojos que seguían mirándolos desde todos lados, le preguntó con halagador interés por su madre, que ya estaba muerta hacía años, y por su esposa, que no tenía, como si fueran viejas conocidas suyas. El inspector Morales le respondió que estaban muy bien de salud. Lo más seguro es que si le hubiera dicho la verdad, no se habría inmutado.

Esbelto y saludable a sus casi setenta años, la piel tostada, el cabello blanco sedoso, no dejaba de tener algo de tosco e inseguro. Aunque casado con una mujer de apellido aristocrático, había surgido desde abajo, un campesino de los valles remotos encerrados en las montañas de Jinotega, en el norte de Nicaragua, donde los colonos europeos, empobrecidos, habían formado familias endogámicas sin mezclarse nunca con indígenas ni mestizos.

Le recordaba a Gianni Agnelli, el difunto magnate de la Fiat. ¿Dónde había visto alguna vez a Agnelli como para hacer comparaciones? En un programa del History Channel. Se lanzaba desnudo a las aguas del Adriático desde la borda del *Agneta,* su yate, la piel más blanca que el resto del cuerpo en las nalgas y alrededor de las ingles; y antes del clavado, en los instantes que duraba la toma, lo más visible era el tamaño de su órgano viril, como habría dicho su abuela Catalina, que hablaba siempre en circunloquios.

—Avergüéncese de esos pensamientos lascivos que ponen en duda su hombría —oyó decir a Lord Dixon en el momento en que se levantaba, porque había llegado la hora de pasar a la mesa.

— ¿Adónde te habías metido? —le preguntó.

—Vengo de rodear la tierra y andar por ella —respondió Lord Dixon.

El mayordomo abrió la puerta corrediza y les dio paso. Retiró con toda parsimonia la silla de Agnelli, y después de acomodar al inspector Morales le quitó el bastón. Hubiera sido capaz de despojarlo también del cartapacio si no lo protege con un movimiento instintivo. Entonces entró el camarero que había dispuesto la mesa, y les entregó el menú.

—Como en los restaurantes —dijo Lord Dixon.

Un menú de gruesa cartulina de lino, del tamaño de un folio, impreso en letra de carta, la fecha del presente día al pie. Agnelli lo consultaba sin dejar de darse toques con la toalla en el cuello y en la frente.

—Pregúntele si cuando desayuna solo también le imprimen un menú —dijo Lord Dixon.

El mesero trajo de inmediato jugo de naranjas recién exprimidas para los dos. El inspector Morales escogió el plato de frutas tropicales, y Agnelli la media grapefruit rosada. Luego venía la lista de los huevos:

Œufs pochés
Omelette aux fines herbes
Ham and eggs American style
Huevos rancheros a la diabla.

El café también estaba descrito en el menú: *Maragojipe, cosecha 2010, selección orgánica, hacienda La Cumbancha, Jinotega.*

Agnelli ordenó huevos pochés y devolvió la cartulina con displicencia. Era obvio que siempre pedía lo mismo. El inspector Morales, alejándose de toda complicación con los idiomas, y ya el hambre alborotada, pidió los huevos rancheros a la diabla, en lo que fracasó. En un gran plato, cálido al tacto, le trajeron dos huevos fritos adornados de una ramita de perejil, y una pequeña fuente de salsa sin trazas de chile. Eso era todo, además de unas rodajas de pan oscuro. Y los de Agnelli no eran más que unos huevos pasados por agua sobre una cama de espárragos.

—El dinero no les sirve para darse los gustos de cualquier cristiano —dijo Lord Dixon—: sudan en el gimnasio y no comen más que migajas; así creen retrasar la muerte. Cortesía mía para su cuaderno de anotaciones filosóficas, inspector.

Agnelli iba saltando con locuacidad de un tema a otro en los deportes. Daba por seguro que Román *Chocolatito* González ganaría por nocaut su cuarto título como campeón supermosca en la pelea ya pactada contra el mexicano Carlos Cuadras, y que Cheslor Cuthbert, el costeñito de Corn Island, se quedaría como tercera base titular de los Royal de Kansas City, destronando a Mike Moustakas.

Entre tanto, la pregunta que se hacía el inspector Morales, sonriendo a veces por cortesía y echando mano a la servilleta almidonada porque la yema de los huevos, demasiado líquida, tendía a resbalar por su barbilla, venía a ser: ¿por qué la invitación a aquel desayuno? ¿Qué quería Soto de él? ¿Por qué no soltaba prenda?

—Estoy al tanto de aquella actuación suya en el caso del rendez-vous de los narcos en la finca del Mombacho, en sus tiempos de agente antidrogas —dijo Agnelli de pronto, colocando sobre el mantel las manos rudas, aunque de uñas bien pulidas, como para que su huésped pasara revisión de ellas.

—Rendez-vous quiere decir un encuentro, una cita —le susurró Lord Dixon.

Lo que había venido luego de la captura de los jefes narcos los periódicos lo bautizaron como «la masacre de Herodes», pues los responsables de la operación fueron descabezados cual tiernas criaturas de pecho. Los condecoraron en acto público, pero al tercer día el comisionado Canda, en aquel entonces jefe de la Policía, dispuso darles de baja por actuar sin órdenes superiores, acatando instrucciones del ministro, que a su vez las había recibido del presidente.

—Ya nadie se acuerda de eso ahora —dijo el inspector Morales.

—Pues yo sí tengo buena memoria —contestó Agnelli—. Allí fue donde perdió la vida su compañero costeño. ¿Cómo es que se llamaba?

—Excelente memoria, ya veo —dijo Lord Dixon.

—Bert Dixon —respondió el inspector Morales—. Subinspector Bert Dixon.

—No se moleste en aclararle que a mí ya me habían matado cuando se dio ese operativo del Mombacho —dijo Lord Dixon.

—Afrocaribeño, como se dice ahora —comentó Agnelli.

—Vaya hipocresía —dijo Lord Dixon—. Negro murruco, para qué andarse por veredas.

—Bueno, ahora vamos a mi asunto —dijo Agnelli—. Tengo un caso, y usted es el hombre que necesito.

—Allí viene la propuesta, ojo billar —dijo Lord Dixon.

—No tengo una clientela muy distinguida, que digamos —contestó el inspector Morales.

El plato untado de amarillo le disgustaba, y el camarero vino a retirarlo como si lo hubiera conjurado.

—La humildad es virtud de comemierdas —dijo Lord Dixon, francamente disgustado.

—Pero ahora voy a entrar yo en su lista —sonrió Agnelli.

—No me querrá para que le averigüe la desaparición de unos cubiertos de plata, o de algún perro de raza —dijo el inspector Morales.

—No, nada de eso, en esta casa no hay cómo se pierda nada —volvió a sonreír Agnelli.

—El cliente no le ha explicado para qué lo necesita porque usted no lo deja —dijo Lord Dixon.

—Sea para lo que sea, usted puede pagar el mejor equipo de investigadores, hasta traerlos de Estados Unidos —dijo el inspector Morales.

—No se le ocurra decirle que también puede llamar al propio ministro de Gobernación y pedirle ayuda —dijo Lord Dixon.

—El ministro de Gobernación estaría encantado de ayudarlo —dijo el inspector Morales.

—Desayunó conmigo antier en esta mesa, allí mismo donde está usted sentado —dijo Agnelli—. Pero nuestra plática fue sobre otros asuntos. De ninguna manera quiero meter a la Policía en este caso.

—Creo que comete un error —dijo el inspector Morales—. Déjelo en manos del ministro, y esta misma noche le traen preso al desfalcador, o lo que sea.

—Necesito discreción absoluta —dijo Agnelli, y sus dedos de uñas nacaradas tamborilearon impacientes sobre la mesa—. Por eso escogimos su agencia, porque es poco visible.

—Una agencia que no vale un culo, es lo que quiere decir con eso de poco visible —dijo Lord Dixon—. Pero pasemos por alto esa alusión desdorosa.

—¡Qué jodés! —murmuró el inspector Morales, dándose un manotazo en la oreja, como si espantara un zancudo.

—¿Perdón? —dijo Agnelli alzando las cejas.

—No, nada, lo escucho —dijo el inspector Morales, y de mala gana sacó del cartapacio su cuaderno escolar, que dejó sobre la mesa junto con un lapicero Bic.

Agnelli debió haber tocado algún timbre oculto, porque en ese momento se oyó que alguien entraba taconeando con firmeza. Era Mónica Maritano, la asistente de relaciones públicas, la misma que había llegado a buscarlo a la oficina el día anterior para invitarlo al desayuno.

Lo saludó con un leve gesto de cabeza, depositó en la mesa frente a Agnelli una carpeta marrón cerrada con cordones elásticos y volvió a salir, meciéndose sobre sus tacones y dejando el intenso rastro de perfume que él ya conocía.

—Una persona de mi familia ha desaparecido y quiero que usted la encuentre —dijo Agnelli, y le alcanzó la carpeta.

—¿Un secuestro? —preguntó el inspector Morales, mientras abría su cuaderno y alisaba la hoja en la que iba a escribir.

—Al principio pensé en eso —dijo Agnelli—. Pero después de casi una semana, nadie se ha puesto en comunicación conmigo para pedirme rescate.

—A veces tardan —insistió el inspector Morales.

—Demos el secuestro por descartado —dijo Agnelli—. Y no tiene necesidad de anotar nada, todo está en la carpeta.

—¿No es la hora de preguntarle de quién se trata? —sugirió Lord Dixon.

—Se trata de Marcela, hija de mi esposa —dijo Agnelli—. Necesitamos conocer su paradero.

—Si no la secuestraron, es que huyó del hogar —dijo Lord Dixon.

—¿Tuvo la muchacha algún disgusto con la madre? —preguntó el inspector Morales.

—Por las causas, usted no se preocupe —dijo Agnelli, y revisó sus uñas pulidas, mano por mano—. Su trabajo nada más es encontrarla.

—¿No ha pensado en un novio? —preguntó el inspector Morales.

—No le conocemos ningún novio —respondió Agnelli.

—¿Novio? Esa niña ha huido con un amante que a la familia no le gusta —dijo Lord Dixon—. Porque es casado, o porque no tiene apellido, o porque es drogo.

—¿Cuándo fue que desapareció? —preguntó el inspector Morales.

—Hace una semana, en Galerías Santo Domingo —contestó Agnelli—. Fue al cine esa noche con unas amigas, se levantó a media función y no regresó.

—¿En la carpeta hay datos sobre las amigas? —preguntó el inspector Morales.

Agnelli negó.

—Todas volvieron a los Estados Unidos, donde estudian —dijo—. Y ninguna da cuenta de nada, ya les hemos preguntado.

—¿Andaba con guardaespaldas? —preguntó el inspector Morales.

—Los muchachos la quedaron esperando afuera del cine —respondió Agnelli—. Siempre los mantiene a distancia porque no le gusta que la vigilen.

—¿Manejaba ella su propio carro? —preguntó el inspector Morales.

—Quedó en el estacionamiento —dijo Agnelli.

—¿Qué clase de carro? —preguntó el inspector Morales.

—Un BMW Cabrio —contestó Agnelli—. ¿Qué tiene eso de relevante?

—Un carrito de cien mil dólares, tan humilde como su Lada, inspector —murmuró Lord Dixon—. Eso tiene de relevante.

—¿Cómo es ella? ¿Solitaria? ¿Huraña? —preguntó el inspector Morales.

—Aténgase a lo que está en la carpeta —dijo Agnelli, e hizo ademán de mirar el reloj, aunque no llevaba ninguno en la muñeca.

—Pues se hará lo que se pueda —dijo el inspector Morales, y cerró su cuaderno en el que obedientemente no había escrito una sola línea.

—En la carpeta va a encontrar un adelanto por la mitad de sus honorarios, y también una cantidad para los gastos operativos —dijo Agnelli—, poniéndose de pie. Cuando Marcela haya sido ubicada, le pagaré el complemento de los gastos, si exceden la cantidad que le entrego, y la otra mitad de sus honorarios.

—Resuelto el caso, ¿vuelvo aquí? —preguntó el inspector Morales, poniéndose también de pie.

—Usted tiene el número de Mónica, mi asistente —respondió Agnelli—. La llama, y ella enviará un chofer a recoger la información, que le ruego poner en un sobre cerrado. El mismo chofer le entregará el dinero restante.

—¿Y si necesito ampliar algún dato? —preguntó el inspector Morales.

—No hay ningún dato que ampliar —contestó Agnelli—. Si en tres días no ha averiguado nada, damos por finalizado el trato, y usted se queda con el adelanto.

—Si en ese plazo que usted está fijando no he podido averiguar nada, le devuelvo su adelanto —dijo el inspector

Morales—. Sólo voy a descontar los gastos operativos, si acaso tengo alguno.

—Pedazo de animal —dijo Lord Dixon—. ¿Has nacido acaso hijo de millonario? ¿Has tenido Cirineo en tu calvario?

—Estoy seguro que va a resolver el caso —dijo Agnelli—. Y tómelo como un favor muy personal que me hace. Yo sé agradecer favores.

—Voy a cumplir su encargo lo mejor que pueda —dijo el inspector Morales.

—Y ahora tengo que ducharme, debo estar en Guatemala a las once en una junta de negocios —dijo Agnelli, y le extendió la mano.

El mayordomo, siempre por delante, y el inspector Morales otra vez en posesión del bastón volvieron a atravesar la galería. Entonces el inspector Morales vio acercarse por el sendero de lajas del jardín a una mujer de cabello rubio marchito. Vestía un hábito pardo atado por una cuerda a la cintura, los pies desnudos, y en la mano llevaba un cuchillo corvo de jardinería. Se agachó frente a una mata de heliconias de crestas rojas con bordes amarillos y cortó una brazada.

El inspector Morales se había detenido, y de pronto la mujer alzó a verlo con un azoro en el que se percibía algo de susto.

Sin palabras de despedida, el agente Smith le devolvió el revólver. El portón automático se descorrió, y el Lada tomó la trocha de regreso a Managua. Dos kilómetros después paró el vehículo en la saliente de un barranco desde donde se divisaba abajo la ciudad, los escasos edificios alzándose entre las arboledas que ocultaban calles y casas, más allá el cono azulado del volcán Momotombo y la península de Chiltepe entrando lentamente en el lago como un viejo pie arrugado.

Abrió el cartapacio, sacó la carpeta y quitó los cordones. Había una bolsa de manila y dos sobres bancarios. Uno, rotulado «Adelanto de honorarios», decía contener cinco mil dólares. El otro, el de los gastos operativos, otros cinco mil.

—Diez mil verdes por un caso tan pendejo, además de los gastos, que se pueden inflar a discreción —dijo Lord Dixon.

Volvió a meter los sobres en la carpeta, donde estaba también la bolsa de manila, que no se preocupó por el momento de abrir. Con aquellos diez mil dólares, si se los ganaba, ya podría irse de vacaciones. A lo mejor a conocer Disneyworld y retratarse con Pluto, como el primer comisionado Canda, que ahora gozaba del retiro dedicado a regentar sus tres discotecas, donde los pushers circulaban sin impedimentos ni tropiezos.

—Si la joven Marcela se fugó con su amante, como sospecho con toda justicia, Agnelli se desayuna con los huevos del interfecto —dijo Lord Dixon—. Œufs pochés.

—No me hablés mariconadas en francés, ¿desde cuándo has aprendido a hablar en francés? —dijo el inspector Morales encendiendo de nuevo el Lada.

—Ahora me sobra el tiempo para estudiar idiomas —respondió Lord Dixon.

Las aspas del helicóptero que llevaba a Agnelli al aeropuerto, donde lo esperaba su Falcon de ocho plazas, se oyeron batir de lejos y luego pasaron alborotando las copas de los árboles que aún se libraban de los dientes afilados de las motosierras.

El aparato, recogiendo los reflejos del sol, se perdió en la distancia.

2. Wet dreams

Residencial Bolonia lindaba con las ruinas y los baldíos del centro de la ciudad, asolada por el terremoto del 22 de diciembre de 1972. En los años cincuenta se alzaron allí las primeras mansiones de lujo de Managua, la más descollante de ellas la llamada «casa del millón», pues había costado un millón de córdobas, una suma exorbitante para entonces. Ahora era un barrio de elegancias perdidas.

Aquellas mansiones, que resistieron bien el terremoto, se hallaban convertidas en hoteles familiares, restaurantes, oficinas públicas, ferreterías, ópticas, gimnasios y consultorios médicos, y soportaban la vecindad de aserríos, autolotes de oferta de vehículos usados y fritangas al aire libre instaladas al lado de las paradas de autobuses.

El inspector Morales tenía su oficina de investigador privado en el Guanacaste Shopping Center, construido en Bolonia a principios de los años noventa, cuando tras la derrota electoral sandinista empezaron a surgir, además de los centros comerciales de modesto tamaño como aquél, los malls con sus food courts y multicines, los convenience stores adjuntos a las megagasolineras, y los McDonald's, los Pizza Huts y los Papa John's.

El lugar presumía de estilo colonial californiano por su techo de zinc terracota que imitaba los tejados de barro y sus cuatro corredores de arcos sostenidos por pilastras, abiertos hacia un patio central utilizado como estacionamiento, en cuyo centro extendía sus ramas un frondoso guanacaste de poderosas raíces que levantaban en olas el pavimento, volteando trechos de adoquines.

El shopping center había vivido ya su mejor momento, y ahora abundaban los locales vacíos. Los rastros de los antiguos negocios podían verse a través de los vidrios de las vitrinas: cajas de cartón desguazadas en los rincones, sombras de estanterías en las paredes, y cordones eléctricos colgando de los cielos falsos porque las lámparas decorativas habían sido arrancadas por los inquilinos al irse.

Al inspector Morales le había tocado en suerte el módulo desocupado de una tienda de ropa para niños en el corredor sur, El Ogro Cariñoso, al lado de una peluquería unisex llamada RD Beauty Parlor, en homenaje a Rubén Darío. En el escaparate, encima de un pedestal de madera jaspeada con sapolín para imitar el mármol, había un busto de yeso dorado del poeta con el ceño fruncido, y debajo, como si le rindieran pleitesía, una media docena de cabezas de polipropileno con pelucas cuyos tintes iban del azabache al zanahoria y al violeta.

Sus propietarios eran Ovidio y Apolonio Montalván, un par de primos hermanos sesentones. Ambos lo saludaban con respeto cuando se los encontraba en el corredor, adonde salían a fumar por turnos, dándole el título de «poeta», un tratamiento común en León, de donde eran originarios, dispensado entre farmacéuticos, abogados, tenderos, catedráticos, amanuenses, barberos, vendedores ambulantes, lustradores y borrachines; a doña Sofía, con igual respeto, la llamaban «licenciada».

En la vidriera de la agencia, ahora velada por una capa de pintura gris, encima de la cabeza de Dick Tracy, de sombrero y con las solapas del gabán alzadas, lucía el rótulo que anunciaba el giro del negocio:

DOLORES MORALES Y ASOCIADOS
INVESTIGADORES PRIVADOS
DISCRECIÓN Y SERIEDAD
ATENCIÓN PREVIA CITA

La efigie de Dick Tracy fue una de dos ideas que en su momento presentó la Fanny, trasladada ahora, con mejor salario, al puesto de auditora de llamadas internacionales de Claro, la multinacional mexicana que había comprado la empresa estatal Enitel.

La otra opción era la Pantera Rosa, pero el inspector Morales acabó decidiéndose por Dick Tracy, porque en las películas de dibujos animados la Pantera Rosa quedaba siempre en ridículo; a Dick Tracy lo conocía desde los tiempos en que leía historietas, tanto que era capaz de dibujarlo con unos simples trazos, sin fallar en la nariz cuadrada, y así lo hizo al presentar el modelo al rotulista.

A doña Sofía no le gustaba ninguna de las opciones. ¿Qué propone usted?, le había preguntado con sorna la Fanny, amante sempiterna del inspector Morales: ¿un par de esposas, un revólver humeante? ¿O un blúmer de mujer, ya que también averiguarían infidelidades conyugales? Y ante esto último se tapó la boca, en una represión tardía de aquel desliz de palabra.

Doña Sofía calló, por piedad. Para aquel tiempo la Fanny luchaba contra un cáncer mamario, al costo de la mutilación de uno de sus pechos y la pérdida del pelo a consecuencia de la quimioterapia. Además, Freddy, su marido, que parecía que no quebraba un plato, apenas la vio enferma se había ido tras una mesera de dieciocho años, con la que ahora tenía un hijo.

Con el tiempo, los casos de la agencia se redujeron a las infidelidades conyugales. Si la visitante era la esposa, escondida por lo general detrás de unos enormes anteojos de sol, la atendía doña Sofía, las cabezas muy juntas, en una conversación llena de murmullos. Los maridos engañados eran recibidos por el inspector Morales.

Había veces en que los clientes se mostraban agradecidos, como el músico que tocaba el flautín en un combo en el antro El Flaco Esqueleto de la rotonda de Bello Horizonte. Ya en poder de las evidencias delatoras del adulterio de la esposa, pasado un tiempo le llevó de regalo al inspector Morales una guayabera fucsia cosida y bordada por ella misma, costurera de oficio, a la que primero había arrastrado del pelo hasta media calle, y después perdonado entre lágrimas.

Para su privacidad, el inspector Morales había hecho montar con tabiques de playwood un cubículo al extremo izquierdo de la pared del fondo, donde se desvanecía un mural que mostraba a Shrek el ogro llevando a Fiona en brazos, ambos pintados en el consabido verde limón, y a la derecha el burro parlanchín, al aire sus patas traseras.

La visión de las nalgas de Shrek quedaba interrumpida por el cubículo que, a falta de puerta, tenía una cortina de baño estampada con ranas saltarinas. En el tabique frontal, al lado de la cortina, colgaba una vieja fotografía de Lord Dixon. Doña Sofía la hizo ampliar, pero resultaba borrosa. No había encontrado otra. Era todo lo que quedaba de Lord Dixon sobre la faz de la tierra.

Ella ocupaba un pupitre de formica cerca de la puerta, donde estaba instalado el teléfono y descansaba la computadora. Era una HP de pantalla plana que la Fanny había conseguido a buen precio, junto con su correspondiente impresora de cartucho, en uno de los remates de equipos desechados de Claro. La cuenta de Internet estaba puesta a nombre de la misma Fanny, y así la agencia recibía un generoso descuento.

Enfrente del pupitre, dos silletas de pino plegadizas destinadas a los clientes, de las que se alquilan para los velorios, y a prudente distancia un pesado ventilador, asentado en dos patas como un espécimen prehistórico, con el inconveniente de que sus soplos todo lo revolvían y por eso abundaban encima del pupitre los pisapapeles; en cambio, el abanico a disposición del inspector Morales en su cubículo era una miniatura de baterías que apenas suspiraba, una especie de pistola espacial que paseaba por su cara desde el cuello a la cabeza, en busca de algún remedo de frescor.

Cuando entró esa mañana, el magro desayuno de falsos huevos a la diabla, pese a todo, se había convertido en su esófago en una llamarada de acidez. Encontró a doña Sofía leyendo un número atrasado de la edición nicaragüense de ¡Hola!, que ponía en portada a las celebridades nacionales de sociedad. Pertenecía a la peluquería, y Ovidio se lo había facilitado.

—Vea quién aparece aquí —dijo doña Sofía al verlo, entregándole la revista.

Era la esposa de su cliente, Ángela Contreras, en traje de noche. Ocupaba un sofá de guarniciones doradas, tapizado de rojo carmesí, y a sus pies yacía un perro pastor de porcelana de tamaño natural. Sobre la mesa de mármol, frente a ella, descansaba un reloj esmaltado sostenido por dos querubines, y en guardia, a un lado del sofá, sobresalía un enorme jarrón chino.

—Acabo de verla, sólo que iba vestida de otro modo —dijo el inspector Morales.

Repasó las páginas interiores. La autora de la nota comenzaba explicando que la ilustre dama llevaba sangre de conquistadores en las venas, pues un ancestro suyo por rama paterna, el alférez mayor don Ireneo de Contreras y Mendiola, acompañó en 1539 a los capitanes Alonso Calero y Diego de Machuca en la exploración del Estrecho Dudoso, esto es, el río San Juan, que acarrea las aguas del Gran Lago de Nicaragua hasta el mar Caribe. Su hijo, Mateo de Contreras y Alonso, recibió del rey Felipe II el título de marqués en reconocimiento a los méritos de don Ireneo, perecido en la expedición a consecuencia del funesto piquetazo de una víbora barba amarilla.

En un recuadro figuraba el escudo de armas de los Contreras: un castillo de piedra en campo de oro, rodeado por bordura de plata con ocho armiños de sables, y superado por una estrella de azur.

Y había más fotografías de doña Ángela en otros ambientes de la mansión, luciendo cada vez un traje diferente:

reflejada de cuerpo entero en un espejo Pompadour; al lado de la estatua de un negro abisinio de torso desnudo, tocado de turbante, que sostenía una lámpara eléctrica; junto a un biombo japonés de cuatro hojas plegables sobre el cual se extendía un paisaje agreste nevado. En todas, su cabello rubio marchito lucía igual.

—Un verdadero bazar —dijo Lord Dixon.

—Andaba de cotón café, amarrado en la cintura con un mecate —dijo el inspector Morales.

—Es un hábito de monje capuchino —dijo doña Sofía—. Así duerme, como penitencia; puede leerlo más adelante en el reportaje.

—Y cortaba heliconias en su jardín —dijo el inspector Morales mientras se acomodaba en una de las silletas de velorio.

—Todos los días, cuando va para su fundación, pasa enflorando el altar del padre Pío de Pietrelcina en la iglesia de la Divina Misericordia, en Villa Fontana —contestó doña Sofía.

—¿Qué fundación es ésa? —preguntó el inspector Morales.

—Se llama, precisamente, Obras del Padre Pío —dijo doña Sofía—; allí obsequian a los necesitados paquetes de víveres, medicinas, anteojos de medida. Y también sillas de ruedas, andariveles, muletas y prótesis.

—Vaya a que le cambien la suya, inspector —dijo Lord Dixon.

El reportaje contaba también que doña Ángela, quien por modestia se negaba a utilizar el título de marquesa, hacía una peregrinación anual al convento de San Giovanni Rotondo en Italia, allí donde el padre Pío había recibido el maravilloso regalo de los estigmas, aquellas heridas como de clavos en sus manos que permanecieron abiertas por medio siglo, hasta su muerte.

—Qué cosa más extraña —dijo el inspector Morales, devolviendo la revista a doña Sofía—. Todas estas fotos son tomadas en la mansión de donde vengo, y la decoración no se parece en nada a la que yo vi. Ese hombre vive más bien rodeado de cuadros donde sólo hay ojos muy extraños.

—El reportaje lo explica bien —dijo doña Sofía—. Esposa y esposo tienen cada uno su propia ala de la mansión.

—Juntos, pero no revueltos —dijo Lord Dixon—. De un lado Agnelli, con su multitud de ojos, del otro la señora en su bazar.

—No vi que mencionen a la hija —dijo el inspector Morales.

—Sí, Marcela, aquí está —dijo doña Sofía—. El primer marido de doña Ángela murió en un accidente de Taca en 1995, en El Salvador, y le quedó esa niña.

—Pues esa hija desapareció, y Soto quiere hallarla —dijo el inspector Morales—. Para eso me quería.

—Podrido en reales como está, no es raro que la hayan secuestrado —dijo doña Sofía.

—Hablamos de eso, pero nadie ha pedido rescate —dijo el inspector Morales.

—Espero que le haya servido mi reporte antes de sentarse a hablar con él —dijo doña Sofía.

—¿Cuál reporte? —preguntó el inspector Morales.

—Se lo dejé debajo de la puerta de su casa anoche, como a las once —dijo doña Sofía—. Seguro ni llegó a dormir.

—Pasó al lado del sobre tirado en el piso, y no se dignó siquiera a dispensarle una simple mirada —dijo Lord Dixon—. Él, entretenido en los antros con mujeres de dudosa reputación, y usted matándose para terminar ese reporte.

Doña Sofía, todavía refunfuñando, imprimió una nueva copia. Era una sola hoja, donde había anotado datos tomados de Internet del sitio Capital Search, y se la alcanzó:

Global Enterprises Consolidated (GECO), nombre del holding inscrito en la isla de Gran Caimán, que pertenece a un accionista único, Miguel Soto Colmenares, aunque en varios de los negocios descritos adelante GECO comparte el capital accionario con otras sociedades anónimas. Abarca múltiples ramos en Centroamérica y el Caribe. Bancos, financieras, aseguradoras (Nicaragua, Honduras, Guatemala). Hoteles urbanos y de playa (Dominicana, Costa Rica, Panamá). Marinas para yates de recreo (Punta Cana, Dominicana, Río Dulce, Guatemala). Malls (El Salvador, Honduras, Nicaragua). Urbanizadoras para viviendas de clase media (Nicaragua, Panamá). Call centers (Nicaragua, Panamá, El Salvador). Compañías de construcción (Nicaragua, El Salvador, Panamá). Haciendas de ganado y café (Nicaragua, Honduras). Plantaciones de palma africana y producción de aceite de cocina (Nicaragua, Costa Rica, y Cuba, en sociedad con el Estado). Mataderos vacunos (Nicaragua, Honduras). Ingenios de azúcar (Dominicana, Guatemala). Parques de energía eólica y plantas de energía térmica (Nicaragua, Guatemala).

Estimación del valor de los activos: 2.150 MD (valores 2014).

Estimación de los pasivos: (N/R).

Ninguna de las empresas del holding cotiza en bolsa.

Estimación de conjunto de la fortuna personal: 450 MD (valores 2014).

El inspector Morales terminó de leer, y no pudo reprimir un largo bostezo. Marinas para yates de recreo, energía eólica, aceite de cocina, call centers... ¿De qué le servía saber todo eso? Con sólo haber visitado la mansión quedaba a la vista que su cliente navegaba en un mar de dinero. Pero en cuanto encontrara el paradero de su hijastra, aquel Agnelli, sudado y comiendo huevos tibios, desaparecería de su vida otra vez para siempre, y él volvería a dedicarse a fotografiar, o a filmar, a la par de doña Sofía, los rostros de los adúlteros tras los cristales de las ventanillas de los vehículos en el momento en que salían de los moteles, usando su Nikon D3200 dotada de teleobjetivo, que había comprado de segunda mano sin preocuparse de indagar su procedencia.

—Energía eólica —se fingió admirado, para complacer a doña Sofía—. También es dueño del viento.

—Y cuéntele que, así y todo, come como un pajarito —dijo Lord Dixon—. Ni siquiera debe gastar en papel higiénico.

—Todavía me queda un montón de información sin procesar —dijo doña Sofía, envanecida—. En ese sitio de Internet sí que desnudan a los millonarios.

El inspector Morales le explicó los términos del trato con Agnelli, y puso los dos sobres bancarios sobre el pupitre.

—Nunca nos han pagado tanto por un trabajo, ni creo que este milagro se repita, doña Sofía —dijo—. Cuente bien esos billetes.

En cada sobre había fajos de cien, cincuenta y veinte dólares, tostados de tan nuevos, de modo que se pegaban en los dedos de doña Sofía.

—Con lo que me toque es suficiente para arreglar el techo de mi casa, que está todo pasconeado —dijo, terminando de contar—; son como quince láminas de zinc las que necesito, y los perlines.

—Bien podría solicitarlas al Consejo del Poder Ciudadano de su barrio, que se las aprobaría con gusto —dijo Lord Dixon.

—Yo había pensado cambiar el Ladita, que ya da lástima, por un Subaru —dijo el inspector Morales.

—No han lazado la vaca y ya se están repartiendo el cuero —dijo Lord Dixon.

—Mientras tanto guardemos bien la verdolaga —dijo el inspector Morales, recogiendo los sobres.

Como la agencia no tenía más que una magra cuenta en córdobas en la sucursal del Banpro en el Guanacaste Shopping Center, decidieron recurrir al escondite utilizado para guardar las fotos comprometedoras antes de ser entregadas a los clientes, y también la Nikon, el activo más valioso de la agencia, junto con los chips.

Entraron entonces al cubículo, y tras apartar algunos billetes para gastos operativos, doña Sofía, con probada agilidad, se subió encima del escritorio del inspector Morales y retiró uno de los tableros de poroplast del cielo falso para ocultar los dos sobres.

Concluida la operación, se ocuparon de la bolsa de manila que venía en la carpeta. No había ningún documento. El inspector Morales la sacudió, y cayeron sobre su escritorio dos fotografías de formato mediano.

Ambas mostraban a la desaparecida. Una, de medio cuerpo, era el retrato oficial de su graduación en la Universidad de Vanderbilt. *Marcela Soto. Bachelor of Arts in Liberal Studies, class of 2013,* según una etiqueta adherida al dorso. En la otra, una mala copia en colores, aparecía entre amigas en una discoteca, señalada dentro de un círculo trazado con marcador; pero esta vez no había en el dorso ninguna explicación.

—Universidad fundada por el comodoro Cornelius Vanderbilt, que hizo su fortuna en Nicaragua transportando pasajeros de uno a otro océano en tiempos de la fiebre del oro en California —dijo Lord Dixon con aire profesoral—. Entraban por el río San Juan, allí donde al marqués don Ireneo, del que habla *¡Hola!,* lo picó la culebra.

—El hombre le dio legalmente su apellido —dijo el inspector Morales—. Eso puede indicar una buena relación familiar.

—O esconder una mala relación —dijo Lord Dixon.

—En *¡Hola!* está escrito que ella es «la niña de los ojos» de Soto —dijo doña Sofía.

—Una mención de pasada —dijo el inspector Morales—. Ni siquiera aparece su foto en la revista.

Agnelli sólo le había entregado pequeñas piezas del rompecabezas. Dos fotos de una joven pálida y delgada, sin mayores atractivos físicos. Un rostro para ser olvidado de inmediato.

—Y el plazo es apenas de tres días —dijo Lord Dixon, rascándose con preocupación la cabeza.

—Llame por teléfono a ese hombre y dígale que así no podemos trabajar —dijo doña Sofía.

—Me advirtió que todo lo que necesitaba estaba en la carpeta —dijo el inspector Morales.

—Entonces hablemos con la esposa —dijo doña Sofía—. Yo puedo ir a buscarla a sus oficinas de la fundación, que están en Los Robles.

—Ni se le ocurra —respondió el inspector Morales—. El cliente prohíbe meterla en esto.

—Y haga caso, doña Sofía, que usted es muy sobrada —dijo Lord Dixon.

—Bueno, no vamos a perder esas diez mil maracandacas por culpa de la desidia —dijo doña Sofía.

Fue a sentarse frente a la computadora, las fotos en la mano. Tecleó para entrar en el sitio de la Universidad de Vanderbilt, pinchó en *Class of 2013* y después escribió el nombre en la casilla de búsqueda.

—Todo eso está en inglés —le advirtió el inspector Morales, que la había seguido.

—¿Usted cree que por vieja no puedo aprender idiomas? —ripostó doña Sofía, sin dejar de teclear.

—Tiene razón —dijo Lord Dixon—. Es falso eso de que loro viejo no aprende. Todas las noches estudia inglés en un curso por Internet.

—¡*Yes!* —exclamó doña Sofía—. ¡Aquí la tenemos!

—¿Qué dice allí? —preguntó el inspector Morales.

—Nació en Miami el 18 de octubre de 1992 —leyó doña Sofía—. Pero fíjese. Además de la foto de graduación, que ya conocemos, tenemos otra muy reciente. Según explican aquí, cada año actualizan las fotos de los egresados.

En la foto de la graduación el pelo le salía por debajo del birrete y le caía sobre los hombros; en esta otra del sitio de la universidad, y en la tomada en la discoteca, lo llevaba corto. Parecía como si ella misma se hubiera metido tijera de manera descuidada.

—Tipo Juana de Arco —dijo Lord Dixon.

—Puede ser la moda —dijo doña Sofía.

—No parece que sea por moda —dijo el inspector Morales—. Más bien es como si se hubiera impuesto una penitencia.

—Igual que la madre con su hábito capuchino —dijo Lord Dixon.

—Pero es una mujer bonita de todos modos —dijo el inspector Morales—. Que tiene su atractivo, lo tiene.

—Que no llegue esa afirmación a oídos de la Fanny, que tiene las uñas de una verdadera tigresa de Bengala —dijo Lord Dixon.

—El pelo tijereteado, y, además, véala en la foto de la discoteca, metida en esa chaqueta de hombre que le queda grande —dijo doña Sofía—. Tiene que arremangársela. Para vestirse es desastrosa.

De verdad, la muchacha desentonaba entre sus amigas, vestidas de manera descuidada, pero no ajenas al lujo. Jeans rotos a propósito, blusas de Uniqlo y Forever 21, piercings en la nariz o en los labios. Extendían los brazos en distintos gestos y muecas, o se abrazaban por el cuello, mientras ella, sin ningún afeite, los brazos apretados sobre el pecho, como si el aire acondicionado del local la obligara a protegerse del frío, parecía más bien una enferma terminal.

—¿Algo más? —preguntó el inspector Morales.

—Fecha y lugar de nacimiento, y eso es todo —dijo doña Sofía.

—Hay mujeres que van a parir a Miami sólo para que sus hijos sean gringos —dijo el inspector Morales.

—No fue por eso, el primer marido de doña Ángela trabajaba allá para el Towerbank —contestó doña Sofía, sin apartarse de la pantalla—. También esa información está en ¡Hola!

—Debería leer *¡Hola!* de cabo a rabo, como doña Sofía, y no estaría preguntando tanto —dijo Lord Dixon.

—Ya tenemos una idea clara de su aspecto físico. Se ha cortado el pelo. Tenemos su edad —dijo doña Sofía—. Ahora calculemos su estatura.

—Estatura mediana, tendiendo a pequeña —dijo el inspector Morales.

—Y anoréxica —dijo Lord Dixon—. Lo que sus facciones acusan es desnutrición voluntaria.

—¡Un momento! —dijo doña Sofía—. Aquí al pie de la ficha remiten a su página de Facebook.

—Debió habérsele ocurrido antes, doña Sofía, que esa jovencita estaría en Facebook —dijo Lord Dixon.

Pinchó la dirección, y no tardó en tener la página en la pantalla.

En la foto de cabecera, Marcela aparecía enfundada en un disfraz leonado de gato romano que sólo dejaba descubierta la cara, tres rayas negras pintadas a los lados de la boca a guisa de bigotes. Esta vez sonreía, pero de manera apenas perceptible.

—Me luce a Halloween —dijo Lord Dixon.

Enseguida estaba una lista de frases célebres de Mahatma Gandhi, Martin Luther King, Madre Teresa de Calcuta. También figuraban sus libros, discos y películas preferidas.

—Nada de bailar, nada de deportes —dijo Lord Dixon.

Sus relaciones sociales no eran muchas. En la columna de amigos aparecían trece personas con sus fotos. De ellas, siete eran viejas compañeras de la universidad, gringas o asiáticas. Las demás venían a ser las mismas muchachas que aparecían en el grupo de la discoteca, según fueron comparando cara por cara. Cinco. Y sólo había un hombre en la lista, Frank Macaya; pero en lugar de su foto había puesto a Homero Simpson comiéndose una dona.

—Anotemos eso —dijo el inspector Morales, y abrió su cuaderno escolar para escribir el dato en una página nueva que tituló DESAPARICIÓN MARCELA SOTO—: todas sus amistades son femeninas, salvo un privilegiado varón que se oculta tras una caricatura.

—Aquí hay una foto etiquetada por él —dijo doña Sofía.

Era la misma foto de grupo del sobre de Agnelli. La había tomado el propio Frank Macaya en la discoteca Moods de Galerías Santo Domingo, y la subió a las tres de la mañana del jueves 19 de agosto. Según explicaba en la nota de pie, era un regalo de despedida a todas las que se iban de regreso a Estados Unidos temprano del día siguiente.

—Se ve que Agnelli vigila la página de Facebook de Marcela —dijo el inspector Morales—. De allí mandó a copiar la foto que me entregó.

—¿Quién es Agnelli? —preguntó doña Sofía.

—Soto —dijo el inspector Morales.

—No vaya a confesarle que vio al verdadero Agnelli desnudo, y quedó impresionado por sus atributos —dijo Lord Dixon.

—De acuerdo con los datos que suministra Frank, esa fiesta de despedida fue, entonces, el miércoles 18 de agosto —dijo doña Sofía—. Veamos ahora a ver qué se cuentan las amigas en su group chat.

—Doña Sofía se ha vuelto una hacker de primera —dijo Lord Dixon, con un silbido de sorpresa—. Entró en el chat como si tuviera una ganzúa.

Por los mensajes intercambiados, quedaba establecido que tres se habían ido en el vuelo de United la mañana del jueves 19 de agosto: Mireya Argüello, Marta Cristina Lacayo y Anabela Rosales.

Doña Sofía hizo un ligero repaso en las cuentas de Facebook de cada una: Mireya estudiaba artes plásticas en la Universidad de Rice; Marta Cristina sacaba una maestría en biología molecular en la UCLA; y Anabela, recién graduada en Vanderbilt en ingeniería electrónica, hacía una pasantía en una empresa de Mobile, Alabama.

—Nos quedan dos, son las que probablemente la acompañaron al cine —dijo el inspector Morales—. Según Soto, eso fue hace como una semana.

Doña Sofía volvió al group chat en la página de Marcela.

—Melba y Katia —dijo—: Melba invita a Katia y Marcela a encontrarse el sábado 21 de agosto a las siete de la noche en la entrada de los Cinemas de Galerías para ver *Fury*.

Melba había agregado un corazón que palpitaba aceleradamente. No hallaba las horas que Brad Pitt terminara de divorciarse de Angelina Jolie. Katia respondía que soñaba con él, *wet dreams every fucking night,* y ponía una foto del artista enseñando el torso desnudo. Marcela solamente decía *ok, girls, allí nos vemos.*

—¿Qué significa eso que dice Katia en inglés? —preguntó el inspector Morales.

—No ponga a esta digna señora en semejante predicado —dijo Lord Dixon.

—Sepa Judas —dijo doña Sofía, y se sonrojó—. Anote lo que importa: que la jovencita desapareció la noche del sábado 21 de agosto.

—Ya está anotado —dijo el inspector Morales—. ¿Y Melba y Katia? ¿Siguen en Managua?

—Aquí tenemos ahora que Melba y Katia se fueron también a Estados Unidos —dijo doña Sofía—. Una el lunes 23, la otra el martes 24. También volvieron a sus universidades.

—Melba Reyes en Duke, Katia Robleto en Warthon —dijo Lord Dixon—: padres de familia prósperos, pilares de la economía nacional.

—Entonces, ahora búsqueme a Frank —pidió el inspector Morales.

Doña Sofía entró en la página de Facebook de Frank. La información que ofrecía era explícita: Frank Macaya Morgan, nacido en Alajuela, Costa Rica, el 19 de mayo de 1991. Domicilio en Managua, kilómetro 10 y ½ de la carretera Sur.

En la foto de cabecera aparecía soplando la candelita de un minúsculo queque de cumpleaños, con pantalón corto y una gorra de orejeras, como el Chavo del 8. Trabajaba para el Galaxy Call Center, y había colgado una serie de fotos de los exteriores e interiores del edificio.

—Tal parece que la compañía fuera de su propiedad —dijo el inspector Morales.

—¿Con esa facha? —dijo doña Sofía.

—Si no dueño, por lo menos gerente, no se equivoque —dijo el inspector Morales—. Los grandes ejecutivos de ahora llegan a trabajar en shorts y chinelas de gancho.

—Y, además, esas niñas no se juntarían con cualquier pelagatos —dijo Lord Dixon.

—Vuelva otra vez a la página de Marcela —pidió el inspector Morales—. Quiero comprobar si no hay por allí algún mensaje de ella a sus amigas después que desapareció.

Más allá del sábado 21 de agosto, no aparecía nada suyo. Había cerrado puertas y ventanas después de abandonar su butaca en el cine. Pero sus amigas le seguían mandando desde Estados Unidos mensajes juguetones, streams de fotos, memes, links de videoclips, sin mostrar ninguna alarma.

—Esas dos que fueron con ella al cine están demasiado lejos como para poder entrevistarlas —dijo doña Sofía.

—Nos queda Frank, ya conocemos dónde vive y dónde trabaja —dijo el inspector Morales.

—La llevó a esconder a algún lugar porque son novios —dijo doña Sofía—. Esta investigación es pan comido.

—En ese caso, diga mejor amantes —dijo el inspector Morales.

—Bueno, reconozco que en estos tiempos ya no se sabe —respondió doña Sofía.

—En su casa de la carretera Sur seguro no la tiene, porque es el primer lugar donde Soto hubiera buscado —dijo el inspector Morales.

—Sabias palabras —dijo Lord Dixon—. El agente Smith ya habría sido enviado con su tropa a rescatarla.

—Y si la ocultó en otro lugar, tampoco le costaría nada mandar a seguirlo cuando vaya a visitarla —dijo el inspector Morales.

—¿Adónde lo llevan todos esos razonamientos? —preguntó doña Sofía.

—A que Soto no tenía ninguna necesidad de recurrir a mí —contestó el inspector Morales.

—A lo mejor ya probó con Frank, y tampoco él sabe nada —dijo Lord Dixon.

—Ahora lo que urge es que usted vaya a entrevistarse con ese muchacho —intervino doña Sofía—. Yo tengo pendiente a Mónica Maritano.

—¿Qué importancia le encuentra? —dijo el inspector Morales—. Ella nada más trae y lleva razones.

—No me gusta esa mujer —respondió doña Sofía—. Es como si oliera a azufre.

—Nada de azufre —dijo el inspector Morales—. Huele a perfume caro.

—En Internet no hallé nada, pero Ovidio la conoce, ya me rindió su informe esta mañana —dijo doña Sofía.

—Su famoso asesor —dijo el inspector Morales—. Nos faltaba un barbero en la plantilla, y ya lo tenemos.

Doña Sofía ignoró el comentario.

—Me ha reportado que cuando ella se presentó aquí ayer, traía compañía —dijo.

—¿Hombre o mujer? —preguntó el inspector Morales.

—Hombre, un chele pelado a la número cero, como un cadete, y de anteojos oscuros —dijo doña Sofía.

—¿Vestido de traje entero color ratón? —preguntó el inspector Morales.

—Sí, y de tela gruesa, sin importarle el gran fogazo —asintió doña Sofía.

—Ése es el agente Smith, el jefe de seguridad de Soto —dijo el inspector Morales.

—Se quedaron platicando un rato dentro del carro después que ella salió de aquí —agregó doña Sofía.

—Debe ser su querido —comentó el inspector Morales, tomando su cartapacio y su bastón.

—Sólo que ya no siga entendiéndose con Soto —gruñó doña Sofía.

—¿Cómo sabe que ella tiene que ver con Soto? —preguntó el inspector Morales.

—Pues por el informe de Ovidio —contestó doña Sofía—. Sus fuentes son confiables.

—No nos están pagando por investigar esos enredos de aposento, doña Sofía —dijo el inspector Morales.

—Eso es correcto —dijo Lord Dixon—. ¿Qué más da quién se coge a quién?

—Después no se lamente por despreciar mis corazonadas —dijo doña Sofía.

—Si de amantes se trata, veamos primero si acaso ese Frank se mete en la misma cama con Marcela —dijo el inspector Morales.

—De ser así, desgraciado de él cuando sus huevitos pasados por agua hirviente vayan a dar al menú de Agnelli —dijo Lord Dixon.

—Estás repitiendo las mismas babosadas —dijo el inspector Morales de mal modo.

—¿Qué babosadas? —dijo doña Sofía, y se volvió, ofendida.

—Nada, no es con usted —dijo el inspector Morales, camino de la puerta—. Si me da por estar hablando solo es que ya voy para viejo.

—Doña Sofía, esa foto mía del tabique es una calamidad; si no fuera porque soy negro, ya no se me vería del todo —dijo Lord Dixon, antes de ponerse tras los pasos del inspector Morales—. Busque en la guía el teléfono de mi hermano Charles y llámelo a Bluefields para que le mande una decente. La de mi bachillerato en el colegio Moravo, por ejemplo, donde luzco mi birrete igual que la desaparecida Marcela.

3. La cola del cometa

Era cerca de la una cuando el inspector Morales se bajó del Lada en el estacionamiento del Galaxy Call Center. El edificio se hallaba más allá del reparto Las Colinas, sobre la carretera a Masaya, y sus ventanales oscuros dejaban saber poco acerca de las actividades que se realizaban tras las paredes de hormigón sin revoque. Antes de llegar al atrio de la entrada, al medio de un cantero de hortensias se alzaba un túmulo, también de hormigón, en el que se leía el nombre de la empresa en letras de metal platinado. Su logotipo era la cauda de un cometa.

Las recepcionistas, de uniformes grises a rayas, atendían desde un escritorio circular, al centro del gran hall, sentadas en altos butacos como los de un bar. Los teléfonos que tenían a mano no repicaban, sino que ronroneaban como gatos consentidos.

El inspector Morales se dirigió hacia el escritorio imbuido de cierta unción religiosa, tratando de ensayar su mejor paso al compás del bastón. El hall desnudo intimidaba con sus paredes de superficie metálica, que en su opacidad no devolvían la luz de porcelana esparcida por los fanales del techo. Desnudo, salvo por la pintura que ocupaba, lejana, la pared del fondo. Un par de ojos. Uno de ellos lloraba, sólo que la lágrima era verde.

—Si adivinás quién es el dueño de esta empresa, te ganás un premio —lo codeó Lord Dixon.

—¿Qué es esto de call center? —le preguntó el inspector Morales, no sin arrepentirse de inmediato. Si le daba cuerda, Lord Dixon ya no iba a dejarlo en paz.

—Es lo mismo que una maquila de ropa, sólo que los operarios hacen llamadas en inglés —respondió.

—Sigo sin entender ni mierda —dijo el inspector Morales.

—Te doy un ejemplo —dijo Lord Dixon—. Si una viejita que vive en la chingada grande, digamos en Australia, necesita tomarse su medicina a las seis de la mañana de allá, desde aquí uno de los telefonistas la llama y le dice: «Buenos días, es hora del calcio para sus huesos y del hierro para su sangre».

Cuando el inspector Morales preguntó a una de las recepcionistas por el licenciado Frank Macaya, vio cómo la risa bailaba en los ojos de la muchacha. ¿De qué otro modo iba a llamarlo? Un gerente tenía que ser, cuando menos, licenciado.

—La diversión manifiesta de esa joven me hace sospechar que nuestro Frank no es licenciado, ni tampoco gerente —dijo Lord Dixon.

La muchacha buscó la compostura perdida.

—Lo siento mucho, pero el personal no puede recibir visitas en horas laborales —dijo.

—Allí está tu mentado gerente —dijo Lord Dixon—. Un simple subalterno que no puede dejar a sus viejitos de Melbourne sin sus medicinas ni un minuto.

—Vengo de parte del ingeniero Soto —contestó el inspector Morales con todo aplomo.

Ella puso cara de asombro, y cuando el inspector Morales la vio levantar el auricular buscó en su escaso repertorio de sonrisas la más seductora que podía conseguir.

—No disgustemos al señor Soto metiendo a terceras personas en esto, es un asunto muy confidencial —le dijo en voz baja.

Era una morena guapa, de pómulos salientes y labios carnosos pintados de un rosa muy tenue. Tras un momento de vacilación le devolvió la sonrisa y le pidió la cédula de identidad, a cambio de la cual le entregó un sticker que él mismo pegó obedientemente a la bolsa de su camisa.

—Ya van dos stickers en este día —dijo Lord Dixon—. Sólo que, en lugar de la diana de coger puntería, éste tiene la cola del cometa Halley.

—Le devuelvo la cédula cuando termine su visita —dijo la morena.

—Así tengo la oportunidad de volver a verla —volvió a sonreír el inspector Morales, pero ella se quedó muy seria.

—La operación sonrisa ha fracasado —dijo Lord Dixon.

—Suba por el ascensor al tercer piso, y luego entra por la segunda puerta a la derecha —le indicó ella.

Lo que había detrás de la segunda puerta a la derecha del pasillo era una sala donde una docena de telefonistas, provistos de auriculares con micrófonos, cada uno frente a la pantalla de una computadora, hablaban al mismo tiempo en un murmullo afectuoso y sosegado, tratando a sus interlocutores como viejos conocidos, con la confianza suficiente para darles bromas cariñosas.

Un muchacho de jeans y corbata, con la cauda del cometa bordada en el bolsillo de la camisa, recorría la doble fila, vigilante del trabajo de cada uno.

—Allí lo tiene —dijo Lord Dixon—, es Frank, sin la gorra del Chavo del 8.

Cuando descubrió al inspector Morales, que avanzaba hacia él, el muchacho vino a su encuentro y lo encaró con disgusto tomándolo del brazo. Tan deprisa lo sacó al pasillo, que lo hizo botar el bastón.

—Señor, me perdona, pero es prohibido entrar al locutorio —le dijo, mientras recogía el bastón caído y se lo entregaba.

Trataba de mantener a raya su coquetería, pero no le era fácil. Se alisaba el cabello moviendo el cuello con cierto gracioso desdén, y el estampado de su corbata era todo un jardín florido.

—Fíjate, se depila las cejas —dijo Lord Dixon—. O es metro, o es retro. Me inclino por lo segundo.

—Necesitamos hablar —dijo el inspector Morales con deje de autoridad, mostrándole un carnet de investigador privado extendido por la Policía, ya caduco—. Tu patroncito me ha encargado encontrar a su hija, que se ha perdido.

Frágil y delgado, como una muchacha que pasada la pubertad nunca logró echar caderas, tenía una pronunciada manzana de Adán, por lo que era fácil notar cómo tragaba saliva.

—¿Marcela desapareció? —preguntó Frank, poniendo la mejor cara de sorpresa que pudo.

—No te me hagás el pendejo y nos vamos a ahorrar sinsabores —dijo el inspector Morales, y lo agarró de la corbata—. ¿Dónde podemos platicar? ¿Por qué no vamos a tu oficina?

—No tengo oficina —respondió Frank—. Mi lugar de trabajo es aquí, en esta sala.

—Y yo que pensaba que por lo menos eras el gerente —dijo el inspector Morales, y lo soltó.

Frank se apresuró a componer el nudo de la corbata y a alisarla. Todas aquellas flores parecían ahora mustias y deshojadas.

—No soy gerente, soy coach —dijo.

—¿Coach? —preguntó el inspector Morales—. ¿Como en el beisbol?

—Yo monitoreo a los operadores de esta sección —dijo Frank, apurando las palabras y bajando el tono de la voz, al punto que se hacía casi imposible entenderle.

—En dos platos, un capataz —dijo el inspector Morales.

—Le va a dar un ataque de nervios —dijo Lord Dixon.

—Aquí no podemos seguir hablando —suplicó Frank.

—Bueno, decime adónde y a qué horas —dijo el inspector Morales.

—Voy a pedir permiso y nos vemos en media hora en el café Las Flores, que está al lado de Movistar, sobre esta misma carretera —dijo Frank.

—Juega —dijo el inspector Morales—. Pero si me hacés una letra y no llegás, me voy directo donde Soto, y mañana mismo te corren de aquí.

—Que llega, llega —dijo Lord Dixon—. El miedo le va a poner alas en el culo.

En efecto, Frank apareció puntual a la cita, y se le veía más tranquilo. Se había despojado de la corbata, y además de una gorra de beisbol llevaba lentes redondos tornasolados, tipo John Lennon. Tan tranquilo que, una vez sentado a la mesa donde el inspector Morales lo esperaba con su cuaderno escolar abierto, se permitió sonreír.

—Déjeme invitarlo —dijo, y con toda confianza chasqueó los dedos para llamar a uno de los meseros.

—Un mocaccino para mí —ordenó.

—Pida un irish coffee, que lleva whisky —dijo Lord Dixon.

—Yo quiero un irish coffee —dijo el inspector Morales—. Que el whisky sea doble.

—Su nombre ya me resultaba conocido —dijo Frank, parpadeando rápidamente—. El inspector Morales, nada menos.

—Esas pestañas son postizas —dijo Lord Dixon.

—¿Cuándo fue la última vez que la viste? —preguntó el inspector Morales, disimulando mal el halago.

—La noche del sábado 21 de agosto —confesó Frank—. Fuimos a ver una película de Brad Pitt a los Cinemas, a tanda de siete y media. Cuando estábamos a la mitad, dijo que iba a comprar popcorn y ya no regresó.

—¿Vos estabas allí también? —se extrañó el inspector Morales.

—Katia me invitó por teléfono a última hora —dijo Frank—. Yo ya había visto esa película pero no me importó. Me siento muy bien en ese grupo.

—Katia es la de los «wet dreams» —dijo Lord Dixon.

—¿Vos tenés carro? —le preguntó el inspector Morales.

—Un Yaris color cielo —respondió Frank.

—Me abstengo de señalar algo más acerca de las características del testigo —dijo Lord Dixon—. Creo que me estoy volviendo homofóbico.

—Según Soto, el BMW de Marcela quedó abandonado en el estacionamiento —dijo el inspector Morales—. ¿No le habrás dado las llaves del tuyo?

—Es fácil comprobar que eso no es cierto —dijo Frank, alzando los hombros—. Katia me pidió que la pasara trayendo porque su hermano se le había llevado su Passat para San Juan del Sur. Estaba furiosa por el abuso. Y también la fui a dejar a su casa de regreso.

—¿Qué hicieron cuando se dieron cuenta que Marcela no volvía? —preguntó el inspector Morales.

—Ni siquiera nos extrañamos, ella es así —dijo Frank—. Pensamos que lo del popcorn era una excusa; que se había aburrido y había regresado a su casa.

—¿No se les ocurrió buscar cómo comunicarse con ella cuando terminó la película? —preguntó el inspector Morales.

—Claro, nos quedamos un rato en Papa John's y desde allí la llamamos a su celular y le pusimos mensajes, pero nunca contestó —dijo Frank.

—¿Dónde estudiaste? —preguntó el inspector Morales.

—En Berkeley —contestó Frank—. Ingeniería electrónica, pero no me gradué.

—¿Tu sueldo te da para tener carro? —le preguntó el inspector Morales.

—Mi madre en Costa Rica tiene dinero suficiente como para regalarme un carro —dijo Frank, con dignidad ofendida.

—¿Qué estás haciendo entonces de supervisor de telefonistas? —le preguntó el inspector Morales.

—Ya le dije que no me gradué —respondió Frank—. Lo único que me quedó fue el inglés.

Les trajeron los cafés en copas de alto pedestal. El inspector Morales dio un trago grande a su irish coffee, y un calor reconfortante se extendió por todo su pecho.

—¿Se puede saber por qué no te graduaste? —preguntó el inspector Morales.

Frank, meditativo, no cesaba de revolver su mocaccino con la cucharita, después de haber vertido dentro un sobrecito de Splenda.

—Culpa del éxtasis —dijo.

—Una droga que saca del fondo de las tinieblas los recuerdos y los sentimientos reprimidos —dijo Lord Dixon.

—Vivías arriba, en el espacio infinito —dijo el inspector Morales.

—La moda era bajar la pastilla con Red Bull —siguió Frank.

—Y te fundiste —dijo el inspector Morales.

—Una noche, en una fiesta heavy, quise tirarme al vacío desde el balcón de un tercer piso —dijo Frank—. Creía que con sólo mover los brazos, como las alas de los pájaros, me iba a remontar por los aires.

—Hay otros que se creen Iron Man y por querer parar los vehículos con las manos quedan untados en el pavimento —dijo Lord Dixon.

—¿Y cómo saliste del túnel? —preguntó el inspector Morales.

—Estuve en un centro de rehabilitación en Oakland, el doble más caro que un semestre en la universidad —dijo Frank—. Pobre mamá.

—¿Y te curaste del todo? —preguntó el inspector Morales.

—Ahora hago meditación trascendental, Kriya Yoga —dijo Frank—. Puedo estar en una fiesta donde todos esnifan como locos, o se meten pastillas a puñadas, y yo, tranquilo.

—Pero nada de eso me aclara por qué te viniste a vivir a Nicaragua —dijo el inspector Morales.

—Detrás de un amor —dijo Lord Dixon.

—¿Qué tiene que ver mi historia personal con su investigación? —preguntó Frank.

—Nunca se sabe adónde van a parar las historias personales —dijo el inspector Morales.

—En el centro de rehabilitación conocí a un amigo nicaragüense —dijo Frank, y lamió con cuidado la cucharita.

—Que después te abandonó —dijo el inspector Morales.

—No —dijo Frank con desconsuelo—. Después de un año de vivir felices aquí en Managua, murió.

—Inmunodeficiencia adquirida —dijo Lord Dixon.

—Y entonces decidiste quedarte —dijo el inspector Morales. Había terminado su irish coffee, y quería pedir otro.

—A donde vayas yo iré..., donde mueras yo moriré —dijo Frank.

—El libro de Ruth, con modificaciones —dijo Lord Dixon.

—¿Y nunca más tuviste otra pareja? —preguntó el inspector Morales.

—Soy un viudo casto —contestó Frank con una leve sonrisa—. Y no por miedo de contagiar a nadie, porque no soy seropositivo.

—Y tu compañero de vida te dejó en herencia sus amistades, incluida Marcela —dijo el inspector Morales.

—Y a Katia, y a Melba, y a todas las demás que usted encontró seguramente en mi Facebook —dijo Frank.

—Y ellas, que son tan fresas, ¿saben que sos un simple supervisor de telefonistas? —preguntó el inspector Morales.

—Ellas sí, pero mamá no —respondió Frank—. Le da un ataque si se entera.

—¿Por qué iba a afligirse? Ella sabe bien que no te graduaste, y que no podés aspirar a grandes puestos —dijo el inspector Morales.

—Cree mucho en los apellidos —contestó Frank—. Está segura que basta tener el apellido Macaya para que a uno lo hagan alto ejecutivo en cualquier parte.

—Piensa que ganás un sueldo de primera, y de todos modos te regala un carro —dijo el inspector Morales.

—Cariño de madre —sonrió Frank.

—Pero sea o no importante ese puesto, Marcela te lo consiguió con su papá —dijo el inspector Morales.

—Ni siquiera tuvo que intervenir el papá —dijo Frank—. Le bastó a ella con llamar al gerente de recursos humanos, y ya.

—Me voy a tomar otro café de ésos —dijo el inspector Morales, alzando de una vez la mano para llamar al mesero.

—Dos whiskies dobles a primeras horas de la tarde revelan tendencia al alcoholismo —le advirtió Lord Dixon.

—Claro, pídalo, siempre invito yo, con mucho gusto —dijo Frank.

—¿Dónde está Marcela? —preguntó el inspector Morales de pronto.

—No tengo la menor idea —dijo Frank, mientras sorbía el vaso de agua que le habían puesto con el café.

—Ésta es una conversación amistosa —dijo el inspector Morales—. No voy a presionarte, ni a obligarte.

—Me gusta que hablemos como amigos, porque tiene que creerme —dijo Frank—. No sé nada de su paradero, se lo juro por la memoria de Max.

—Max es su difunto compañero sentimental —dijo Lord Dixon.

—¿Cómo se llama el novio de Marcela? O su amante, da lo mismo —preguntó el inspector Morales.

—No tiene novio ni tiene amante —respondió Frank—. Es muy solitaria, por eso nos entendemos bien.

—Si todas tus amigas, y las de ella, se fueron para Estados Unidos, ustedes dos han quedado solos —dijo el inspector Morales—. ¿Cómo es que no se comunican?

—Eso es precisamente lo más extraño —suspiró Frank—. He estado pendiente del celular todos estos días, y ni un mensaje de texto, ya no digamos una llamada.

—Por las fotos puede sacarse que ella es una persona deprimida —dijo el inspector Morales.

—Pues sí, súper deprimida —asintió Frank.

—¿Te ha hablado del motivo de esas depresiones? —preguntó el inspector Morales.

—No tenemos ese grado de intimidad —contestó Frank.

—Está mintiendo —dijo Lord Dixon—, no lo suelte.

—Me has visto cara de pendejo, bróder —dijo el inspector Morales—. Decís que la maje no tiene a nadie más a quien recurrir sino a vos, y ahora me salís con que no hay trato de intimidad entre ustedes.

—Usted no sabe cómo es la depresión —dijo Frank—. Las personas se encierran dentro de su concha y no hay manera de sacarles palabra.

—Dame el nombre del psiquiatra que la atiende —dijo el inspector Morales.

—No tiene psiquiatra —respondió Frank.

—Seguimos en la mentira —suspiró el inspector Morales.

—Estoy siendo honesto —dijo Frank—. Siento mucho que no quiera creerme.

—¿Ella rechaza ponerse en manos de un psiquiatra? —preguntó el inspector Morales.

—El papá adoptivo no la deja —contestó Frank.

—¿Por qué? —preguntó el inspector Morales.

—Porque dice que su hija no está loca, y sólo los locos necesitan loqueros —respondió Frank.

—¿Y Soto no te ha buscado para ver si conocés su paradero? —preguntó el inspector Morales.

—Nopis —dijo Frank.

—¿Tampoco te ha contactado una mujer llamada Mónica Maritano? —preguntó el inspector Morales.

—No sé quién es ella —contestó Frank.

—¿A qué horas salió Marcela del cine? —preguntó el inspector Morales.

—La película iba por la mitad —dijo Frank—, calculo que serían las ocho y cuarto de la noche.

—¿Alguien la llamó a su celular? —dijo el inspector Morales.

Frank calló por un momento.

—Sí, la llamaron —dijo—. Había puesto el teléfono en tono de zumbido, y entró una primera llamada.

—¿La contestó? —quiso saber el inspector Morales.

—No —dijo Frank—. Sólo chequeó la pantalla. Al poco rato volvieron a llamar.

—¿No supiste si era la misma persona? —dijo el inspector Morales.

—Ella no comentó nada, lo que hizo fue apagar el teléfono —contestó Frank.

—¿Cuánto tiempo pasó entre la última de las dos llamadas y el momento en que ella salió? —preguntó el inspector Morales.

—A lo más, dos minutos —respondió Frank, casi sin meditarlo.

—Vamos a ver —dijo el inspector Morales—. Si dejó su carro en el estacionamiento, alguien muy ligado a ella tuvo que llegar a traerla.

—La persona de las llamadas —dijo Lord Dixon—. Dos llamadas, ésa era la señal.

—Le repito que ese alguien no existe —negó Frank.

—Entonces, a dondequiera que haya ido, ¿se fue a pie? —dijo el inspector Morales.

—Me he estado quebrando la cabeza por días, y no encuentro una respuesta —dijo Frank—. A lo mejor se trata de un secuestro.

—Soto descarta por completo el secuestro —dijo el inspector Morales—. Y creo que tiene razón: nadie secuestra sin pedir rescate.

—Pues a mí no se me ocurre nada más —dijo Frank, haciendo amago de levantarse—. Y me perdona, que debo volver al trabajo.

—Sólo otra cosita —dijo el inspector Morales, y lo detuvo por el brazo—. Aceptemos que con vos no se confiesa. ¿Pero a qué atribuirías esa depresión?

—Tal vez juegan las expectativas que sus padres tienen de ella, y que a Marcela no le interesan para nada —dijo Frank.

—¿Qué expectativas son ésas? —preguntó el inspector Morales, tras un nuevo trago a su segundo vaso de irish coffee.

—Soto quiere ponerla al frente de toda la rama turística de sus negocios —contestó Frank—. Una manera de irla entrenando para que se haga cargo del imperio. Supongo que ya sabe que no tiene más heredera que ella.

—Él mismo me lo explicó —dijo el inspector Morales.

—Pero eso la horroriza, lidiar con gente, con empleados, andar en reuniones de juntas directivas... —dijo Frank—. Lo que quisiera es volver a Estados Unidos para sacar una maestría en literatura inglesa.

—¿Eso te lo ha contado a vos? —preguntó el inspector Morales.

—No, son comentarios casuales que ha hecho en petit comité, a los que somos sus más allegados —respondió Frank.

—¿Y por qué no se ha ido a Estados Unidos según desea? —dijo el inspector Morales.

—Supongo que para no causarle un disgusto a Soto —contestó Frank—. Si ella se va, al hombre se le acaban las esperanzas de meterla en sus negocios.

—¿Cómo se lleva con él? —preguntó el inspector Morales.

—Lo respeta —dijo Frank.

—Lo respeta, pero no lo quiere —dijo el inspector Morales.

—Yo no he dicho eso —saltó Frank.

—Respetar, que es lo que vos has dicho, es una cosa, y querer es otra —dijo el inspector Morales.

—Bueno, tiene que quererlo, ¿cómo no va a quererlo si le dio su apellido? —dijo Frank.

—El apellido y ya está —dijo el inspector Morales—. ¿Para vos eso es suficiente?

—¿Adónde quiere llegar? —preguntó Frank.

—De verdad, inspector, ¿adónde quiere llegar? —dijo Lord Dixon.

—Quiero llegar a encontrarla, para eso me están pagando —respondió el inspector Morales.

—¿Y piensa hallarla averiguando si quiere o no a su papá? —preguntó Frank con algo de sorna.

—Su padrastro —dijo el inspector Morales—. ¿No se te ha ocurrido que si se llevan mal, ella no quiera vivir en esa casa?

—Nunca la he oído decir que se lleven mal —contestó Frank—. Y, además, si ella no quisiera vivir en la misma casa, simplemente se lo dice, y ya. Es una mujer adulta.

—Un buen punto a favor de Frank —dijo Lord Dixon.

—Vos la has visitado en esa casa —dijo el inspector Morales.

—No muchas veces, pero he estado allí —dijo Frank.

—Entonces conocés a Soto —dijo el inspector Morales.

—Esa mansión es inmensa —dijo Frank—. Marcela vive en una dependencia aparte, con acceso propio.

—¿Y qué me decís de la mamá? —preguntó el inspector Morales.

—¿Doña Ángela? Siempre anda muy ocupada con su fundación del padre Pío —dijo Frank.

—¿Cómo es la relación entre las dos? —preguntó el inspector Morales.

—Pues creo que normal —respondió Frank.

—¿Sólo creés? —dijo el inspector Morales.

—Yo no estoy metido en la vida de ellas —contestó Frank.

—Y si a Marcela no la atraen los negocios, ¿tampoco ayuda a la mamá en eso de repartir bolsas de comida entre los pobres? —preguntó el inspector Morales.

—Buena pregunta —dijo Frank—. La dejo para cuando la vuelva a ver.

—La próxima vez te apeo de un bojazo esa sonrisita burlona de la cara —dijo el inspector Morales.

—Es que usted me hace unas preguntas... —respondió Frank.

—Decime una cosa —dijo el inspector Morales—. Si Marcela no tiene ni novio ni amante, ¿es lesbiana?

—No, de ninguna manera, usted está equivocado —negó Frank con vehemencia.

—No estoy afirmando nada, sólo pregunto —dijo el inspector Morales—. En la foto de la discoteca todas están vestidas a la moda, menos ella. ¿Quién se presenta en un antro sin gota de pintura, y con una chaqueta de hombre que no es de su medida?

—Hay que entender su carácter para poder explicar su aspecto —dijo Frank—. No le importa la ropa cara, ni tampoco las joyas.

—Pero tiene un BMW que no creo que haya otro igual en Nicaragua —dijo el inspector Morales.

—Si su papá le regala un BMW por su graduación, ¿qué otra cosa va a hacer sino subirse en él? —contestó Frank.

—Con guardaespaldas y todo —dijo el inspector Morales.

—Son sólo dos, y se mueven aparte, en una Prado que la sigue —dijo Frank—. Ella siempre va sola, manejando.

—Soto me dijo que esa noche los guardaespaldas la quedaron esperando en la puerta del cine —dijo el inspector Morales, y dio el último trago a su vaso de irish coffee.

—Uno en la puerta, otro en la boca del pasillo trasero, por donde también sale la gente cuando termina la función —dijo Frank.

—Bueno, creo que eso va a ser todo —dijo el inspector Morales—. Dejame tu número de celular por si te necesito.

Frank le dictó el número que el inspector Morales copió en el cuaderno escolar.

—No vuelva por favor a buscarme en el trabajo —dijo Frank, incorporándose.

—Ahora dame el número de celular de Marcela —dijo el inspector Morales.

—La he llamado mil veces, le he puesto mil mensajes, y ese celular está muerto —dijo Frank.

—Dámelo, de todos modos —dijo el inspector Morales.

—No —dijo Frank—. Hasta allí no puedo llegar.

—Está bien, no voy a obligarte, pero me parece muy extraña tu negativa —dijo el inspector Morales—. Si el teléfono está muerto, ¿qué importa si me das el número?

—Hay algo que se llama lealtad, y ella no me ha autorizado a darle ese número a nadie —dijo Frank.

—Perfecto —dijo el inspector Morales, y le entregó una de sus tarjetas con la efigie de Dick Tracy—. Si acaso Marcela se comunica con vos, me avisás.

—Claro que sí, pierda cuidado —dijo Frank.

—Te noto muy nervioso otra vez —dijo el inspector Morales—. Soto no me ha prohibido hablar con vos. ¿Por qué le tenés tanto miedo?

—¿Por qué iba a tenerle miedo? —protestó Frank—. Lo que no quiero es que en la empresa empiecen a murmurar que la Policía me anda buscando por algo.

—Yo ya no soy policía —dijo el inspector Morales.

—Pero todo el mundo sabe que usted perseguía traficantes de droga —dijo Frank—; y como ya alguna vez anduve en eso del consumo, no vayan a llegar a oídos de mi jefe noticias falsas. Ya con ser gay tengo bastante.

—Le asiste toda la razón —dijo Lord Dixon.

Frank se llevó los dedos a la visera de la gorra en señal de despedida, y se dirigió a la puerta bordeando las mesas atestadas de clientes.

—¡Llámelo, que se fue sin pagar! —dijo Lord Dixon con alarma.

—Dejalo, Soto invita —dijo el inspector Morales, y pidió otro irish coffee.

—El Ladita no tiene piloto automático, excelencia —dijo Lord Dixon.

—¿Qué pensás de este Frank? —le preguntó el inspector Morales.

—Le ha dicho algunas cosas ciertas, otras las pongo en duda, y otras se las ha guardado *in pectore* —respondió Lord Dixon.

—Entonces, ¿creés que sabe más de lo que me contó? —preguntó el inspector Morales.

—Yo de usted, le seguiría el rastro —dijo Lord Dixon.

—No me quiso dar el número del celular de Marcela —dijo el inspector Morales, y sonrió complacido—. Pero al suministrarme el suyo, el muy pendejo no se dio cuenta que me estaba llevando al de ella.

—Allí entra en acción la Fanny para que nos pase la lista de llamadas de Frank, y de la muchacha —dijo Lord Dixon—. Así vamos a averiguar quién la llamó esas dos veces en media función de cine.

—Qué haría yo sin vos, hermano —dijo el inspector Morales, y se bebió de una vez el irish coffee, a pesar de que le quemaba el galillo.

Intentó incorporarse, pero volvió a caer en el asiento, y se rio, divertido de su propia torpeza.

4. Una fragancia de Thierry Mugler

Poco antes de la una del día, mientras el inspector Morales abandonaba el café Las Flores con pasos inciertos, doña Sofía vio interrumpidos los preparativos de su almuerzo debido a un suceso que no era para causarle extrañeza, dado el giro de los asuntos de la agencia.

Iba a cerrar cuando apareció una clienta, a la que esperaba desde temprano, y procedió a entregarle las fotos, logradas gracias al teleobjetivo de la Nikon, donde su marido aparecía cargando plácidamente a un niño de quizás dos años en la puerta de la casa que tenía puesta a su querida en uno de los callejones de la Colonia Centroamérica.

Tras revisarlas haciendo acopio de entereza, la mujer pidió un vaso de agua que doña Sofía le sirvió solícita, y entonces la vio sacar con premura de la cartera un puñado de pastillas de fosfuro de aluminio, llamadas «pastillas del amor» en las crónicas judiciales, y quiso tragárselas. Se abalanzó sobre ella y pudo dominarla entre forcejeos, decomisando el veneno mortal, para luego darle consuelo mientras la dejaba llorar abatida en su regazo. Después de un cuarto de hora de consejos y recomendaciones, ya calmada, la había despedido en el corredor.

Ahora sí, extrajo de una gaveta del pupitre el contenedor de plástico donde había una ensalada de papas con mayonesa, lo de casi todos los días, y también un litro de Big Cola ya empezado, del que bebía a pico de botella.

La ventolera del abanico, a pesar de su furia desconcertada, además de los papeles sólo lograba alborotar el calor espeso que reinaba en la soledad de la oficina. Pero no se hallaba tan sola como creía, pues Lord Dixon permanecía a su lado, viéndola comer.

Almorzaba con una parsimonia que a él le parecía desesperante, metiendo la cuchara entre los trozos de papas cocidas embadurnadas de mayonesa, y revolviendo cuidadosamente en busca de separar los trocitos de apio a los que hacía mala cara, para colocarlos luego sobre un trozo de hoja de periódico; de manera que siempre se hallaba tentado a preguntarle: doña Sofía, ¿para qué jodido le pone apio a su ensalada rusa, si después le hace tanto asco?

Sólo tras cumplir esa lenta operación daba un bocado, y ya no se diga lo que se tardaba en masticar mirando al cielo raso. Tanta dilación se debía a que un pensamiento fijo rondaba su cabeza. Pensaba en Mónica Maritano.

La mañana anterior, un jueves despoblado de clientela como cualquier otro, doña Sofía había entrado al cubículo del inspector Morales para anunciarle en un susurro que una dama distinguida se hallaba en la recepción y pedía verlo; sin previa cita, agregó de manera sobrancera, pues los solicitantes se presentaban siempre de improviso, y la agenda de escritorio del inspector, cortesía de los Pollos Estrella, iba envejeciendo con sus páginas en blanco.

La dama en cuestión, los anteojos de sol alzados sobre la frente, llevaba un pañuelo Ferragamo anudado descuidadamente al cuello, y la cartera beige al hombro hacía juego con los zapatos de afilados tacones sobre los que andaba dando graciosas zancadas como si tomara las medidas al piso.

Doña Sofía pensó que si ella calzara unos zapatos semejantes se sentiría montada en zancos, de esos con que los niños atraviesan las corrientes de la lluvia, y no tardaría en dar de bruces en el suelo rompiéndose los dientes.

Agitaba en la mano un llavero con la insignia azul y plata de la Volvo, como si se tratara de unos dados que se propusiera lanzar sobre el pupitre; y su fragancia de Thierry Mugler se quedaba untada en el aire como un barniz.

El día anterior Ovidio no pudo darle pormenores acerca de la visitante, pues le tocaba consulta en una de las tantas clínicas previsionales del seguro social; había pagado a un filero para que le guardara el turno desde la madrugada, y lo acababa de llamar informándole que ya se acercaba su número. Pero esa mañana, antes del regreso del inspector Morales de su desayuno en la mansión de Soto, se había sentado por fin frente a ella en la silleta de velorio, vestido con su gabacha negra de nailon, distintiva del RD Beauty Parlor, a rendirle su informe:

Cuando la mujer se alejaba por el corredor, él, que cumplía su turno de fumar a la puerta de la peluquería, la siguió con la mirada, sin despegar el cigarrillo de los labios, hasta verla subir al asiento del conductor del Volvo gris perla, cuya carrocería quemaba al tacto bajo el sol inclemente.

No tardó en identificarla. En los años de la revolución había sido por un tiempo la celosa directora de Protocolo del Ministerio del Interior, las barritas de teniente primera en las hombreras, dueña de un pequeño despacho al lado del que ocupaba el ministro, uno de los altos comandantes, en el tercer piso del edificio vecino a la loma de Tiscapa.

Como el uniforme verde olivo, aunque de buena tela sanforizada, no le permitía mostrarse a la moda de los figurines extranjeros, enseñaba sus artes en el maquillaje y en el peinado, las mechas del cabello, cortado a la varonil, desordenadas con aprendida coquetería.

Ovidio y Apolonio, ambos de uniforme militar también pero sin insignias, eran oficiales peluqueros de la barbería instalada en el sótano del edificio, una dependencia de la División de Seguridad Personal creada para que los altos comandantes de la revolución, miembros de la Dirección Nacional, no corrieran el riesgo de concurrir a las barberías públicas.

Estaba equipada con sillones cromados último modelo, y un barman cubano servía mojitos y daiquiris. Sin embargo, no tuvo el éxito esperado, pues los comandantes preferían ser atendidos en sus casas, y había quedado restringida a servir a la plana mayor del ministerio.

Mónica, tema frecuente de conversación en las tertulias que se celebraban entre la cerrada clientela, figuraba en la lista de los apodados «verdolagas», aquellos que se habían disfrazado de verde olivo el día mismo del triunfo de la revolución.

Pese a su militancia, aunque improvisada, y pese también a que pronto se hizo querida del jefe de la Seguridad del Estado, el comandante Malespín, no movió un dedo para salvar de la confiscación a su padre, dueño de una fábrica de enlozados sanitarios, quien la había enviado años atrás a estudiar artes sociales y del hogar al colegio de las Hermanas de la Presentación, en Lausana, Suiza.

Entre sus funciones estaba atender a las misiones de asesores rusos, búlgaros y alemanes orientales, y como las bodegas del Casino Militar habían quedado bajo la custodia del ministerio, se almacenaban allí rimeros de cajas de vodka Stolichnaya, la marca favorita de Somoza, suficientes para darles de beber a discreción.

Solía llevarlos a la barbería, donde vigilaba que se cumplieran al pie de la letra sus indicaciones, como una madre celosa del aspecto de sus hijos. Era entonces cuando las voces de la maledicencia se callaban; y, sobre todo, cuando se presentaba a cortarse el pelo el comandante Malespín, al que atendía personalmente el jefe de barberos, el maestro Romualdo Traña.

Al salir de la consulta médica, para completar sus datos, Ovidio había ido a buscar al maestro Traña al hotel Crowne Plaza, la vieja pirámide vecina al búnker de Somoza, donde se refugió el magnate Howard Hughes antes de salir huyendo del terremoto de diciembre de 1972. Además de la barbería que ahora regentaba en el hotel, rasuraba a domicilio a personajes connotados, entre ellos el cardenal Miguel Obando y Bravo, pues pese a su edad mantenía firme el pulso.

Pero si no le fallaba el pulso, su memoria dejaba ya mucho que desear, informó a doña Sofía. Su aporte más relevante había sido que Soto, soltero toda su vida hasta casarse con Ángela Contreras, también fue amante de Mónica Maritano en los años ochenta.

Luego Ovidio había pasado a describir al hombre que la esperaba en el parqueo. El agente Smith, probablemente el amante de turno de la correveidile, según la libre deducción del inspector Morales.

No quedaba satisfecha con lo que sabía de la vida actual de Mónica Maritano; pero también le interesaba ampliar las averiguaciones sobre Soto, más allá de la información sobre su fortuna que había encontrado en Internet. En el reportaje de *¡Hola!*, la esposa lo mencionaba muy poco.

Por eso tenía programado un «consejo de asesores», tal como el inspector Morales llamaba en tono de sorna a aquellas reuniones que ella celebraba con el propio Ovidio y con el doctor Carmona, propietario de la oficina de cobros El Duende Eficaz, ubicada en el corredor norte del shopping center.

Así que al terminar su almuerzo fue a apagar el ventilador, y luego puso a dormir la computadora. Al salir colgó de la puerta, por el lado que decía CERRADO, el cartelito cortesía de las tarjetas de crédito Visa, recibido en herencia de la fenecida tienda de ropa para niños.

Doña Sofía se detuvo delante del escaparate de la peluquería para hacer señas a Ovidio. Lo esperaba en la oficina del doctor Carmona. Él, que terminaba de cortar el pelo a un niño cubierto hasta los pies por un mandil del mismo color negro de su gabacha, respondió con un grave asentimiento de cabeza.

Un grupo de chavalos jugaba desmoche entre gritos y reclamos en el piso del corredor frente a la oficina de cobros del doctor Carmona, sin importarles que les pegara de lleno el solazo. Él mismo los proveía de la baraja, y como fichas de las apuestas usaban las tapas de los botellines de agua recogidos del tarro de la basura del vecino Cafetín Cuscatleco, especializado en pupusas salvadoreñas.

El doctor Pedro Celestino Carmona cazaba deudores remisos, y si un acreedor buscaba los servicios de El Duende Eficaz era porque había perdido ya toda esperanza. Desplegaba su tropa de infantes vagabundos en pelotones que situaba a las puertas del negocio, o del domicilio del moroso, todos con trajes y gorros de colorines. Era una presencia silenciosa, cuyo motivo todo el mundo conocía y festejaba, y el sitio no era levantado sino con la rendición del renuente.

Sólo en situaciones de extrema resistencia arrimaba al lugar de los hechos su camioneta pick-up, armada de dos altoparlantes de pitoreta que miraban en direcciones contrarias desde el techo de la cabina, la misma camioneta en cuya tina transportaba a los duendes, y entonces leía con voz de trueno las generales de ley del renuente, instándolo a cumplir sus obligaciones pecuniarias, mientras alternaba sus advertencias con la *Marcha fúnebre de Sigfrido* grabada en un casete.

—Ni se le ocurra amonestarlos por no estar en la escuela, doña Sofía —dijo Lord Dixon—; son muy ingratos y ya tiene usted la mala experiencia, van a ponerle apodos groseros que ni me atrevo a mencionar.

Tampoco valía nada recriminar al doctor Carmona, pues ya sabía de antemano su respuesta: sin aquel empleo decente, esos niños no estarían en la escuela, sino en las esquinas de los semáforos pidiendo limosna por cuenta de sus padres, expuestos a ser atropellados; oliendo pega, o robando en los mercados.

El doctor Carmona, médico obstetra, despojado de su licencia tras haber sido acusado años atrás de practicar un aborto a una niña de trece años violada, se había ganado el sobrenombre de Vademécum por su singular retentiva para las historias concernientes a la vida ajena, que almacenaba en su mente por orden alfabético.

El espacio donde funcionaba El Duende Eficaz había sido ocupado antes por una sucursal de la cadena Payless Shoes. Vademécum no disponía de escritorio y se ocupaba de sus asuntos sentado a gusto en una mecedora de junco, de un juego de cuatro. A sus espaldas se hallaba asentada una antigua caja fuerte que se abría con las vueltas de una rueda como el timón de un barco. De unos clavos en la pared colgaban los trajes de los duendes.

Al contrario del bochorno que reinaba dentro de la agencia, aquí se gozaba a plenitud del frescor del aire acondicionado, igual que en la peluquería, porque tanto el doctor Carmona como los primos Montalván tenían arreglados los medidores. El inspector Morales, tentado a hacer lo mismo, hubo de ceder a la cerrada oposición de doña Sofía, quien se negaba a semejantes manipulaciones penadas por la ley.

Arriba de la caja fuerte colgaba de una cadena una jaula de hierro cerrada con un grueso candado, cuya llave Vademécum había confiado a doña Sofía. Dentro había una botella de Old Parr, el tapón precintado con el timbre fiscal. Estaba allí como garantía de su abstinencia, comprometido ante sí mismo a abandonar el vicio de la bebida, pues lo amenazaba la cirrosis hepática.

El tiempo de meterse en la zafra, que podía durar semanas, le llegaba como un cambio meteorológico. Y entonces, dejando atrás el Old Parr, pasaba a beber de todo: ron Caballito, vino Lachrima Christi de consagrar, vino dulce Cóndor, bueno para cocinar y también para celebraciones familiares, champán guatemalteco La Gitana, capaz de manchar la ropa de un amarillo indeleble, y por último hasta agua de colonia de la que vendían a granel en la farmacia El Divino Niño, en el mismo shopping center.

Había dejado la bebida, pero no el juego. Sus visitas al casino Faraón en Bosques de Altamira eran religiosas, porque sus mejores fuentes de información se hallaban entre los devotos de la mesa de blackjack, a la que se sentaba cumplidamente a las siete en punto cada noche.

Doña Sofía lo encontró, como siempre, en camisola de punto sin mangas y en chinelas de hule, y en la cabeza la gorra inglesa de fieltro, de las que en época lejana usaron los guardametas de los equipos de futbol; a su alcance, en el suelo, la pila de expedientes de cobro; y a su alcance también, acomodados estrechamente en un banquito pata de gallina, un reverbero con una olla de aluminio encima, un tarro de café soluble Presto y una taza plástica celeste, dentro una cuchara.

Con los anteojos en la punta de la nariz revisaba el historial de un caso cuando, al advertir a doña Sofía, se incorporó gentilmente y fue al cuartito de baño a lavarse las manos con abundante jabón, hábito que le había quedado de sus tiempos de obstetra, como si ella llegara a pasar consulta ginecológica.

—Soto —dijo doña Sofía sentándose—. ¿Qué me pudo averiguar?

—Todo lo que usted necesita está aquí, en el disco duro —dijo Vademécum señalándose la cabeza.

Volvió al retrete a llenar de agua la olla en la llave del lavamanos, y luego conectó el reverbero. Mientras tanto entró Ovidio con pasos sigilosos, como si se tratara de una ceremonia religiosa ya empezada, y de manera subrepticia ocupó otra de las mecedoras.

—Lo primero que le tengo es que en *La Gaceta* salió hace una semana su nombramiento como asesor presidencial para inversiones extranjeras con rango de ministro de Estado —agregó.

—Necesito algo más personal —dijo doña Sofía.

Vademécum sirvió con parsimonia dos generosas cucharadas de café soluble en la taza de plástico, y vertió el agua hirviente de la olla. Luego revolvió lentamente para que no hiciera grumos.

—Vamos entonces a los antecedentes biográficos —dijo Vademécum.

—Proceda, pero abrevie —indicó doña Sofía.

—Su padre era un campesino acomodado de La Concordia, departamento de Jinotega —dijo Vademécum, acercando la taza a los labios y retirándola de inmediato porque quemaba—. Empezó adquiriendo una mediana finca de café llamada La Cumbancha, adquirió otras, y llegó a controlar el acopio del grano de oro en las montañas del norte con la venia del viejo Somoza, al que tributaba el debido diezmo.

—No es poca cosa —dijo doña Sofía—. Se ve que estaba bañado en reales.

—Pero si usted lo miraba parecía un pobre campesino, de gorra y botas de hule, ayudando a cargar él mismo los sacos en los camiones —contestó Vademécum.

—Hasta que vino la revolución, le quitaron todo y se lo llevó Candanga —dijo Ovidio.

Vademécum lo miró con desdén mientras soplaba el café.

—No, mi estimado amigo —respondió Vademécum—. Se lo llevó Candanga cuando unos asaltantes llegaron antes del amanecer de un sábado a robarse los reales de la planilla de sus fincas, lo mataron a él y a la esposa, pasconeados a escopetazos, y sólo quedaron los dos niños hijos del matrimonio. Cipriano, el mayor, sacó en brazos a Miguel, tapándole la boca para que no gritara, y en medio de la oscurana lo llevó a esconderse al cafetal.

—Aquí entra el anuncio comercial, y lo que sigue lo sabrán en el próximo capítulo —dijo Ovidio.

—Pues si usted cree que se trata de una telenovela, no siga desperdiciando su precioso tiempo y vuélvase a la peluquería —dijo Vademécum, airado.

—Cállese, señor peluquero, que el doctor está a punto de lanzarle encima esa taza de café hirviente y va a salir quemado de esta sesión —dijo Lord Dixon.

—Los bancos, ni lerdos ni perezosos, cayeron encima de las propiedades, beneficios, fincas, bodegas de acopio, camiones, y los dos hermanos fueron a dar a las Aldeas Infantiles SOS en Estelí —siguió Vademécum.

—No hay telenovela sin huérfanos —murmuró Ovidio.

—De los dos, fue Miguel quien demostró tener los testículos bien rayados, con perdón de la dama aquí presente —dijo Vademécum—. En el hospicio se hizo hombre de verdad, aprovechó las oportunidades, y a los veinte años ya lo estábamos viendo sacar su título de perito agrónomo en la escuela de agricultura de los padres escolapios. Perito, aunque pasa por ingeniero.

—¿Y el otro, el mayorcito? —preguntó doña Sofía.

—Un verdadero desastre —contestó Vademécum con pesadumbre—. Después de aquella acción heroica de salvar la vida del hermanito, el vicio y la perdición fueron en adelante sus compañeros inseparables.

—Ahora empieza el capítulo en que el valiente Miguelito reconstruye el imperio de su papá —dijo Ovidio.

Vademécum lo fulminó con una mirada.

—A veces los necios aciertan —suspiró—. No sólo recuperó La Cumbancha, también la red de acopio de café, ahora el diezmo para los hijos del viejo Somoza. Campesino que había recibido pago adelantado y no cumplía la entrega de las cargas de café, campesino ejecutado por deudas en los tribunales.

—Y ahora sí, viene la revolución y lo hace mierda —dijo Ovidio.

—Ahora sí, reverendísimo entremetido —dijo Vademécum—. Después que Somoza huyó, uno de los comandantes copetudos lo denunció como explotador del pueblo, y los Tribunales Populares le metieron treinta años de cárcel.

—Y logró salir porque su ciencia lo hacía imprescindible —dijo Ovidio.

—También en eso acierta, debo reconocerlo —dijo Vademécum—. Las cargas de café maduro se pudrían en los portones de las fincas, y sólo él conocía la logística para hacerlas llegar a los beneficios.

—¿Los comandantes le devolvieron entonces su negocio de acopio? —preguntó doña Sofía.

Vademécum la miró, reteniendo en la boca la buchada de café.

—Lo pusieron en libertad condicional para que anduviera de comarca en comarca, con una custodia de la Seguridad del Estado, dirigiendo la recogida del grano —dijo—. Así se salvó la cosecha.

—Y así fue haciéndose amigo de sus futuros socios en el acopio, los más colmilludos entre esos mismos comandantes —dijo Ovidio.

Vademécum se revolvió incómodo en la mecedora.

—Usted, Ovidio, sofrénese si no quiere acabar mal —dijo Lord Dixon.

—Corruptos hay siempre, hasta en la misma corte celestial —dijo doña Sofía.

—Lo jodido es cuando se corrompen los arcángeles, que son el estado mayor de la potencia divina —respondió Vademécum.

—Perdone las interrupciones, doctor, pero es que su modo de contar es demasiado intrigante —se excusó Ovidio.

Vademécum dio un trago prolongado y lo miró de manera severa, pero complacida.

—Primero le devolvieron La Cumbancha, luego un beneficio de café aquí, otro allá, su flota de camiones, y por último sus permisos de exportación —dijo—. Y en un par de años ya tenía de nuevo su emporio, más grande que antes.

—Entonces pasó a las filas de los empresarios patrióticos, invitado a la tarima central de la plaza en los aniversarios de la revolución —dijo Ovidio.

—Nada de eso, no se dejaba ver en público, ni daba opiniones políticas —contestó Vademécum—. Y de las montañas se vino a vivir a Las Colinas, que era entonces lo más elegante de lo elegante en Managua.

—Y sus queridos y apreciados comandantes llegaban a sus fiestas, doña Sofía, no podemos ocultar eso —dijo Lord Dixon.

—Ahora se vestía con bluyines de buena marca, sombreros y botas tejanas —siguió Vademécum—. Parecía aquel Roy Rogers de las películas de vaqueros. Y usaba soguilla gruesa, esclava en la muñeca. Oro de veintiún quilates.

—Yo sé quién lo vestía —levantó la mano Ovidio, como pidiendo la palabra en clase.

—Usted espere su turno —le ordenó doña Sofía.

—Así es, meta en cintura a este impertinente —dijo Vademécum riéndose, y se sirvió una segunda taza de café soluble—. Pero, a ver, ¿quién vestía a Soto, mi estimado?

—Con tanto café se le van a pelar los cables, doctor —dijo Lord Dixon.

—Mónica Maritano —respondió Ovidio—. Dato del maestro Romualdo.

—Dejemos a esa mujer para después, que tiene capítulo aparte —dijo doña Sofía.

—Al llegar la derrota de los comandantes, en las elecciones que ganó doña Violeta, Soto fundó el Agribank, a la hora en que en cada esquina, si se acuerdan, se abría un nuevo banco —dijo Vademécum.

—Igual que ahora en cada zaguán se abre una universidad —dijo Lord Dixon.

—Adivine con quiénes abrió ese banco, licenciada —dijo Ovidio.

—No estamos aquí para adivinanzas —lo regañó doña Sofía.

—Pues con aquellos comandantes que ya eran sus socios y habían recogido algo de dinerito, con quiénes más —dijo Vademécum.

—Los centavitos que pepenaron del suelo cuando se quebró la piñata —dijo Ovidio.

—Es usted un pozo de sabiduría, mi estimado —dijo Vademécum—. Pero le prevengo que las personas demasiado sabias suelen quedar calvas.

—Recomiéndele el Tricófero de Barry —dijo Lord Dixon.

—Entonces vino la quiebra fraudulenta del banco, que dejó en la calle a un montón de clientes, ¿no es así, doctor? —dijo Ovidio.

—Los responsables de esa quiebra fueron a dar a la cárcel, según mi memoria —dijo doña Sofía—. Pero no me acuerdo del nombre de Soto entre los presos.

—Porque los paganos fueron los segundones, contadores del banco, abogaditos, prestanombres, y nada más —dijo Vademécum.

—Más bien Soto y sus socios que ya sabemos, pero mejor no mencionamos, se hicieron pasar por víctimas —dijo Ovidio.

—Y ahora veamos el modus operandi de la estafa —dijo Vademécum—: en garantía de los préstamos que el mismo Soto y sus socios se hacían, el banco aceptaba falsas partidas de café de exportación. Y lo que los sacos contenían era aserrín y cascarilla de arroz.

—Suerte de hombre, no pasó ni por las llamas —dijo Ovidio—. Ni de testigo lo llamaron al juicio.

—¿Suerte? —se rio Vademécum—. Nada de suerte, estimadísimo, más bien dominio pleno del arte de saber de qué rama agarrarse, como Tarzán de los monos.

—Y el arte de saber qué mano untar, no olvide ese otro arte supremo —dijo Lord Dixon.

—No estamos a cargo de encontrar a los culpables de esa estafa, sino a una joven desaparecida —dijo doña Sofía.

—Usted es una profesional de la investigación —dijo Vademécum, y puso al fuego una nueva olla de agua—. No se asuste entonces de que la madeja tenga diferentes hilos.

—Va a ser necesaria otra jaula con candado para encerrar el tarro de café Presto —dijo Lord Dixon.

—Y aun si así fuera, que Soto es un malandrín, ¿eso le quita sus sentimientos de padre que quiere encontrar a su hija? —dijo doña Sofía.

—No se deje nublar la razón por los billetes escondidos en el cielo raso —dijo Lord Dixon.

—Y en aras de la objetividad déjeme agregar que si Soto, en lugar de un tunante de siete leguas fuera un santo, yo ya le hubiera dado a usted cuenta detallada de sus milagros —dijo Vademécum.

—La licenciada no cree en santos ni en milagros —dijo Ovidio—. Mejor dicho, no cree en idolatrías, de acuerdo a su fe evangélica.

—Pues yo tampoco creo en santos que orinan en bacinilla —dijo Vademécum mientras revisaba la conexión eléctrica, porque la olla había dejado de hervir.

—Se fundió el reverbero, cómo no iba a fundirse —dijo Lord Dixon.

—Y prueba de que no estamos hablando de ningún santo es que ha tenido amantes a granel —dijo Ovidio.

—Eso, más que un vicio, se lo anoto como una virtud —dijo Vademécum.

—La querida más antigua que se le conoce es Mónica Maritano —dijo Ovidio.

—De acuerdo —se rio Vademécum—. Así como lo vestía de Roy Rogers, también lo desvestía.

—Cuando su palomo era el comandante Malespín lo acompañaba a las fiestas que daba Soto —dijo Ovidio—. No se supo en qué momento se pasó a vivir a la casa de Las Colinas, su nuevo nido, según el maestro Romualdo.

—Para un cumpleaños de Soto se encargó de traerle en avión expreso desde Los Ángeles a Los Tigres del Norte —dijo Lord Dixon.

—Pero ahora esa señora disfruta de los favores de un nuevo galán —dijo Vademécum.

—A ver, no nos deje en la oscuridad —dijo Ovidio.

—Todo ha quedado en familia —dijo Vademécum—. Ahora vive con el sobrino de Soto, que es su jefe de guardaespaldas, Manuelito.

—¿Su sobrino? —se extrañó doña Sofía.

—Un hijo de Cipriano, su hermano mayor —dijo Vademécum.

—No lo mencione como el agente Smith, que estas personas no van a entender si no han visto *The Matrix* —advirtió Lord Dixon a doña Sofía.

—Ese mismo es el que la acompañaba cuando vino a entrevistarse con el inspector Morales —dijo doña Sofía.

—El sagaz inspector Morales dedujo bien que eran amantes —dijo Lord Dixon.

—Y sépase que ese mismo sobrino pretende la mano de Marcela, la jovencita desaparecida —dijo Vademécum.

Doña Sofía detuvo el vaivén de su mecedora y se adelantó en el asiento.

—¿Y ella le corresponde? —preguntó.

—No lo puede ver ni en pintura —contestó Vademécum.

—¿Y Soto qué opina al respecto? —preguntó doña Sofía.

—Él mismo promueve el lance —respondió Vademécum.

—Por fin vamos entrando en materia —dijo Ovidio, frotándose las manos.

—¿Y por qué iba a querer casarla con ese sobrino, cuando puede buscar para ella un partido de primera? —preguntó doña Sofía.

—Prometo seguir indagando —contestó Vademécum—. Por el momento, sólo puedo agregar que Manuelito padece de hipospadias.

—Eso suena como rabia —dijo Ovidio.

—La rabia es la hidrofobia —lo corrigió Vademécum—. En este caso se trata de un mal anatómico que consiste en que el orificio de la uretra no se halla en la punta del glande, sino a medio camino del canal de la paloma.

—¿Por qué no deja esas explicaciones para sus compinches del casino de juego? —se sulfuró doña Sofía.

—¿Eso quiere decir que debe orinar sentado, como las mujeres? —preguntó Ovidio.

Doña Sofía se tapó los oídos.

—Me abstengo de más explicaciones para no ofender susceptibilidades —dijo Vademécum—. Pero con gusto agregaría que eyacular se vuelve más que difícil, y el pene erecto toma una posición de garfio que dificulta la penetración.

—Qué equipo de lujo tiene usted, doña Sofía —dijo Lord Dixon—, pervertidos sexuales es poco.

—¿Cómo logró averiguar un dato tan íntimo? —preguntó Ovidio, admirado.

—No acostumbro revelar mis fuentes —respondió Vademécum.

—A lo mejor el sobrino la raptó para forzar el matrimonio —dijo Ovidio.

—No caigamos en el absurdo —dijo doña Sofía—. ¿Para qué iba a contratarnos entonces Soto? Sería una gran payasada de su parte.

—Queda otra pregunta en el aire —dijo Ovidio—: si el sobrino pretende a la desaparecida, ¿qué papel juega Mónica Maritano siendo como es su querida?

—Cada vez se abren más caminos frente a mi vista, y no hallo cuál de ellos será el mejor —dijo doña Sofía.

—Yo por el momento tengo urgencia de sentarme en el trono —dijo Vademécum, y rumbo al retrete iba soltándose ya la faja de los pantalones.

—Debería buscarse asesores un poquito más decentes, doña Sofía —dijo Lord Dixon.

—Y la esposa, ¿qué pinta en todo esto? —dijo doña Sofía mientras Vademécum cerraba la puerta.

—Cero a la izquierda —se le oyó—. Cualquier cosa que opine sobre la boda de su propia hija no será tomada en cuenta.

—Una prisionera en jaula de oro —suspiró doña Sofía.

—Si Soto se casó con ella fue por su apellido, le faltaba el entronque aristocrático —dijo Vademécum.

—Por supuesto que eso no sale en *¡Hola!* —dijo Ovidio.

—Celebró la boda el cardenal Obando y Bravo en la iglesia de Las Sierritas, diez años después de quedar ella viuda —dijo Vademécum—. Una ceremonia íntima.

—¿Ya saben que el cardenal fue designado prócer de la patria con trámite de urgencia por la Asamblea Nacional? —dijo Ovidio—. Nuestro único prócer viviente.

—Un braguetazo de padre y señor mío el de Soto —dijo Vademécum y bajó la palanca del inodoro, que rugió al descargarse.

—Qué será lo que come el galeno —dijo Ovidio, arrugando la nariz.

—Cadáveres de deudores despedazados por la jauría de duendes —dijo Lord Dixon.

—No entiendo con qué necesidad usa usted esa palabra tan grosera —carraspeó doña Sofía cuando tuvo enfrente a Vademécum.

—¿Braguetazo? Se refiere, sin duda alguna, a la bragueta —dijo Vademécum—: la abertura de la parte superior delantera de los pantalones, abotonada o con zíper, que también llamamos portañuela.

—El primer esposo de doña Ángela era un funcionario bancario, con buen sueldo pero nada más. Y de su propia familia ella no había heredado mucho —dijo doña Sofía—. Soto no actuó entonces como un buscador de fortuna, de modo que bien pudo ahorrarse la vulgaridad.

—Pues un braguetazo por apellido, y no por dinero —dijo Vademécum.

—En lo que se refiere al capital de Soto, ¿ella no tiene arte ni parte? —preguntó Ovidio.

—La mantiene ocupada en las Obras del Padre Pío —dijo Vademécum, que volvió a descargar el tanque, porque con la primera vez no había sido suficiente—. Y a sus kermeses benéficas, va, da una vuelta por allí y punto.

—Dice el maestro Romualdo que esa Mónica ha tenido siempre la virtud de llevar el servilismo al extremo de la lealtad, doctor —dijo Ovidio—. Por allí podemos sacar el vínculo que hay entre los dos.

—¿Y no es que el maestro Romualdo está perdiendo la memoria? —dijo doña Sofía—. Ya van varias veces que lo cita.

—Es como la señal de los viejos radios de onda corta —dijo Ovidio—. A veces se acerca, a veces se aleja.

—Tiene razón el maestro Romualdo, un atinado filósofo —dijo Vademécum, que salía del retrete, la gorra inglesa siempre en la cabeza—. Quizás Soto sepa apreciar eso, la fidelidad in extremis. ¿Por qué edad andará ella?

—En pocas ocasiones se ha visto a alguien hacer sus necesidades mayores con la gorra puesta —dijo Lord Dixon.

—Lo menos cincuenta y pico —se apresuró a responder doña Sofía.

—Seguro conservará sus artes en la cama —dijo Ovidio.

—A esa edad, una mujer todavía es capaz de quebrar el catre —dijo Vademécum, que volvía a la carga con el café soluble.

—Estos dos tienen unas bocas que ni lavándoselas con Pine-Sol —dijo Lord Dixon.

5. El Tabernáculo del Ejército de Dios

A su regreso de la excursión en busca de Frank Macaya, el inspector Morales se puso a leer el informe de la sesión del «consejo de asesores» tecleado de urgencia en la computadora por doña Sofía. Dominado por el sopor, debía hacer un gran esfuerzo de concentración para seguir a Vademécum a lo largo de su accidentado paseo por los laberintos fraudulentos de la fortuna de Agnelli, y las no menos inútiles informaciones, tanto del propio galeno como de Ovidio, acerca de los amores de Mónica Maritano.

Nada de aquello tenía que ver con el caso. Y se fue quedando dormido con la cabeza apoyada en el escritorio, en tanto sus pensamientos se disolvían de manera desordenada, el más persistente de ellos que doña Sofía, lejos ya de su proverbial sagacidad, se estaba convirtiendo a pasos agigantados en una vieja chismosa.

Serían las cinco de la tarde cuando, despertado por sus propios ronquidos, oyó del otro lado del tabique la voz de la Fanny, quien entraba saludando alegremente a doña Sofía. Se alisó el pelo y se restregó los ojos, y apartando la cortina de baño de las ranas saltarinas salió a recibirla. Las repetidas dosis de café irlandés le habían dejado un gusto pastoso en la boca, y un fino taladro comenzaba a horadarle el cráneo entre las cejas.

Ovidio la rapaba gratis porque el pelo se le caía a puñadas, y se veía obligada a usar un turbante de lunares con el nudo en la frente que le daba el aire de una rumbera cubana de mejores tiempos. «La quimio», decía confianzuda, como si se tratara de una íntima amiga. Y porque rechazaba con ademanes exagerados de las manos cualquier asomo de compasión, ambos la trataban de manera desenfadada, siguiéndole la corriente; pero sabían fingir mal, sobre todo el inspector Morales.

La enfermedad la había vuelto piadosa, y ahora era de las voluntarias que recogían la limosna en la catedral metropolitana a la hora de la misa, extendiendo entre las filas de bancas el palo del que pendía la bolsa de terciopelo morado.

Venía llena de júbilo, porque en el radio del taxi que la había traído desde las oficinas centrales de Claro en Villa Fontana estaban dando la noticia de que el papa Francisco había invitado a almorzar al albergue de Santa Marta a unos mendigos de esos que duermen debajo de los puentes; pero a la vez se mostraba indignada porque el chofer, un réprobo de primera marca, había comentado que le valía verga Bergoglio, eso de la humildad era pura faramalla, con toda seguridad de noche se iba a acostar en secreto en su cama de oro y marfil en su palacio apostólico, y ya debía tener un corral para sus reses en el Vaticano y también su matarife personal, porque los argentinos no podían vivir sin su tasajo de carne al que ni siquiera le quitaban el cuero, y a él, que apenas ajustaba para el arroz y los frijoles taxeando de la ceca a la meca con los riñones cocinados, no era ningún santo papa quien le iba a dar de hartar.

Doña Sofía, las cejas fruncidas, aparentaba reprobación, aunque no dejaba de compartir las opiniones del chofer del taxi. Pero quién aguantaba a la enfermita, como ahora llamaba para sí a la Fanny, si se atrevía a expresar su opinión sobre el papismo romano, que seguía siendo tan nefasto e hipócrita como en tiempos de la justa rebelión de Lutero.

—Me cae bien ese papa, no usa zapatillas de seda bordadas de oro sino que anda unos zapatos burros gastados —dijo el inspector Morales, por provocar a doña Sofía.

—El otro papa, Benedicto, usaba zapatos escarlatas, de la misma marca Prada que la mentada Mónica Maritano, doña Sofía —dijo Lord Dixon.

—¿Has estado bebiendo en horas de oficina? —preguntó la Fanny olfateando al inspector Morales—. De lejos se siente la patada a guaro.

—Para qué molestarse en decirle nada —intervino doña Sofía—; por un oído le entra, y por otro le sale. Registre la gaveta de su escritorio y allí va a hallar el cuerpo del delito.

—Ahora se dedica a la calumnia, doña Sofía —dijo el inspector Morales—. No manejo ninguna botella de licor en el escritorio. Si bebí fue por necesidad profesional; y, además, sólo era un café cargado.

—Vaya necesidad profesional —dijo doña Sofía—. Ni siquiera se puede mantener recto.

—Si me siento mareado es porque sólo tengo en el estómago una pupusa de queso que me pasé comiendo en el Cafetín Cuscatleco —dijo el inspector Morales.

—No se deje intimidar, camarada —dijo Lord Dixon—; y, doña Sofía, tampoco es asunto de salir corriendo a matricularlo en los Alcohólicos Anónimos.

—Misión cumplida —dijo de pronto la Fanny, mostrando un USB con el logo de Claro—. Aquí está la lista del tráfico del celular de ese niño Frank, incluidas las llamadas que hizo al número de Marcela Soto.

—¿Y las de ella? —preguntó el inspector Morales.

—Tranquilo, que aquí mismo vienen también —dijo la Fanny—. Este espionaje me va a costar el puesto un día.

Se acercó y le abrió los dedos de la mano para poner el USB, y volvió a cerrárselos con presión cariñosa. El inspector Morales sintió el intenso olor a químico, como de cloro, que exudaba de su cuerpo.

—Veamos de una vez esas listas —propuso doña Sofía.

—Vaya directo a la hoja de Marcela, y dejamos a Frank para después —le pidió el inspector Morales—. Quiero ver las llamadas que le entraron cuando estaba en el cine.

Doña Sofía dejó a la vista en la pantalla el tráfico del celular de Marcela a lo largo del día de su desaparición. Era escaso. Enseguida llevó el cursor hacia abajo. Las dos llamadas provenían del mismo teléfono celular, una a las 8.14 y la otra a las 8.16 de la noche.

El inspector Morales se quedó reflexionando un momento. Luego fue a buscar a su cubículo la tarjeta de visita de Mónica Maritano y revisó el número anotado en el reverso.

—Fue ella —dijo.

—¿Quién es «ella»? —preguntó la Fanny.

—La empleada de relaciones públicas de Agnelli —contestó el inspector Morales.

—La perfumada —añadió doña Sofía—. Deja un rastro peor que el zorrillo.

Todo venía a revelarse de manera tan fácil con aquel dato que le costaba creerlo. Mónica Maritano era la cómplice de la fuga de la muchacha, y sabía por tanto de su paradero. Las dos llamadas eran la clave para advertirle que se encontraba esperándola afuera, al volante de su Volvo.

Sólo tendría que ahondar un poco más, y estaría listo para entregar su informe en un tiempo récord. Los diez mil lolos serían un regalo caído del cielo, siempre tan hostil. Desde su infancia, cuando su abuela Catalina le había puesto debajo de la almohada para unas Navidades un guante de beisbol que resultó ser de cartón y se deshizo en pedazos apenas le cayó la lluvia, nadie le había regalado nada.

Por qué la propia asistente de Agnelli actuaba como cómplice principal de aquella fuga era asunto que ya no le tocaría averiguar. ¿Se había convertido en celestina de su propio amante, el agente Smith, para entregarle a Marcela, y tras el rapto facilitar el matrimonio, del que también saldría beneficiada? Que se lo preguntara su jefe.

—Ya ve, y así ha despreciado mis investigaciones sobre esa casquivana —dijo doña Sofía.

—Ningún desprecio: su informe de la sesión de su consejo de asesores me ha servido horrores —dijo el inspector Morales.

—Véanlo, ni siquiera sabe mentir —dijo doña Sofía, y su enojo se disipó en una sonrisa cariñosa.

—Necesito averiguar en qué clase de Volvo andaba ella cuando vino ayer —dijo el inspector Morales.

El taladro entre las cejas iba penetrando sin piedad el lóbulo frontal de su cerebro. Y la sed lo abrasaba. Una cerveza lo volvería a la vida.

—Un V40 gris perla —dijo doña Sofía.

—Sólo queda comprobar si alguien vio ese carro esa noche en el parqueo de los Cinemas —dijo el inspector Morales.

—Las cámaras de circuito cerrado —chasqueó los dedos la Fanny—. Revisando las grabaciones se puede averiguar.

—Sí —dijo Lord Dixon—: se presenta el famoso inspector Morales sudando whisky irlandés, buscan el segmento correspondiente, hacen una copia de la grabación y se la entregan, encantados de servirlo, siempre a sus muy gratas órdenes, saludos a doña Sofía.

—Es una alternativa en la que ya había pensado antes de aparecer la perfumada en el radio de las sospechosas —dijo doña Sofía.

—Las felicito a las dos —dijo el inspector Morales—. Pero de allí no pasamos. No hay cómo ver esos videos.

—Un cuñado de Ovidio es el jefe de monitoreo en Galerías —dijo doña Sofía.

—Entonces hagamos el intento, vaya y busque a Ovidio —dijo el inspector Morales.

—Ya anda en eso. Mientras usted dormía bajo los efectos etílicos, se fue a cumplir esa misión —dijo doña Sofía.

—¿Y si el cuñado se niega? —intervino la Fanny.

Doña Sofía miró maliciosamente hacia el cielo raso.

—Ovidio va debidamente provisto —dijo.

—Por lo menos me hubiera preguntado antes —dijo el inspector Morales con la voz herida.

—Sí, doña Sofía —dijo la Fanny—, ¿quién es el jefe aquí?

—Pues ahora mismo llamo a Ovidio y le digo que ya no hay nada y que se venga de vuelta —dijo doña Sofía, sulfurada.

En eso su celular sonó, y tardó en pescarlo dentro de una de las bolsas de su vestido.

—Es Ovidio —dijo—. Ahora el cuñado se emperra en que quiere cuatrocientos dolaretes, en lugar de trescientos.

—¡Qué buenos colmillos tiene el primo ese! —dijo la Fanny.

—Su argumento es que es muy arriesgado, pueden correrlo —dijo doña Sofía.

El inspector Morales le hizo una señal afirmativa.

—¡Cuatrocientos dólares! —dijo la Fanny—. Si están tan boyantes, ¿cuánto me van a dar por el récord de las llamadas? A mí también me pueden correr.

—Ya viene Ovidio con el encargo —dijo doña Sofía y se guardó el celular—. El primo acepta que le lleve los cien restantes a su casa.

—Y Ovidio, ¿cuánto recibe por hacer el mandado? —preguntó la Fanny.

—Cien dólares —dijo doña Sofía.

—¡Madre santísima! Esa botija de ustedes no tiene fondo —dijo la Fanny.

—El muchacho ha perdido su tarde de trabajo en la peluquería —razonó doña Sofía.

—Su mañana de estar fumando en el corredor, dirá —rezongó la Fanny.

Doña Sofía suspiró con impaciencia.

—No vaya a cometer la crueldad de recordarle que Ovidio la rapa gratis, despacio y con cuidado, hasta que el cráneo queda desnudo y terso como nalga de niño —dijo Lord Dixon.

—Doña Sofía —la miró suplicante el inspector Morales—. ¿Le haría un favor a un sediento?

—Ya lo estaba yo midiendo, a ver cuánto aguantaba —dijo doña Sofía.

—Que la saquen del fondo del freezer —suplicó el inspector Morales.

—Voy yo a traértela, mi amor —intervino la Fanny—. ¿Dónde es que venden cervezas?

—En el Cafetín Cuscatleco —dijo doña Sofía disponiéndose a salir—. Déjeme a mí, las emergencias también caen dentro de mis obligaciones.

Cada minuto de espera se le hacía una hora, pero cuando llegó la cerveza bebió sin respiro y volvió a la vida.

Apenas había despegado la botella de los labios apareció Ovidio, agitado, como si hubiera hecho a pie el trayecto desde Galerías, el DVD en una bolsa de compras de la tienda Siman. Llevaba puesta una de las pelucas del escaparate de la peluquería, la de color azabache.

—¿Dónde es la fiesta de disfraces? —le preguntó la Fanny, y ella misma se rio de su ocurrencia.

—La licenciada me ordenó cambiar de aspecto para que no fueran a reconocerme —se excusó Ovidio.

Cuando volvió al RD Beauty Parlor, la peluca colgando del brazo, el inspector Morales y la Fanny se congregaron alrededor de doña Sofía, quien tras meter el disco en la bandeja dejó correr el video a toda velocidad hasta que el contador señaló las 8.00 p. m. Entonces lo echó a andar a ritmo normal. En la pantalla dividida en cuadros, las diferentes cámaras de vigilancia enfocaban los dos pisos del parqueo bajo techo, las rampas de acceso, los pasillos, y también el otro parqueo al aire libre frente a la Zona Viva, donde funcionaban los Cinemas, los bares, los restaurantes y las discotecas.

Después de una hora de observación, todo resultó en vano. Salvo por algún guarda uniformado que atravesaba la escena, el único ser viviente era el chofer de la camioneta escolta de Marcela, vestido de traje color ratón, quien de vez en cuando dejaba el volante para desentumirse y fumar. Al lado se hallaba estacionado el BMW Cabrio. Y del Volvo V40 de Mónica Maritano, ni rastros.

Tampoco vieron a ningún cliente solicitar los servicios de los taxis alineados en la vereda del parqueo exterior frente a la Zona Viva, salvo un muchacho de gorra y uniforme negro, con el emblema del restaurante Buffalo Wings en la espalda de la camiseta. Estaría saliendo de su turno de mesero y se iba para su casa cargando en la mano una mochila en la que, según opinión de la Fanny, llevaba algún aliño de comida birlado de la cocina.

Aquellas filmaciones fantasmales no cobraron vida sino llegadas las nueve, cuando la gente comenzó a aparecer en oleadas y ya no era posible identificar a nadie entre los grupos y parejas que abordaban los vehículos o bajaban de los recién estacionados, una sola confusión entre quienes se iban y quienes acudían a las nuevas tandas de cine o se dirigían a los centros de diversión.

Pasaron entonces a examinar las tomas de las cámaras que vigilaban el costado norte de Galerías, por donde también se podía salir a otra playa de estacionamiento atravesando los corredores de las tiendas, y los resultados fueron igualmente negativos.

—Un dineral tirado a la basura para nada —dijo la Fanny.

—Depende de cómo uno lo vea —dijo doña Sofía—. Acabamos de comprobar dos cosas: la niña no usó ningún vehículo para irse, y la perfumada no la recogió.

—Pues no se fue volando, porque alas no tiene —dijo la Fanny.

—Creo que ya sé cómo hizo para salir —dijo el inspector Morales.

—Estamos pensando lo mismo, camarada —dijo Lord Dixon—. No se atrase, llame de inmediato a Frank.

El inspector Morales buscó el número del celular de Frank en su cuaderno escolar, marcó, y la respuesta fue inmediata. Lo oyeron preguntarle si Marcela llevaba una mochila la noche que estuvieron en el cine, y cuando escuchó la respuesta sonrió feliz, dijo mil gracias, Dios te va a dar un buen esposo, y colgó.

—Localíceme de nuevo la toma del empleado de Buffalo Wings vestido de negro, doña Sofía —dijo el inspector Morales.

Doña Sofía encontró la imagen y la dejó correr.

—Con la gorra y de pantalones parece un muchacho, pero vean cómo camina, a las claras es una mujer —dijo la Fanny.

—Es Marcela —dijo el inspector Morales—, así fue como salió.

Ahora Marcela, de espaldas, hacía señas al primer taxi en la fila de la parada. El reloj del video marcaba las 8.29 p. m.

—Se cambió de ropa en los baños de los Cinemas —dijo doña Sofía—. El uniforme del Buffalo Wings ya lo andaba en la mochila. Pasó frente a las narices del guardaespaldas que esperaba en el lobby, y el guanaco ni cuenta se dio.

—Fanny, por favor preséntele sus disculpas a doña Sofía —dijo Lord Dixon.

—La verdad, doña Sofía, yo no debía meter mi cuchara en asuntos que usted maneja tan divinamente —dijo la Fanny—. Reconozco que fueron unos reales bien gastados.

—Todos nos equivocamos, no se preocupe —contestó doña Sofía, inflada de complacencia, sin quitar los ojos de la pantalla.

De nuevo el video echó a andar. Marcela subió al asiento delantero del taxi, y antes de cerrar la puerta dijo unas palabras al chofer, dándole seguramente la dirección adonde iba. El taxi arrancó.

—Detenga otra vez el cuadro allí, doña Sofía, a ver si se puede distinguir el número de la placa —pidió el inspector Morales.

—Se lee perfectamente —dijo doña Sofía.

—Dichosos sus ojos de quinceañera —dijo la Fanny.

El inspector Morales apuntó en su cuaderno el número que le dictó doña Sofía.

—Esto saca del juego a la perfumada —suspiró la Fanny.

—Pero no quita que fue ella quien la llamó dos veces al cine —dijo doña Sofía.

—Lo primero es localizar al chofer del taxi, inspector —dijo Lord Dixon.

El inspector Morales ajustó el tahalí a la prótesis, preparándose para salir.

—Acuérdese que la portación de ese revólver está vencida hace un año —dijo doña Sofía.

—Y mi licencia de manejar también, y el permiso para tener abierta esta agencia —respondió el inspector Morales.

—¿Se acordará de ella el chofer? —dijo la Fanny—. De eso hace ya días, y todas las noches los taxis llevan a los empleados de los restaurantes a sus casas.

—Los meseros andan en buses; si no, se les iría el sueldo en taxis —contestó doña Sofía.

—Está bien, retiro lo dicho —dijo la Fanny—. Pero puede ser que ese taxero no quiera soltar prenda para no meterse en problemas.

—El cielo raso proveerá —respondió doña Sofía.

—Calculo que con doscientos dólares en billetes de veinte sería suficiente —dijo el inspector Morales cuando ella se dirigía al cubículo.

—Mejor cambie el escondite, no vaya a suceder alguna desgracia —le dijo Lord Dixon mientras doña Sofía se encaramaba al escritorio—. Un usurero vecino de la pieza de estudiantes donde yo vivía en León guardaba sus reales dentro de una bolsa en el techo, y un zorro meón se la llevó entre los dientes. Fue a botarla encima de la cabeza de otro vecino que hacía sus necesidades, y el muy dichoso salió rico del excusado.

—Fanny, mejor acompáñelo —dijo doña Sofía en tono de cordial indulgencia, ya de regreso con los dólares.

—Sí —dijo Lord Dixon—, por allí cerca está el café Las Flores, y no vaya a ser que el camarada se quede bebiendo irish coffee.

La Fanny, encantada de ser parte de la misión, le alcanzó el bastón al inspector Morales.

Iban a ser las ocho y media de la noche cuando llegaron a Galerías. Dejaron el Lada en el parqueo exterior y caminaron hasta la parada de taxis. No fue difícil encontrar el que buscaban. Ocupaba la posición tercera en la fila, y tuvieron que esperar a que le tocara el turno para poder abordarlo.

Cuando se habían acomodado en el asiento trasero forrado de plástico transparente, el inspector Morales dio las órdenes al taxista.

—Salí por el lado del supermercado La Colonia, agarrá la carretera a Masaya, nos das una vuelta por el reparto Las Colinas mientras platicamos con vos, y después nos volvés a traer aquí mismo.

El muchacho volteó a verlos, asustado. Usaba un corte de pelo al estilo Justin Bieber, y llevaba un piercing en la oreja.

—Tranquilo, Justin, ¿acaso nos ves cara de asaltantes? —le dijo la Fanny.

El muchacho arrancó. La muñequita hawaiana colgada del parabrisas parecía bailar llena de nerviosismo.

—Andate despacio, y cuando yo te haga una pregunta contestá sin volverte, no sea la desgracia y vayás a chocar —le advirtió el inspector Morales.

Justin, siempre desconfiado, asintió. Siguieron en silencio, y hasta que ya habían dejado atrás la primera entrada de Las Colinas, y se hallaban a la altura del restaurante La Ola Verde, el inspector Morales volvió a hablar.

—El sábado pasado, como a esta hora, montaste a una muchacha vestida de mesero del Buffalo Wings —dijo—. Cargaba una mochila.

—Está equivocado, señor —contestó Justin—. Yo soy cadete de este taxi, el dueño asigna los turnos, y el sábado no me tocaba.

El inspector Morales vaciló. Aquello era posible. En el video de la cámara de vigilancia no se podía distinguir al taxista.

—Nada de treguas, no le quite el gas —dijo Lord Dixon.

—Mientras más me mintás, más te hundís —dijo el inspector Morales, y le dio unos toques en la nuca con la contera del bastón—. No sabés en qué clavo te has metido, porque esa muchacha es hija de un alto comisionado de la Policía, y cuando te agarren te van a llevar esposado a El Chipote.

Sólo escuchar aquel nombre fue suficiente para que Justin se descontrolara. El Chipote era el célebre centro de detención preventiva de Auxilio Judicial, en la loma de Tiscapa.

—¿Y por qué? —se quejó—. ¿Qué es lo que he hecho yo?

—Para empezar, te van a agarrar del pelo y te van a meter la cabeza en la taza de un inodoro llena de mierda —dijo el inspector Morales—. Y si seguís rebelde, entonces te van a aplicar en el culo la chimichú.

—¿Qué es eso de la chimichú? —preguntó la Fanny, fingiendo curiosidad.

—Un chuzo eléctrico —le informó tranquilamente el inspector Morales—. Las cosquillas que se sienten son sabrosas. Tanto que te va a quedar gustando.

Por su propia iniciativa, Justin fue a estacionarse frente al Centro Cultural de España, donde había más iluminación, pero no apagó el motor.

—¿Usted es acaso de la Policía? —preguntó, mirando al inspector Morales por el espejo retrovisor.

—¿Creés que si él fuera policía te estaría hablando como un amigo que quiere salvarte de la maqueada que te van a dar? —dijo la Fanny—. Tengo un primo al que le apearon todos los dientes en un interrogatorio de ésos, y ahora sólo puede comer mogo.

—Dejalo, mejor le hablo con la verdad —dijo el inspector Morales—. Es cierto, estuve de policía un tiempo, pero soy demasiado buena persona para las negruras que se ven allí.

Justin, las manos asidas al timón, callaba. La muñequita hawaiana seguía moviendo inquieta las caderas.

—¿Cuánto te dio tu pasajera para que no hablaras si alguien te venía con esta pregunta? —dijo el inspector Morales.

—Cincuenta dólares —respondió sin voltearse.

—Para que veás con quién estás tratando, yo te voy a dar cien —dijo el inspector Morales, y sacó cinco billetes de veinte de su cartera.

—¿Y cómo sé yo que el comisionado papá de esa muchacha no va a mandar de todos modos a capturarme? —preguntó Justin.

—Porque es mi amigo, y él mismo me pidió hacerle este favor en privado —dijo el inspector Morales—. Quiere evitar que en la Policía sepan que la hija se le fugó, para no quedar en vergüenza.

—¿Para qué le vas a dar nada a este pendejo que no quiere tu ayuda? —dijo la Fanny, fingiendo quitar los billetes de la mano del inspector Morales—. Allí dejalo que lo jodan, que lo acusen de pusher. Le meten la droga en el taxi, y ya está.

—Qué bien entrenada tiene a esta mujer —dijo Lord Dixon.

—¿Cuál es tu desconfianza? —preguntó el inspector Morales—. ¿No sería más fácil para mí llevarte encañonado hasta El Chipote, donde mi amigo, en lugar de ofrecerte cien dólares?

99

—Tengo una niña de tres años que me la ve mi mamá porque mi mujer se fue para Costa Rica a trabajar y nunca volvió —dijo Justin—. ¿Quién le va a dar de comer y de vestir si me llevan preso?

—No me quités la paciencia con tus lamentos —dijo el inspector Morales—. Voy a extenderte otra vez los billetes. Si los agarrás, trato hecho. Si no, vos mismo lo has dicho, quien va a sufrir las consecuencias de tu testarudez es tu hijita.

Justin se volteó, cogió rápidamente los billetes y se los metió en el bolsillo de la camisa.

—La dejé en la calle 15 de Septiembre, por el lado de la iglesia del Calvario —dijo.

—Ésa es una de las peores entradas del Mercado Oriental —dijo la Fanny—. Nadie en su sano juicio se va a meter allí de noche, menos una muchacha como ésa.

El inspector Morales se adelantó en el asiento, estiró la mano y le sacó a Justin los billetes del bolsillo.

—Las mentiras sólo las acepto gratis —dijo.

—Es la verdad —insistió Justin—. Se bajó una cuadra después de la iglesia.

—A mí me suena sincero —dijo Lord Dixon.

—Nos vas a llevar entonces al punto donde la dejaste —le ordenó el inspector Morales, devolviéndole los billetes—. No te preocupés, esa carrera te la pago aparte, y un plus por todo el tiempo que has perdido.

—El dinero ajeno lo vuelve generoso a uno —dijo Lord Dixon.

Justin obedeció y volvió a tomar la carretera, ahora rumbo al norte. Después de bordear la laguna de Tiscapa, entraron en territorio de las ruinas de la vieja Managua y se hundieron en una oscuridad mal alumbrada, entre ladridos de perros distantes y el eco, también lejano, de la voz de Olga Guillot, que llegaba desde la roconola de alguna cantina como si surgiera del pasado.

Justin maniobraba con empeño para capear los hoyos del asfalto, y desembocaron en la que había sido la bulliciosa calle 15 de Septiembre. Recorriéndola hacia el oriente llegaron por fin a la iglesia del Calvario, vuelta a construir en hormigón tras haber colapsado la medianoche del terremoto, y semejante ahora más bien a una bodega de mercancías.

El taxi se detuvo al lado de un muro de losas prefabricadas en el que se leía a lo largo, en letras rojas de brocha gorda, TABERNÁCULO DEL EJÉRCITO DE DIOS. Frente al portón metálico pintado de negro, bajo el único foco que alumbraba la acera, aguardaba un grupo de indigentes.

Del otro lado, la basura acumulada desbordaba hasta la mitad de la calle, y una tropa silenciosa compuesta de mujeres y niños hurgaba entre los desperdicios. Unos escogían cartones, trapos, botellas y envases plásticos que metían en sacos, y otros rasgaban las bolsas negras de polietileno en busca de desperdicios útiles, y de frutas magulladas, o a medio podrir, que ponían en canastos. Ya llenos los sacos y los canastos, iban a depositarlos en un carretón tirado por un caballo ceniciento que enseñaba el costillar.

—Aquí la dejé —dijo Justin.

—¿Y ella para qué lado caminó? —preguntó el inspector Morales.

—No me fijé —contestó Justin—, este lugar no es para estarse entreteniendo.

—¿Esa gente frente al portón estaba también allí esa noche? —preguntó el inspector Morales.

—Siempre están —dijo Justin—. Son drogos que esnifan y se pinchan, quemones de marihuana, huelepegas, putillas, y hasta ladrones y poseras, de esas que te sacan la cartera en un suspiro.

—Qué locuaz se ha vuelto de pronto Justin —dijo Lord Dixon.

—¿Y a qué horas abren ese portón? —preguntó la Fanny.

—A las cinco de la mañana, pero a ellos no les importa esperar desde horas antes —contestó Justin—. Vienen aquí por su desayuno, y para bañarse. Se quedan viendo televisión, los que quieren; y luego les dan el almuerzo. A las cinco de la tarde, para afuera.

—¿Y acaso éstos tienen costumbre de bañarse? —preguntó la Fanny.

—Es obligatorio —dijo Justin—; si no se bañan, no hay merol.

—¿Y por qué no les dan dormida? —siguió la Fanny.

—La señora no quiere que vaya a salir preñada alguna de las niñas huelepega —respondió Justin—. Ya tuvo un caso, y la metieron presa porque hizo que a la perjudicada le sacaran el feto.

—¿Cuál señora? —preguntó el inspector Morales.

—La reverenda Úrsula —contestó Justin—. Ella es quien manda allí en el Tabernáculo.

—¿Y vos cómo sabés tanto? —preguntó la Fanny.

—Antes ruleteaba por todo Managua —respondió Justin—. Pregúntenme de cantinas, casinos, putales, bailongos, y verán si no soy la Biblia sagrada.

El inspector Morales sacó un billete de veinte dólares y se lo extendió.

—Vaya a dejar a la señora a la dirección que ella le dé —dijo—; yo me voy a quedar un ratito dando una vuelta por aquí.

—¿Quedarte? —lo agarró del brazo la Fanny—. ¿Acaso te volviste loco? Aquí, y a medianoche.

—Exageraciones tampoco —dijo el inspector Morales, ya con un pie al lado del torrente de basura—. Ni siquiera son las diez. Necesito platicar con esa gente del portón.

—Yo me quedo a acompañarlo, faltaba más —dijo Lord Dixon.

—¿Y el Lada? —preguntó la Fanny.

—Allí donde está lo van a cuidar bien, hay vigilantes de sobra —contestó el inspector Morales.

—¿Y cómo vas a salir de aquí? —volvió a preguntar la Fanny, sabiendo que cualquier súplica era inútil.

—No será éste el único taxi en todo Managua —respondió el inspector Morales, y cerró con suavidad la puerta.

6. Una presencia imprevista

Pasaban las ocho de la noche y, llegada la hora de cierre, las cortinas metálicas de los módulos del Guanacaste Shopping Center iban descendiendo con estrépito de cataclismo. Se vaciaba el estacionamiento, y en la calle comenzaban a responderse los silbatos de los guardas nocturnos.

La cortina del RD Beauty Parlor era de las últimas en caer, sólo que a medias, mientras Ovidio y Apolonio se entretenían en sus últimos quehaceres. Los duendes cobradores se habían ido hacía rato, lo mismo que el propio Vademécum, instalado ya en la mesa de blackjack del casino Faraón siempre la gorra de guardameta calentándole la cabeza.

De modo que en la desolación casi completa del lugar sólo quedaba abierto el Cafetín Cuscatleco. Según las sospechas de Ovidio, allí se vendían rayas de cocaína de alta pureza a una clientela furtiva que se llevaba disimuladas las bolsitas dentro de los contenedores de poroplast donde empacaban las pupusas.

Doña Sofía esperaba íngrima en la oficina el regreso del inspector Morales y de la Fanny; y, para mientras, decidió ocuparse de revisar en la pantalla el resto de las llamadas de Marcela correspondientes al sábado 21 de agosto, enlistadas en el USB.

No había llamadas de salida en el récord de la muchacha. Una persona silenciosa que tampoco usaba mucho su página de Facebook para comunicarse. De las llamadas entrantes, fuera de las dos recibidas mientras se hallaba en el cine, ninguna correspondía al número de Mónica Maritano. Esas otras sumaban seis, y de ellas una era de Frank Macaya; las cinco restantes provenían de un mismo celular, hechas a lo largo de la tarde con intervalos cercanos a los diez minutos. No había contestado a ninguna, porque todas aparecían como llamadas perdidas.

Caviló unos momentos, y decidió probar. Podría suceder que nadie contestara a esas horas; pero, de ser así, a lo mejor el dueño del celular se identificaba en el contestador automático. Pulsó pausadamente cada número en el teclado, buscando no equivocarse.

Al tercer tono alguien respondió, con molestia. Y aquel áspero «aló, ¿a quién busca?» fue suficiente para que doña Sofía pudiera darse cuenta que era la voz de Mónica Maritano la que estaba escuchando. Asustada cortó de inmediato, como si en la pantalla del teléfono se reflejara un alacrán con la cola alzada.

Todavía su corazón latía acelerado cuando buscó un bolígrafo y escribió en una hoja cualquiera: «Dueña de ambos teléfonos, o los controla. Casi todas las llamadas de ese día a Marcela son de la arpía». Luego, ya más calmada, tachó «arpía», por decoro profesional, y escribió encima: «La sujeto en cuestión».

En su cabeza bullían con rumor de abejones insolentados las preguntas que con el mayor gusto le haría a «la sujeto en cuestión» si la tuviera a su merced.

En eso tocaron suavemente a la puerta. Imaginó que podría ser Ovidio, quien a veces pasaba despidiéndose, y se quedaban charlando un rato. Pero al abrir se encontró a un muchacho asustadizo, de rasgos delicados, con unos raros anteojos tornasol y una gorra embutida hasta las orejas.

Dio las buenas noches con toda cortesía, pero su mirada iba con insistencia hacia uno y otro lado del corredor vacío.

—Es Frank Macaya, doña Sofía —le susurró Lord Dixon.

—¿Podría hablar con el inspector Morales? —preguntó el visitante—. Perdone la hora, pero he estado llamándolo a su celular, y nadie contesta.

Siempre que se disponía a salir, el primer movimiento reflejo del inspector Morales era asegurar el revólver en la prótesis con el cierre adhesivo, luego recogía su cartapacio, y solía olvidarse del Samsung Galaxy de coraza nacarada, como una cigarrera de lujo, obsequio de la Fanny, quien lo había adquirido bajo descuento sustancial en Claro. Y allí estaba ahora el aparato, apagado sobre su escritorio en el cubículo.

—Entreténgalo, cáigale bien, no lo deje ir —dijo Lord Dixon.

—No va tardar mucho —respondió doña Sofía, y puso la mejor de sus sonrisas—. Pase adelante y siéntese un momentito.

Frank terminó por entrar.

—¿Usted sabe quién soy yo? —preguntó, deteniéndose frente al pupitre.

—Muestre todo su aplomo, quítele sedal —dijo Lord Dixon.

—Más que de sobra —contestó doña Sofía—. Le puedo repetir palabra por palabra su plática de este mediodía en el café Las Flores con el inspector Morales.

—No le mencione que se fue sin pagar, que entonces la regamos —dijo Lord Dixon.

—No me trate de usted, por favor —dijo Frank, y se sentó en la silla de velorio, como si se derrumbara.

—Ahora acójalo en su regazo cual una madre, como hace con las damas traicionadas que intentan suicidarse —la aconsejó Lord Dixon.

—Te noto agobiado, hijito —dijo doña Sofía—. A mí me podés abrir las puertas de tu corazón.

—No tanto como si fuera una escena de esa telenovela mexicana del Canal 10, *Madre sólo hay una* —dijo Lord Dixon.

—Me sacaron del trabajo, doñita —dijo Frank, y abatió la cabeza entre las manos.

—¿Y por qué razón? —preguntó doña Sofía con estudiada extrañeza.

—¿Ha sido sincera conmigo al decir que puedo abrirle las puertas de mi corazón? —preguntó Frank.

—De par en par —afirmó doña Sofía.

—¿Tiene algo contra los gays? —preguntó Frank.

Doña Sofía tragó gordo. La sodomía era un pecado nefando que la Biblia condenaba en diversos pasajes; bastaba con recordar el Levítico: «No te echarás con varón como con mujer, es abominación».

—Cuidado se equivoca, que lo ahuyenta —dijo Lord Dixon.

—Mirá, muchacho, te voy a responder con algo que decía mi tía Carmela, que en paz descanse: «Cada cual puede hacer de su culo un tambor» —dijo doña Sofía, y al instante se abochornó de sus palabras.

—Caramba, doña Sofía, no sólo está inventando a esa tía Carmela, tampoco esperaba de usted esa expresión descomedida —dijo Lord Dixon.

—¿Eso significa que no repudia a los gays? —insistió Frank.

—Qué muchacho insistente, ya te dijeron que no, que tu culo es tuyo y podés disponer libremente de él —dijo Lord Dixon.

—¡Quién soy yo para juzgar a nadie! —suspiró doña Sofía.

—Bueno, pues ésa es la razón que alegó el gerente de recursos humanos al entregarme la carta de despido —dijo Frank.

—¿Y así lo pusieron en la carta? —preguntó doña Sofía.

—No, no se atrevieron —respondió Frank—. Prescinden de mis servicios por conveniencia de la empresa.

—Eso no debe saberlo Soto —dijo doña Sofía.

—¿Que no? —saltó Frank—. Él mismo dio la orden de correrme por maricón empedernido.

—No puede ser que esté pendiente a ese extremo de la vida de sus empleados —dijo doña Sofía.

—Llamó desde Guatemala, y ésas fueron sus palabras —dijo Frank—. Me lo sopló la secretaria del gerente general, que es mi pofi.

—De todas maneras, no me calza por qué haya tomado con vos una decisión tan intempestiva —dijo doña Sofía.

—En el fondo, todo se debe a mi contacto con el inspector Morales —sonrió amargamente Frank.

—Menos lo entiendo todavía —dijo doña Sofía—. Si sos tan íntimo de Marcela, es lógico que te buscáramos primero a vos. Soto debería haberlo supuesto.

—Pues esté segura que no se le pasó por la cabeza que ustedes contactaran a los amigos de Marcela —contestó Frank.

—Eso suena muy raro —dijo doña Sofía.

—Es su mentalidad —respondió Frank—. Sólo se le ocurrió que el inspector Morales iba a amenazar a los acomodadores del cine, a poner en confesión revólver en mano a los guardas del parqueo, a torturar a alguien.

—Para eso pudo mandar a sus propios guardaespaldas —dijo doña Sofía.

—No quiere que ni guardianes ni criados sepan nada de la desaparición de Marcela —contestó Frank—. Oficialmente ella está fuera del país.

—Veámoslo desde otro punto —dijo doña Sofía—: ¿cómo es que Soto, si él mismo contrata al inspector Morales para averiguar la desaparición de su hija, va a ordenar que te corran por reunirte con él?

Frank alzó a ver a doña Sofía.

—En primer lugar, no es su hija —dijo.

—Bueno, su hija adoptiva —respondió doña Sofía—. Le dio su apellido.

—Un apellido no quiere decir nada —dijo Frank.

—Sigo sin entender —dijo doña Sofía—; Soto nos paga por buscar a Marcela, y al mismo tiempo obstaculiza la investigación.

Frank se puso de pie y apoyó las manos en el pupitre.

—Dígame si no es cierto que Soto le prohibió al inspector Morales hacerle preguntas de ninguna clase a Marcela cuando la encontrara —dijo.

—Confiésele que es cierto, sígale dando confianza —dijo Lord Dixon.

—Es verdad —contestó doña Sofía—. Quiere nada más que le descubramos el lugar donde se halla oculta, y punto.

—¿Ya ve? —dijo Frank.

—¿Y cuál es el motivo de la prohibición, según vos? —preguntó doña Sofía.

—Eso sólo puedo revelárselo al inspector Morales —dijo Frank, y regresó a su asiento.

—¿Acaso te inspiro desconfianza, pese a que te he hablado como una madre lo haría con su hijo? —le preguntó doña Sofía.

—No me interprete mal, pero fue él quien me metió en esto, y con él tengo que solventarlo —dijo Frank.

—Debe ingeniárselas para ver cómo le saca prenda —dijo Lord Dixon—. Esmérese, que el inspector va a volver quién sabe a qué horas.

—Entonces, si ya no puedo serte útil, acomodate a gusto y esperá al inspector, pues tengo que seguir trabajando —dijo doña Sofía, y volvió a la computadora.

—Una jugada muy arriesgada, doña Sofía —dijo Lord Dixon—. Si se nos va el mancebo, adiós mis flores.

—Entienda que no es nada personal —dijo Frank.

—No te preocupés —respondió doña Sofía—. Y para que no se te haga larga la espera, a ver si me ayudás en esto.

—Si puedo servirla en algo, con mucho gusto —dijo Frank.

—Aquí en la pantalla tengo enlistadas las llamadas del celular de Marcela el día que desapareció —dijo doña Sofía.

—¿Y eso? —Frank se aproximó de nuevo al pupitre—. ¿Cómo llegó esa información a su poder?

—Hay maneras de maneras de saber lo que uno quiere en este oficio —dijo doña Sofía—. Pero vení, asomate por favor: esas dos que recibió cuando estabas con ella en el cine son del celular de Mónica Maritano.

—No me hable de esa perra maldita —dijo Frank.

—Ya tiene quien la acompañe en la inquina, doña Sofía —dijo Lord Dixon.

—Pues a mí me lució una persona correcta y educada —dijo doña Sofía con toda tranquilidad.

—Dejemos eso para después —contestó Frank—. ¿Y las otras llamadas?

—Hay una tuya —dijo doña Sofía.

—Puedo decirle ahora mismo de qué hablamos —respondió Frank.

—Me interesan mejor las otras —dijo doña Sofía—. Son un total de cinco, todas del mismo número.

Frank se inclinó hacia la pantalla.

—Son de Soto —dijo—. Es un número que sólo usa para llamarla a ella.

—Marqué, y la que me contestó fue la misma Mónica Maritano —dijo doña Sofía.

—Porque ese número pertenece a un pool de teléfonos privados de Soto, a los que ella tiene acceso —dijo Frank—. Pero esas cinco primeras llamadas, tome por seguro que son de él.

—Pero las del cine son del propio teléfono de Mónica —dijo doña Sofía—. Es el que nos dejó para contactarla.

—Como Marcela se negaba a responderle, puso a la perra a que la llamara —dijo Frank.

—Entonces, por lo que se ve, padre e hija están distanciados —dijo doña Sofía.

Frank guardó silencio. Se había quitado los lentes tipo John Lennon y de manera obstinada mordía una de las patas.

—Los problemas entre los padrastros y las hijastras son comunes y corrientes —insistió doña Sofía—. Y creo entender cuál es aquí el motivo: la niña quiere asustarlo, y por eso ha desaparecido.

Frank siguió sin decir nada.

—¿No será que Soto piensa que vos tenés parte en la fuga de Marcela, y por eso te ha cogido tema? —preguntó doña Sofía.

—Claro que tengo parte —dijo Frank desafiante—. Supongo que ya saben ustedes que Marcela salió disfrazada de mesero del restaurante Buffalo Wings.

—Lo sabemos —dijo doña Sofía—; revisamos los videos de vigilancia de Galerías.

—Pues yo le conseguí el uniforme con un amigo que trabaja allí —dijo Frank.

—Fue un buen ardid, pero ya ves, a nosotros no se nos pasa nada —alardeó doña Sofía.

—El dato de la mochila se lo di yo al inspector Morales cuando me llamó, sabiendo bien lo que quería averiguar —dijo Frank.

—Te rendimos las gracias —dijo doña Sofía.

—Y en el momento en que iba a decirle que me urgía hablar personalmente con él, me cortó la conversación —se quejó Frank.

—Siempre anda apurado, debés disculparlo —dijo doña Sofía.

—¿Sabe qué debe haber pensado Soto cuando decidió contratarlos? —dijo Frank, alejándose de la computadora—. Que ustedes eran «a bunch of poor devils», como dice la canción de Coldplay.

—Nos está llamando un hatajo de pobres diablos, doña Sofía, pero páselo por alto —dijo Lord Dixon.

—Y le fue a salir una agencia con tecnología de punta, que tiene acceso a las cuentas de teléfono y a los videos de seguridad, ¡wow! —dijo Frank.

—Bueno, eso compensa la grosería anterior —dijo Lord Dixon.

—¿Por qué le ocultaste al inspector Morales que Marcela se escapó disfrazada del cine? —preguntó doña Sofía—. Le hiciste perder un tiempo precioso.

—Tampoco es que sus modales hayan sido tan finos —contestó Frank.

—Y a lo mejor, por tu culpa, ahora anda corriendo riesgos innecesarios —dijo doña Sofía.

—Imagino que salió a buscar al chofer del taxi, y ya debe haber dado con él —dijo Frank—. El número de la placa quedó en el video, ¿no es así?

—Frank es un investigador nato, doña Sofía, incorpórelo de inmediato a su consejo de asesores —dijo Lord Dixon.

—Y también pudiste haberle dicho de una vez por todas dónde se fue a ocultar Marcela —dijo doña Sofía.

—Ya debe haberla hallado, el chofer le habrá dicho adónde la llevó —respondió Frank.

—¿Y cuál es el lugar? —preguntó doña Sofía.

—El Tabernáculo del Ejército de Dios, que regenta la reverenda Úrsula —contestó Frank, y de pronto se dirigió hacia la puerta.

—Ya estamos en las afueras de ese Tabernáculo, pero si viera lo que es esta calle, se le pondrían los pelos de punta, doña Sofía —dijo Lord Dixon.

Doña Sofía siguió a Frank hasta la puerta, aún con esperanzas de retenerlo.

—No creo que tarde más de un cuarto de hora en volver —dijo—. Tené un poquito de paciencia.

—Ya no puedo esperar más —dijo Frank, y el miedo había vuelto a su voz—. ¿Hay una salida de este lugar por la parte de atrás?

—Ninguna, pero si querés yo te acompaño hasta la calle —dijo doña Sofía.

Frank le sonrió, como si se apiadara de su valentía, y negó con un breve movimiento de la cabeza.

—Que me llame a cualquier hora, él tiene mi número —dijo, y se alejó con pasos presurosos.

—Lo perdimos —dijo Lord Dixon—, y dejó demasiadas preguntas sueltas.

Doña Sofía, los brazos en jarras, se quedó mirando hacia el corredor vacío hasta que Frank desapareció. En verdad, el muchacho dejaba no pocas interrogantes.

¿Era realmente Soto quien había ordenado su despido? ¿Sus inclinaciones no podrían haberlo metido en enredos con otros empleados varones del call center, y la decisión ya estaba tomada desde antes de la visita del inspector Morales? ¿Si había un conflicto entre el millonario y su hijastra, no era natural que Frank, cómplice de ella según confesión propia, descargara la culpa sobre Soto? ¿O el pleito era entre Soto y doña Ángela, y la hija, hastiada, prefería alejarse de aquel infierno familiar? ¿O en todo caso la pugna se daba entre madre e hija? ¿Sospechaba Soto de las intenciones de fuga de la hijastra, y por eso su insistencia en llamarla, buscando disuadirla? ¿O es que huía ella del matrimonio que querían imponerle con el sobrino de Soto?

De todas maneras, tantas reflexiones y deducciones a lo mejor de poco iban a servir. Según Frank, ya el inspector Morales habría dado con el paradero de Marcela, si es que todavía se hallaba refugiada en ese tal Tabernáculo de la reverenda Úrsula, que sepa Judas dónde quedaba, y quién sería esa reverenda. Y como al menos la Fanny no se despegaba de su celular, ya la gente de Soto estaría informada para que fueran por la fugitiva. La regañarían, la encerrarían bajo siete llaves, la despacharían para Estados Unidos. O la casarían contra su gusto. Y ellos, a cobrar el resto de los honorarios, y sanseacabó.

Se hacía demasiado tarde y se preparaba para entrar a apagar la computadora y sacar su cartera cuando dos faros alumbraron el estacionamiento desierto. Era la pick-up de Vademécum, con sus altoparlantes montados sobre la cabina. Se bajó y, al advertirla en la puerta de la agencia, vino hacia ella.

—No he resistido el placer de acercarme a darle las buenas noches —dijo, quitándose respetuosamente la gorra—;

además, quería solicitarle la llave del candado para sacar la botella de la jaula, pues necesito celebrar.

—¡Eso bajo ninguna circunstancia! —respondió doña Sofía.

—No son más que inocentes bromas —dijo Vademécum, llevándose la gorra al pecho—. Si la puse a usted en custodia de esa llave, es porque sé que jamás voy a recuperarla. Pero déjeme al menos comunicarle el motivo de mi alegría.

—Seguro ganó en el blackjack, y mañana a esta misma hora estará triste por haber perdido —dijo doña Sofía—. Eso del juego es como un subibaja, y es la mano del Maldito la que empuja el balancín.

—Gané en una noche más que en todo un mes de trabajo con mi legión de duendes, y vengo a depositar en mi caja fuerte parte de los beneficios obtenidos —dijo Vademécum.

—¿Y quiénes fueron sus desgraciadas víctimas? —preguntó doña Sofía.

—Dos gallos desplumados quedaron hoy en el ruedo —se ufanó Vademécum—. El chino Cheng, capataz mayor de Vestuarios y Confecciones, la maquila más grande que hay en la zona franca, y Mustafá Ahmed, propietario de El Jardín de Himeneo en Ciudad Jardín. Me he desquitado como Dios manda.

—Dios no se mete en los juegos de azar ni en ningún otro vicio —dijo doña Sofía.

Con amplia sonrisa, Vademécum volvió a ponerse la gorra, y de uno de los bolsillos del pantalón sacó un reloj dorado.

—Presea de guerra —dijo, y dejó colgar el reloj delante de los ojos de doña Sofía—. El chinito ya no tenía nada que apostar y le gané su reloj. Y si apuesta los calzoncillos, también se los gano.

—Habrá que ver si de verdad ese reloj es de oro —dijo doña Sofía.

—Relojes falsos made in China —dijo Lord Dixon—. Pura hojalata, mañana mismo se le destrasta.

—¿Acaso nací ayer, querida señora? —dijo Vademécum guardándose el reloj—. Un Rolex legítimo. ¿Y sabe qué terminó apostando y perdiendo el turco Ahmed?

—No tengo ni la menor idea —dijo doña Sofía, ya impaciente por cerrar la oficina e irse de una vez.

—Tres piezas de tafetán y tres de organdí; mañana voy a su tienda a buscarlas —dijo Vademécum—. Le gusta esconderse de los acreedores, pero ya sabe lo que le espera con mis duendes si me incumple.

Y estaba a punto de agregar: y eso no es nada, a partir de mañana seré dueño de una fortuna que me ha caído del cielo, y adiós entonces a los duendes cobradores, a los turcos y los chinos, porque me dedicaré a recorrer el mundo empezando por Buenos Aires, pues quiero ver con mis ojos, antes que se los coma la tierra, el caminito del tango de Gardel en el barrio de La Boca, y demás sitios que holló con su pie el morocho del Abasto.

Pero la prudencia indicaba mejor callarse. Oportunidades proclamadas, oportunidades arruinadas.

—Un tahúr con sus duendes para doblegar al turco Mustafá, otro tahúr —dijo doña Sofía—. Es como si tuviera usted su propia policía infantil.

—Ni me mencione a la Policía —dijo Vademécum—. ¿No sabe lo que acabo de presenciar en la calle aquí enfrente? Un verdadero atropello.

—¿Qué clase de atropello? —preguntó doña Sofía.

—Iba por la acera un muchacho distinguido cuando salieron de sus escondites los uniformados, le cayeron encima entre insultos descomedidos y lo tiraron al suelo —dijo Vademécum.

—¿Era un muchacho de gorra y anteojos? —preguntó doña Sofía, de pronto sofocada.

—Puedo asegurárselo porque detuve mi vehículo a distancia conveniente —dijo Vademécum—: la gorra era verde, los anteojos tornasol.

—¡Ése era Frank! —dijo doña Sofía, conteniéndose de gritar.

—¿Usted conoce acaso a ese jovencito? —preguntó Vademécum.

—Acababa de irse de aquí —contestó doña Sofía—. Es un amigo de Marcela que sabe un montón de cosas sobre ella—. ¿Qué razón puede haber para que se meta con él la Policía?

—Su joven amigo no es nicaragüense, ¿verdad? —preguntó Vademécum.

—No, es de Costa Rica —respondió doña Sofía.

—Pues con razón, el oficial al mando del operativo lo calificaba de extranjero indeseable, agregando indecencias que me apena repetir delante de usted: de maricón de mierda que vino a corromper a nuestra juventud, para arriba —dijo Vademécum.

—Lo noté miedoso, como si supiera que lo andaban siguiendo, pero no le creí mucho —se lamentó doña Sofía—. Seguramente lo van a deportar, al pobre.

—Me temo que se halla equivocada —dijo Vademécum—. Se lo entregaron ya prisionero a unos orangutanes de civil que aparecieron al ratito en una camioneta de vidrios oscuros.

—¿Unos tipos vestidos de trajes color ratón? —preguntó doña Sofía.

—Como si fueran mormones —contestó Vademécum.

—¿Y el jefe de ellos andaba rapado? —preguntó doña Sofía.

—Y de anteojos oscuros en plena noche —respondió Vademécum.

—Ése es el sobrino de Soto —dijo doña Sofía.

—¿El pretendiente? —preguntó Vademécum—. No tenía el gusto de conocerlo en persona.

—¿Qué irán a hacer entonces esas bestias mandadas por Soto con el muchacho? —dijo doña Sofía.

—¿Y quién dice que lograron llevárselo? —preguntó Vademécum.

—Usted mismo, ¿quién más? —contestó doña Sofía.

—Nada de eso, apenas quisieron meterlo a la camioneta dio un salto de maromero, pasó encima de la trompa del vehículo, corrió calle abajo más veloz que un venado y se les perdió volteando una esquina —dijo Vademécum.

—¿Y por qué no me lo aclaró antes? —se quejó doña Sofía.

—Porque su impaciencia frustra a cualquier narrador que pretende ejercer a conciencia su oficio —respondió Vademécum.

—Esto es muy grave —dijo doña Sofía—. Tengo que informárselo de inmediato al inspector Morales.

—Vea usted las contradicciones de la vida —dijo Vademécum—. ¡La Policía que creó la revolución, al inicuo servicio de los potentados!

Doña Sofía buscó apresuradamente el celular en la bolsa del vestido y marcó el número de la Fanny una y otra vez. Nada. Ni siquiera caía el contestador automático.

—No hay manera de comunicarse con ellos, la Fanny no responde y el inspector Morales dejó olvidado su celular —dijo.

—¿Y no tiene idea dónde podrán encontrarse? —preguntó Vademécum.

—Según Frank, en un tal Tabernáculo de una tal reverenda Úrsula —contestó doña Sofía—. Allí fue a esconderse Marcela, y ellos dieron con esa pista.

—¿La reverenda Úrsula? —dijo Vademécum—. ¡Sorpresas te da la vida!

—¿Usted la conoce acaso? —preguntó doña Sofía.

—¡Pero si fue ella la que me llevó a mi consultorio del barrio Monseñor Lezcano a la muchachita violada para que le hiciera el aborto que me costó el ejercicio profesional! —respondió Vademécum.

—¿Y a qué se dedica ella? —preguntó doña Sofía.

—El Tabernáculo es un refugio de desamparados —dijo Vademécum—. La reverenda Úrsula da de comer al hambriento y también ampara niños de la calle. Mis duendes, por ejemplo, son todos egresados del Tabernáculo.

—Certificados como modelos de buena conducta —dijo Lord Dixon.

—No le he seguido bien el hilo con lo de la niña que abortó —dijo doña Sofía.

—Era un pecado mortal dejar que, con su pelvis tan poco desarrollada, la muchachita corriera el riesgo de parir —dijo Vademécum—. Una criatura pariendo otra criatura. Usted rechaza el aborto, pero yo me sentí en la obligación moral de salvarla.

—No discutamos sobre mis convicciones ahorita —dijo doña Sofía.

—Bueno, pues en lugar de echar preso al hechor, la Policía me echó preso a mí, y a la reverenda Úrsula por cómplice —dijo Vademécum.

—Pero usted logró quedar libre —dijo doña Sofía.

—Porque mi abogado le pagó por debajo al juez; si no, me meten siete años de cárcel —contestó Vademécum—. Y a la reverenda le hubieran tocado tres, pero yo la incluí en el trato.

—Tiene que llevarme a ese Tabernáculo de inmediato —dijo doña Sofía—. Me urge dar con el inspector.

—Si me deja depositar en mi caja de caudales el botín de guerra, con el mayor de los gustos la acompaño —dijo Vademécum.

—Seremos dos, doña Sofía —dijo Lord Dixon—. Yo no la abandono.

En eso, los faros de otro vehículo volvieron a alumbrar el estacionamiento. Era el taxi de Justin Bieber, que fue a detenerse junto al tronco del guanacaste. La Fanny se bajó deprisa, y cuando el taxi retrocedía de salida, ella ya había atravesado el corredor.

—¡Qué dicha que la encuentro, doña Sofía! —dijo, casi sin aliento—. ¡Ese hombre es un terco, se ha ido a meter al Mercado Oriental por sus propios pasos, y lo menos que puede esperar es que le atraviesen el hígado de una puñalada!

7. Secretos oídos desde la cocina

Esa misma noche del viernes, mientras doña Sofía, atenta a la pantalla, revisaba el listado de llamadas proveído por la Fanny, y aún no aparecía Frank, en el RD Beauty Parlor Apolonio terminaba el corte de caja y Ovidio se dedicaba a barrer el piso de todo rastro de cabellos, amontonándolos en un rincón para recogerlos con una paleta. El último cliente de la jornada había sido un anciano caballero de la vecindad, quien llegaba puntualmente una vez al mes acompañado de su perro labrador, y los recortes de sus escasos mechones blancos se alzaban leves como plumas de pichón ante el empuje de las cerdas de la escoba.

Los primos habían crecido juntos en el barrio Zaragoza de León, juntos habían estudiado peluquería en la Escuela de Artes y Oficios de los Hermanos Cristianos, juntos empezaron en la barbería Los Tres Villalobos, vecina a la universidad, y juntos se trasladaron a Managua al triunfo de la revolución, para servir en la que iba a abrirse en el Ministerio del Interior, reclutados por un dirigente estudiantil convertido en jefe guerrillero, Anastasio Prado, originario también de la ciudad y cliente de Los Tres Villalobos.

Aquel estudiante, que había abandonado las aulas de la Facultad de Farmacia, donde estudiaba para seguir los pasos de su padre, dueño de una botica en León, fue nombrado jefe de la recién creada División de Seguridad Personal. Lo apodaban desde aquel tiempo Tongolele, por el mechón blanco en el cabello, igual al de la escultural y exótica rumbera mexicana Yolanda Montes, la verdadera Tongolele, famosa por las películas cabareteras de los años cincuenta, donde movía el trasero con fuerza sísmica al ritmo frenético de las tumbadoras.

Las características físicas de los primos eran notablemente contrapuestas. Ovidio, lampiño y sonrosado, las mejillas tersas siempre bien afeitadas, y Apolonio, menor en estatura, las cejas juntas como si fueran una sola, y velludo aun en hombros y espalda.

Pero sus diferencias eran no sólo en lo físico, pues alcanzaban asuntos de carácter. Obsequioso y llevadero, Apolonio fue recomendado por Tongolele para que acompañara al maestro Traña, el barbero en jefe, cuando acudía a atender al ministro en su residencia, y una vez que aquél había terminado su trabajo, se hacía cargo de aplicarle toallas calientes en la cara, practicarle masajes faciales y también corporales armado de manoplas vibradoras, quitarle los pelos de las orejas y huecos de la nariz mediante unas tijeritas, perfumarlo con agua de colonia Jean-Marie Farina, y peinarlo.

Sus funciones en la casa del ministro se fueron ampliando, y no tardó en convertirse en un amo de llaves solícito, sirviente de calidad por su propio gusto y ganas, según los reproches de Ovidio. Distraía con juegos de magia a los niños, preparaba las piñatas en sus cumpleaños, vigilaba que hicieran sus tareas escolares, y los acompañaba a sus clases de natación en la piscina semiolímpica del Nejapa Country Club, ahora expropiado, en la camioneta asignada para ellos; y, como si no fuera suficiente, se ofrecía como secretario sentimental de las empleadas domésticas, quienes en retribución lo atiborraban de comida en la cocina.

Ovidio había terminado de barrer, y mientras se peinaba con lentitud deliberada, veía por el espejo a Apolonio repasar las cuentas al fondo del salón, de pie frente a la caja registradora. No se explicaba por qué, después de tanto tiempo, aquellas liviandades resucitaban en medio de un hervor de cólera en su pecho, quitándole el sosiego.

122

—Me acuerdo de aquella exigencia que te hacía Tongolele —dijo—: para acercarte al ministro debías ponerte desodorante en los sobacos.

—Vuelve la mula al trigo —suspiró Apolonio.

—Speed Stick de Mennen —dijo Ovidio—. El hombre tenía olfato delicado. También debías perfumarte el aliento mascando pastillas de pepermín.

—Menos mal que no salía de mi bolsa, todo me lo mandaba a comprar Tongolele en la Tienda Diplomática —dijo Apolonio.

—Otras cosas las hacías nada más de puro ofrecido —dijo Ovidio—. Llenar de iguanas las piñatas para que los niños invitados a los cumpleaños salieran despavoridos a tirarse a la piscina cuando vos mismo, de servilazo, quebrabas a garrotazos la olla.

—Nunca se te acabó la tirria —dijo Apolonio—. Sólo porque Tongolele no te escogió a vos.

—Pero no es que fueras tan pendejo, le jugabas la comida al ministro —dijo Ovidio—. Bien que te almorzabas a su jefa de Protocolo.

—Nunca fui tan caballo para cometer semejante temeridad —dijo Apolonio.

—No me digás que no es cierto que se encamaban —dijo Ovidio.

—No lo niego, pero primero me cercioré que el ministro no tuviera nada que ver con ella —respondió Apolonio—. Y fue cuando el comandante Malespín ya la había desechado.

—Ayer pasó por aquí la mencionada —dijo Ovidio.

En el espejo, Apolonio se acercó caminando con un manojo de vouchers de tarjetas de crédito en la mano.

—Ya sé —dijo—. Me imaginaba que la habías reconocido.

—Cuándo no —contestó Ovidio—. Un poquito más gordita, y algo ajada, pero esa cara de putita mansa que entrecierra los ojos y abre los labios como suplicando «vení, besame» no se olvida.

—Eso lo habrás visto sólo en tus sueños —se rio Apolonio.

—Estúpida mujer, fue a preferir al mono peludo y no se fijó en el galancete —dijo Ovidio, y buscó ponerse de medio perfil frente al espejo, elevando el mentón.

—No le gustó tu cara de nalga —dijo Apolonio.

—Prefiere las caras de culo —respondió Ovidio.

—Seguro ya le fuiste a la licenciada con el cuento de que conocíamos a la Mónica —dijo Apolonio.

—Que la conocía yo, eso lo platiqué con ella —dijo Ovidio—. Pero meterte a vos en el asunto, no había para qué.

—Por mi parte, se lo hubieras contado —dijo Apolonio—. Uno también vive de la fama del pasado.

—Como andaba siempre pegada a las costillas del ministro, también te portabas servil con ella —dijo Ovidio—. Nunca me imaginé que tu servilismo fuera capaz de conquistar corazones.

—No fue el servilismo —se rio Apolonio—. Fueron mis gracias. A ella le encantaba que le recitara la lista de mi museo imposible.

—Toda aquella pendejada del sudario del Mar Muerto, la refrigeradora para enfriar el calor de la amistad, el paño de lágrimas, el suéter para abrigar esperanzas, la taza para zurdos, el reloj enjaulado para que el tiempo no huya —dijo Ovidio.

—Y el sillón para sentar precedentes, las balas de la carabina de Ambrosio y los anteojos de contacto sexual —se rio Apolonio—. Eso último fue lo que más le gustó. Un día me pidió que le copiara esa lista.

—Y que se la fueras a dejar a su casa —dijo Ovidio.

—En persona —volvió a reírse Apolonio—. Ésa fue mi credencial, ya después entraba directo a su dormitorio sin necesidad de hacerle ninguna lista.

—Pero no eras el único —dijo Ovidio.

—Ni el único ni el principal —dijo Apolonio—. El principal era Soto. Ya sería mucho ambicionar la exclusiva.

—Y nada de que todo eso es fama pasada, la seguís viendo, no te hagás el baboso conmigo —dijo Ovidio.

—De vez en cuando —dijo Apolonio.

—A ver, contame entonces, no me dejés con las ganas —dijo Ovidio.

—Pues voy a su casa y entro por la puerta del servicio, que me viene a abrir la Hermelinda, aquella que era cocinera en el ministerio —dijo Apolonio.

—Y la compartís con ese de anteojos oscuros que se quedó esperándola ayer en el carro —dijo Ovidio.

—Ah, Manuelito —volvió a reírse Apolonio—: las noches que él aparece yo no paso de la cocina, y allí estoy en mi reino; la refri hasta el tope de cervecitas Budweiser, y la Hermelinda me saca quesitos extranjeros, aceitunas rellenas de atún.

—Naciste para hijo de casa —dijo Ovidio.

—Mejor decí que nací para chivo —se rio de nuevo Apolonio, ahora con una carcajada.

—De todos modos, tenele cuidado a ese hombre —dijo Ovidio—. ¿Acaso no sabés que es el jefe de los guardaespaldas de Soto?

—Y su sobrinito querido —contestó Apolonio—. Pero si no le tuve miedo a Soto cuando vivía con ella, menos voy a tenérselo al sobrino, que además es un mequetrefe.

—Ese hombre no le iba a confiar su seguridad personal a un mequetrefe —dijo Ovidio.

—Lo deja jugar a que es el jefe de sus sapos, con su auricular en la oreja —dijo Apolonio—. Pero de fiero sólo tiene la estampa. La Mónica lo vive defendiendo cuando el hombre se arrecha por sus cagadas.

Iba a preguntarle si sabía de los planes de Soto para casar al sobrino con su hijastra Marcela, pero se arrepintió. Ese tema podría llevar al otro, el de la desaparición de la muchacha, y no quería aventurarse por ese camino; vaya y enredaba la pita por su imprudencia. Una de las reglas estrictas impuestas por doña Sofía era la compartimentación.

—Pendejo, o lo que sea ese Manuelito, vos sos muy capaz de lustrarle los zapatos —dijo Ovidio.

—Los zapatos no —se rio Apolonio—. Pero cortarle el pelo, sí. ¿Quién creés que le pasa la máquina al número cero? Cuando la Mónica me lo solicita, llevo mi valijín algún domingo, y lo rapo como a él le gusta.

—No hay cochón torcido —suspiró Ovidio.

—Te invito a su casa, para que veás cómo me tratan —dijo Apolonio.

—Vamos ahora mismo —se apresuró en responder Ovidio, por probarlo.

—Juega —dijo Apolonio—. Pero no le vayas a contar ni mierda a la licenciada, que ya agarraste vara de que también sos detective.

—¿De verdad me estás invitando? —preguntó Ovidio, ahora acobardado—. ¿Y qué pito toco yo allí?

—Nos bebemos unas friolentas, nos comemos unas boquitas sabrosas —dijo Apolonio—. ¿Qué más querés?

—¿Y cuando ella me vea allí? —preguntó Ovidio.

—¿La Mónica? —dijo Apolonio—. ¿Que acaso no vas conmigo?

—¿Y si está el sobrino de Soto? —preguntó Ovidio.

—Ah, no, no jodás —contestó Apolonio—. A todo le ponés peros. Pues nos quedamos en la cocina, dueños de la refrigeradora.

—Hagamos de caso que está sola, te lleva para el cuarto, ustedes echan su polvorete, ¿y yo qué hago? —dijo Ovidio.

—Te hacés cargo de la Hermelinda, no te vas a arrepentir —dijo Apolonio—. Viejona, pero todavía saca su media suela.

—Con las Budweiser me conformo —dijo Ovidio.

Apagaron las luces y salieron agachándose debajo de la cortina. Apolonio terminó de bajarla y cerró el candado a ras del piso. La luz se filtraba bajo la puerta de la agencia, donde doña Sofía seguía frente a la pantalla de la computadora. Si Ovidio la buscaba en ese momento para enterarla de aquella excursión, Apolonio iba a darse cuenta y todo se frustraba; así que mejor le rendiría un informe exhaustivo temprano de la mañana.

En el corredor se cruzaron con Frank, que caminaba de manera subrepticia, la visera de la gorra tapándole los ojos, y supusieron que se trataba de un cliente del Cafetín Cuscatleco en busca de su dosis.

Ya en la acera, Apolonio hizo señas para detener un taxi. Una camioneta de doble cabina de la Policía, las luces delanteras apagadas, se hallaba estacionada en una de las bocacalles frente al shopping center, pero no les llamó la atención.

—Media cuadra antes de llegar al portón de Sierras de Paz —le indicó Apolonio al taxista a través de la ventanilla.

Discutieron el precio de la carrera, y cuando hubo conformidad se montaron.

—Eso de vivir cerca de un cementerio, aunque sea de muertos ricos, a mí como que me da repelos —dijo Ovidio, ya el taxi en marcha rumbo a la rotonda del Güegüense.

—Es una quinta que fue del papá, cuando por allí sólo había fincas lecheras —dijo Apolonio—. Se la devolvieron a ella cuando el sandinismo perdió las elecciones, junto con todo lo demás.

—El señor que fabricaba inodoros —dijo Ovidio—. Murió de tristeza en Honduras cuando la revolución lo dejó en la calle. Y la hijita, callada.

—Callada porque estaba conforme —dijo Apolonio—. ¿Acaso no todos éramos patria libre o morir?

—Conforme cuando confiscaron a su progenitor, y conforme cuando le regresaron a ella los bienes del muerto —dijo Ovidio.

—¿Por qué mejor no te bajás del taxi? —dijo Apolonio—. Todavía es tiempo, si seguís con tu ojeriza.

—Cuando tenga las cervezas a la vista, me callo —dijo Ovidio.

—¿Te acordás de la cantinela del anuncio de la loza sanitaria Maritano que ponían en el radio? —le preguntó Apolonio.

—«Loza sanitaria Maritano, desde un inodoro hasta un lavamanos» —canturreó el chofer, golpeando rítmicamente la rueda del timón.

—Qué bien se acuerda, camarada —dijo Ovidio.

—Son miles de años de andar chofereando con el radio siempre prendido —dijo el taxista.

—Menos mal que no se les ocurrió «loza sanitaria Maritano, ponga en buenas manos su ano» —dijo Apolonio, y se rieron insolentados, el que más el taxista.

Salieron de la pista Jean Paul Genie y se adentraron por el Camino Viejo a Santo Domingo, habilitado con una capa de asfalto pero estrecho y sin andenes. Apenas el taxi había llegado al cruce a Sierras de Paz, se hallaron metidos en un atasco de vehículos a causa del velorio de un general retirado del Ejército. Tuvieron que bajarse y continuaron a pie, entre los concurrentes enlutados que avanzaban en largas filas, obligados también a caminar.

La casa era de dos pisos, al estilo californiano de los años cincuenta, con un corredor de arcos en la planta baja, un balcón de hierro forjado en la segunda y el techo de tejas de barro, hasta cuyo alero se elevaban dos delgados cipreses sembrados a los lados de la puerta principal. A un costado del jardín, frente al garaje construido aparte y techado al igual que la casa, estaba el Volvo gris perla de Mónica.

Ovidio entró en pánico al ver el vehículo y quiso escaparse, pero el otro lo retuvo por el brazo. Un guarda de la empresa de vigilancia El Goliat salió de la caseta instalada al lado del portón, y al reconocer a Apolonio les franqueó el paso hacia el callejón lateral que llevaba a la culata de la casa.

Más pánico sintió aún Ovidio cuando dos perros dóberman, surgidos de pronto de la oscuridad, se abalanzaron sobre ellos, pero también reconocieron a Apolonio, y haciendo fiestas los acompañaron hasta la puerta de la cocina, protegida por una mampara de cedazo.

Apolonio abrió la mampara y asomó la cabeza. Al no más verlo, la Hermelinda, una mulata retacona cercana a los sesenta, ocupada en vaciar las bolsas de un pedido de supermercado, fue presa de un ataque de risa que buscó sofocar llevándose las manos a la boca.

—A saber qué vulgaridades le platicás, que al sólo verte se acuerda de ellas —le susurró Ovidio.

Cuando la mujer logró sosegarse, Apolonio, desde donde se hallaba, le preguntó por señas si Mónica estaba arriba, en su dormitorio, o abajo, en la sala. Ella le dio a entender que arriba, y se apretó las sienes. Con migraña. Entonces avanzó decidido hacia la refrigeradora, sacó una lata de cerveza, la destapó y empezó a beber de pie, mientras eructaba sin recato.

—¿Este señor anda con vos? —preguntó la Hermelinda cuando descubrió a Ovidio quien, desde el otro lado de la mampara, intentaba encender un cigarrillo, volteado de medio cuerpo para proteger la llama del aire del jardín.

—Es mi primo del alma —dijo Apolonio—. ¿No te acordás de él allá en el ministerio?

—Sinceramente, no —dijo la Hermelinda, y fue a abrir la mampara, decidida a examinarlo de cerca.

—Buenas noches —dijo Ovidio, el cigarrillo entre los dedos, al mejor estilo Gardel.

—Pasá, hombre, no seás apocado —lo animó Apolonio.

—Aquí es prohibido fumar, la señora vomita con sólo el olor a cabo —dijo la Hermelinda, y le dio la espalda.

Ovidio tiró al suelo el cigarrillo, como si le quemara los dedos, y lo aplastó bajo la suela.

—Éste es aquel que iban a expulsar del ministerio porque apareció en la pasarela de un concurso de belleza de travestis, en un antro llamado El Charco de los Patos —dijo Apolonio y volvió a eructar—. Lo coronaron reina antes que entrara la Policía Sandinista y se llevara presos a candidatos, jueces y público en general.

La Hermelinda, reprimiendo otra vez las carcajadas, se secaba las lágrimas en el delantal cuando se oyó el zumbido del intercomunicador. Entonces corrió a responder. Se oyó la voz confusa de Mónica dando alguna orden, y la mujer desapareció veloz por la puerta voladiza que llevaba a los interiores.

Apenas se hubo ido, Ovidio, como un bólido, fue a coger un cuchillo de cortar carne metido entre varios en un taco de madera.

—¡Ahora me vas a repetir esa calumnia, muy hijueputa! —dijo.

—Pero si son bromas, hermano —suplicó Apolonio, escondido tras la puerta de la refrigeradora que aún no había cerrado.

—Te voy a cortar la picha para que quedés orinando sentado, peor que Manuelito —dijo Ovidio blandiendo el cuchillo.

—Tomate tranquilo tu birra, y ya calmate que nos van a oír —le pidió Apolonio, sin abandonar su refugio.

—Ah, bueno, si es así, sí —dijo Ovidio, y fue a reponer el cuchillo en su lugar.

—A la puta, vos sí que sos delicado —dijo Apolonio, y le pasó una lata de cerveza.

—Eso te sucede por hacerte el payaso a mis costillas —dijo Ovidio, y se llevó la lata a la mejilla para probar que de verdad estuviera bien helada—. No te ha bastado con ningunearme desde que vinimos.

— ¿Qué es eso de que Manuelito orina sentado? —preguntó Apolonio.

—Un defecto de nacimiento, según Vademécum —respondió Ovidio—. El ojo de la paloma no lo tiene en la punta, sino debajo.

—Ah, bueno, Vademécum —dijo Apolonio—. Palabra del Señor.

—A vos te conviene que sea cierto —dijo Ovidio, estrujando la lata que había vaciado en un suspiro—. Si no sirve para orinar como se debe, imaginate lo otro.

Apolonio se rio, envanecido.

—Dichosamente, Dios a mí me hizo completo, tal vez más de la cuenta —dijo.

—No puedo saberlo porque nunca te he examinado —dijo Ovidio, y abrió la refrigeradora para sacar otra cerveza—. Además, tampoco soy ginecólogo, como Vademécum.

—Esa migraña la está haciendo ver chispas —dijo la Hermelinda entrando de nuevo—. Otra Imigran 50, y nada.

En eso se oyó el chasquido de la cerradura de la puerta de enfrente, y la Hermelinda se quedó en suspenso.

—Es don Manuelito, tiene llave —dijo—. No oí entrar su camioneta.

La puerta se cerró con un golpe leve, y oyeron los pasos subiendo rápidamente la escalera de madera.

—Dejémoslos que se refocilen a su gusto, no hay mejor remedio para el dolor de cabeza —dijo Ovidio—. Mientras tanto usted nos da de cenar, Hermelinda.

—Ideay, ¿y este confianzudo pidiendo cena como si estuviera en su casa? —dijo la Hermelinda.

—Tiene que pagarme con la cena un favor que le hice, Hermelinda —dijo Ovidio.

—¿Cuándo me has hecho favores a mí? —contestó ella, enojada.

—Hace apenas un momento estaba dispuesto a sacarle las tripas a este calumniador, pero al final pensé que usted iba a tener que lavar el cuchillo tinto en sangre, y no quise causarle esa molestia —dijo Ovidio.

Ella miró a Apolonio asustada, como preguntándole si debía creer o no lo que oía.

—Es verdad —dijo Apolonio—, se me vino encima con el cuchillo, pero le ofrecí una cerveza a cambio de mi vida.

—Ustedes están de que los amarren —dijo la Hermelinda.

131

—Con esta que me voy a tomar, ya serían tres —dijo Ovidio, y abrió otra vez la refrigeradora.

—En lo de la cena, la verdad es que mi primo tiene razón —dijo Apolonio—. ¿Qué nos vas a ofrecer hoy?

—¿No quiere una, Hermelinda? —le preguntó Ovidio, mostrándole la lata.

—¡Ni quiera Dios ponerme a beber con ustedes! —respondió ella.

Frio unas salchichas, calentó pan de hot dogs, llevó a la mesa salsa de tomate y mostaza, y los tres se sentaron a comer. Tendrían media hora de estar conversando amenamente cuando de pronto se oyó ruido de motores, las ventanas de la cocina se iluminaron con el resplandor de los faros de los vehículos que entraban, y se sucedieron los portazos.

—¡Madre santa! —dijo la Hermelinda—. ¡Ése es don Miguel!

Ovidio se puso de pie de un salto y se arrimó a Apolonio en busca de protección.

—¿Qué hace aquí a estas horas? —le preguntó con un hilo de voz.

—Yo qué putas sé —contestó Apolonio—. Es la primera vez que viene cuando yo estoy.

—¿Y si entran los guardaespaldas a la cocina qué hacemos? —volvió a preguntar Ovidio.

—Muy buena pregunta —respondió Apolonio, y también se paró, ahora tragando gordo.

La Hermelinda había corrido a encender las luces de la sala, la oyeron abrir la puerta del frente, oyeron la voz enojada de Soto preguntando por su sobrino, de inmediato pasos urgidos que bajaban la escalera, y otra voz obsequiosa, que debía ser la de Manuelito.

Al poco rato volvió la Hermelinda sofocada, fue a poner bajo llave la puerta trasera, apagó las luces, con lo que sólo entraba el resplandor de una luminaria del patio, les indicó que volvieran a sus sillas y se sentó también. Por nada del mundo debían alzar la voz ni hacer el menor ruido.

—Es a mí al que me toca andarte buscando, y adivinar dónde te has metido —oyeron a Soto.

—Era el cambio de turno —oyeron responder a Manuelito—. Dejé al Zurdo al mando.

—¿Eso es lo que tenés que alegar, cambio de turno? —dijo Soto—. Se te escapó el mamplora ese, y en lugar de reportarme el fracaso te venís a esconder aquí, como comadreja asustada.

—No me he escondido, tío —contestó Manuelito—. Usted bien sabe que siempre me puede hallar en esta casa.

—¿Y al mamplora, adónde lo puedo hallar, si me hacés el favor? —preguntó Soto con sorna.

—Fue culpa de la Policía, le pedí al jefe de la patrulla que lo esposaran antes de entregármelo, pero no me hizo caso —respondió afligido Manuelito.

—Lo teníamos vigilado día y noche, y ahora, por tu culpa, no sólo se nos fue de las manos, sino que le perdimos todo rastro —dijo Soto.

De nuevo hubo pasos que bajaban la escalera, esta vez más leves, y se escuchó la voz de Mónica.

—No hay por qué sofocarse —dijo—. Manuel me llamó para contarme lo que había pasado, y yo le pedí que se viniera para acá.

—A meterse debajo de tus naguas —dijo Soto.

—Intentamos llamarte, pero ninguno de tus celulares contestaba —dijo Mónica.

—Estoy aterrizando, vengo de Guatemala —dijo Soto—. Y el Zurdo me recibe con esta noticia. Se nos fue el mierda ese, y ahora quedamos en cero.

—Saltó como un gato de monte, tío, si lo hubiera visto —dijo Manuelito.

—No volvás a decir una palabra más, que te parto la boca —dijo Soto.

—Tu decisión de despedir del trabajo a Frank no fue correcta —intervino Mónica—. Se puso nervioso, y no es eso lo que queríamos, sino que nos llevara al escondite de Marcela.

—Tío, ya tengo el anillo de compromiso, lo pedí a Miami y ya me vino —dijo Manuelito—. ¿No quiere verlo?

—¿Vos me harías el favor de lograr que esta desgracia andante se calle? —dijo Soto, exasperado.

—Manuel, ¿podrías esperar arriba, por favor? —le pidió Mónica.

Hubo un silencio, y por fin se oyó que sus pasos enérgicos, porque iba seguramente furioso, retumbaban en los peldaños de la escalera.

—No sé cómo se me ocurrió hacerte caso de ponerlo a la cabeza del operativo —dijo Soto.

—Porque vos mismo has insistido en que hay que darle autoestima —contestó Mónica.

—Y lo peor, haber metido a la agencia esa de Dick Tracy —dijo Soto, la voz un tanto más calmada.

—De eso no podés echarle la culpa a Manuel —dijo Mónica—. Allí fue la mano de tu señora esposa la que intervino. Quería un detective privado para evitar el escándalo de la desaparición de su hija en los periódicos.

—Primera vez que oía yo hablar de ese renco, me guie por tu informe para entrevistarme con él —dijo Soto—. De todos modos, llegó a parecerme que esa agencia de cuarta era un buen disfraz.

—Pese a todo, el plan estaba bien calculado —dijo Mónica—. ¿Qué mejor que el renco se ocupara del caso sin ningún chance de encontrarla mientras vos la buscabas por tu cuenta?

—Pero ahora es al revés —dijo Soto—. Está sobre la pista y habrá que pararlo.

¡Una agencia de cuarta! ¡Si doña Sofía estuviera oyendo!, pensó Ovidio. ¡Y llamaban «renco» despectivamente al inspector Morales, un héroe guerrillero!

—Quién iba a imaginar que en menos de lo que canta un gallo ya estaría el renco buscando a Frank en el call center —dijo Mónica—. ¿Cómo pudo averiguar tan pronto sobre él?

—Lo menospreciamos —dijo Soto—. Cuando lo vi comer, creí que con la misma torpeza con que manejaba los cubiertos iba a manejar el caso.

—Frank era la pieza clave, con sólo continuar siguiéndolo dábamos con ella —dijo Mónica.

—Pero se concertó de inmediato con el renco —dijo Soto.

—Nadie puede asegurarlo —dijo Mónica—. Más bien, a lo mejor, de puro resentido por el despido, se fue a buscarlo a su oficina para soltarle el rollo.

—No podíamos seguir corriendo más riesgos —dijo Soto—. Por eso ordené desde Guatemala que me lo agarraran. Y todo se jodió gracias a tu dichoso Manolito.

—Lo que es al renco hay que pararlo, tenés razón —dijo Mónica—. Engolosinado por la plata, ha agarrado en serio su papel.

—No me explico —dijo Soto—. Con la información que le di no podía llegar ni a la esquina.

—A lo mejor sacamos ganancia de la pérdida —dijo Mónica—; a lo mejor es él quien nos llevará hasta donde ella se encuentra.

—Desde el principio debió quedar Tongolele al frente de este asunto —dijo Soto.

—¿Y no es que no querías meter a la Policía? —dijo Mónica.

—Tongolele es otra cosa, yo sé cómo nos entendemos —dijo Soto—. Él me prestó la patrulla para el operativo que tu Manuelito echó a perder.

Los peluqueros pelaron los ojos. Tongolele, el que se los había traído de León. Nunca más lo habían vuelto a ver. Ahora se movía en las sombras, y nadie sabía hasta dónde llegaba su poder como jefe de Inteligencia de la Policía Nacional.

—¿Y Tongolele está al tanto de que ella se fugó? —preguntó Mónica.

—Por supuesto que no —contestó Soto—. Para que me colaborara en agarrar al maricón ese inventé que había sustraído un disco con información operativa del call center.

—Pero si ahora vas a poner el caso en sus manos, tenés que informarle a fondo de qué se trata —dijo Mónica.

—Voy a hacerlo de una manera muy general —respondió Soto—. Lo que necesitamos es que le intervengan los teléfonos al renco, y que lo sigan. Como bien decís, puede llevarnos a ella. Ya cité a Tongolele en mi oficina, me debe estar esperando.

—¿Y si el renco ha averiguado más de la cuenta? —preguntó Mónica.

—Es lo que necesitamos saber —dijo Soto—. Y en ese caso, no voy a dejar que ande por allí contando lo que haya llegado a saber.

—¿Y tu señora esposa, mientras tanto? —preguntó Mónica.

—Dejémosla tranquila con el padre Pío —contestó Soto—. No me ha vuelto a preguntar cómo va la búsqueda.

—No deberías menospreciar tanto a Manuel —dijo Mónica.

—¿Menospreciarlo? —respondió Soto—. ¿Y no voy a casarlo con mi propia hija?

—Precisamente por eso —dijo Mónica—. Si no hay novio, no hay boda.

—Ya lo sé, Manuelito es el único novio en quien puedo confiar —dijo Soto.

—Pero tampoco hay boda sin la novia —dijo Mónica—. Una vez que aparezca, falta que dé el sí.

Ninguno de los tres de la mesa de la cocina osó moverse ni para reacomodarse en las silletas cuando sobrevino el silencio del otro lado de la pared.

—Tengo de mi parte a Ángela para resolver ese problema —dijo al fin Soto—. Está de acuerdo en que la muchacha es rara, desadaptada la llama ella, y que no es fácil hallarle un partido. Manuel no le disgusta, al fin y al cabo lleva mi sangre.

—¿Seguís estando seguro que la madre y la hija no han hablado? —preguntó Mónica—. ¿Que Marcela no se ha sincerado con ella?

—Más que seguro —contestó Soto—. Si no, ya hubiera ardido Troya.

—¿Por qué huyó? —preguntó Mónica—. ¿Es algo que puedo saber?

Soto se quedó callado. Una chiflonada de viento pasó barriendo el techo y conmovió las ventanas de la cocina.

—Discutimos —dijo al fin.

—Y vos te pusiste violento —dijo Mónica.

—Bueno, no tuve buenas maneras —dijo Soto.

—Sos demasiado orgulloso para imaginar que se te iba a escapar —dijo Mónica.

No se oyó a Soto responder nada. Los de la mesa parecían asistir a una sesión de espiritismo.

—Nunca hasta ahora me he atrevido a hacerte esta pregunta —dijo Mónica—. ¿Serías capaz de dejar a tu esposa por ella? ¿Divorciarte de la madre y casarte con la hija? ¿Estarías dispuesto?

—Imaginate el escándalo —dijo Soto.

—Te estás saliendo por la tangente —dijo Mónica—. Te lo pongo más claro: ¿estás enamorado de tu hijastra, o sólo encoñado?

—¿Qué ganamos con que te diga que sí, que estaría dispuesto? —dijo Soto—. Ella no aceptaría eso nunca.

—Estás enamorado, y estás encoñado, Miguel Soto —dijo Mónica—. Las dos cosas juntas. Estás perdido.

—¿Para qué estar hablando de imposibles? —dijo Soto—. Lo único cierto es que voy a recuperarla a como dé lugar.

—Bueno, a vos te espera Tongolele, y yo tengo un ataque de migraña que me parte la cabeza —dijo Mónica.

—Perdoname las malacrianzas de esta noche —dijo Soto—. No estoy acostumbrado a que las cosas se me vayan fuera de control.

—Llevate por favor a Manuel —dijo Mónica—. Lo único que quiero es mi cama en la oscuridad, y no estar oyendo quejas.

—Decile que baje —consintió Soto.

—Dejalo que te enseñe el anillo de compromiso —dijo Mónica.

Más tarde, cuando Soto se hubo ido con su cortejo de vehículos, la casa quedó hundida en el silencio, como si hubiera sido abandonada años atrás. Y los tres siguieron largo rato sentados a oscuras alrededor de la mesa de la cocina.

—Que ella no vaya a saber nunca que estuvimos aquí —susurró Apolonio.

—Y si alguno de ustedes repite algo de lo que oyeron, quien les saca las tripas con el cuchillo soy yo —dijo la Hermelinda, también por lo bajo.

—Quedás advertido —le dijo Apolonio a Ovidio—. Ni una palabra a la licenciada.

—Ideay, como si no me conocieras, hermano —respondió Ovidio—. Soy una tumba para guardar secretos.

8. La enigmática reverenda Úrsula

El inspector Morales avanzó bastón en mano por la mitad de la calle libre de túmulos de basura, con cuidado de no tropezar entre los huecos del pavimento abandonado de toda reparación hacía tiempos, al punto que la hierba crecía entre las rajaduras. Los indigentes en guardia frente al Tabernáculo aparecían dispersos en la penumbra, que se iba espesando a medida que sus figuras se alejaban del halo de la luminaria encendida en lo alto del poste cerca del portón.

Algunos ya hacían fila y permanecían de pie o sentados en el suelo, mientras otros habían dejado sus mochilas y motetes, y aun bloques de construcción, en señal del sitio que les correspondía. Debajo de un frondoso mango de hojas lustrosas sembrado en la vereda, unos habían arrimado piedras para encender un fogón y calentaban café en una lata de leche condensada, y otros dormían sobre el cemento de la acera, abrigados con hojas de papel periódico o plásticos negros, de los mismos de embalar basura.

En un radio de baterías que sonaba quedamente, el locutor nocturno de La Picosa animaba a solicitar complacencias, y una radioescucha del barrio Campo Bruce pidió *Camelia, la Texana,* que empezó a escucharse de inmediato. Con el olor del café se esparcía el tufo de orines y ropa enmohecida, y desde la calle llegaba en oleadas la pestilencia de los promontorios de desperdicios.

Era una clientela de veteranos, al punto de matricular sus puestos en la fila con tanta confianza. Si Marcela había traspuesto aquel portón, alguno de ellos debió haberla visto, y ya el dato en mano, sólo era asunto de entrevistarse con esa reverenda Úrsula que decía Justin. De confirmarle ella que la muchacha se hallaba refugiada allí, asunto terminado. Le pasaría el dato a Mónica, y todos contentos.

—A lo mejor la desaparecida quiere purgar sus remordimientos de clase lavando los platos en la cocina de este refugio —dijo Lord Dixon.

El inspector Morales se acercó a la fila, y buscando a quién preguntar se detuvo junto a una muchacha en los puros huesos, el pelo trasquilado a tijeretazos dispares. La bata de manta cruda que vestía llevaba el nombre del hospital Berta Calderón marcado con tinta desleída en la espalda, y calzaba unos Crocs verde tierno, el de la izquierda roto del empeine.

—Quién quita y se ha fugado del hospital —dijo Lord Dixon.

La muchacha empuñaba un frasquito de alimentos Gerber para niños, donde había una sustancia viscosa, y se lo llevaba a la nariz. Lo miró con ojos extraviados.

—Resistol 5000, el mejor pegamento para zapatos —dijo Lord Dixon—. Y de probada eficacia para quemar las neuronas.

—¡Éste es mi lugar y no me lo vas a quitar, cochón! —chilló ella de pronto, con un falsete gangoso.

—Aléjese de ella —dijo Lord Dixon—. Está en el quinto nirvana.

Un moreno requeneto, arrimado en cuclillas al fogón donde hervían el café, volteó la cabeza.

—¿Y este hijueputa pata de chicle qué se ha creído para adelantarse en la fila? —gritó.

—A la cola, papito, ya oíste a Rambo, aquí nadie tiene corona —lo agarró por la manga una mujer huesuda, de cejas repintadas, en la cabeza una diadema de fantasía de las que regalan a los niños en los McDonald's.

Rambo dejó el fogón y se acercó a pasos lentos. Su camisa de camuflaje era de tropas del desierto, y sus botas tipo jungla no tenían cordones. La muchacha del frasquito Gerber temblaba ahora, y se echó a llorar.

—Vamos a montarle verga de una vez a este rencoroso —anunció solemnemente Rambo.

Uno que llevaba encima una camiseta sin mangas de los Lakers, con el número 32 de Magic Johnson, y una calzoneta tan floja que debía sostenérsela a cada paso, avanzó también.

—¿Qué le hizo este mierdolaga a la Popis? —preguntó.

Y otro, que lucía un casco alado de Astérix hecho de poliuretano, y al que faltaban varios de los dientes delanteros, vino a situarse sigilosamente detrás del inspector Morales.

—Es más que prudente tocar retirada —dijo Lord Dixon—. Lo tienen rodeado la Maléfica que maldijo a la Bella Durmiente, el mortífero Rambo, el infalible Magic Johnson, y Astérix, el héroe de la resistencia gala contra las legiones romanas.

—No sólo querés colarte en la fila, roquito, encima te metés en ofensas con la Popis, que es la cariñosa de este amigo mío —dijo Rambo, echando el brazo a Magic Johnson.

—No estoy quitándole el puesto en la fila, ni tampoco ofendiéndola —contestó el inspector Morales—; sólo ando averiguando algo que tal vez vos mismo me podés informar.

—Andá averiguá el color del calzón de tu mamacita santa —dijo Astérix, y lo empujó por la espalda.

Perdió el equilibrio y buscó apoyarse en el bastón, pero Magic Johnson se lo arrebató, con lo que tuvo que hacer maromas para no caer.

—¡Qué caballada de chuzo, a saber adónde se lo remangó! —dijo Magic Johnson enarbolando el bastón. La calzoneta se le había resbalado hasta dejar visibles las nalgas lechosas.

El inspector Morales quiso recuperar el bastón, pero Magic Johnson se lo escamoteó entre risas. Los gritos, las amenazas y los silbidos se multiplicaron. Los empujones se volvieron más violentos, y no vio otro remedio que echar mano del revólver en busca de amedrentarlos.

—¡No haga eso, que va a empeorar las cosas! —le advirtió Lord Dixon.

El inspector Morales se contuvo en el impulso, pero ya era tarde.

—¡Miren, carga un trueno en la pata chueca! —les advirtió la Maléfica—. ¡Este vetarro es polichinela, sólo que sin uniforme!

—Ajá, cabrón, sos de la pesca y ya te averiguamos el brujul de venir a infiltrarte buscando a quién entabicar —dijo Magic Johnson, y amagó con darle un bastonazo.

—Andá agarrá a los tamales de lujo, que esos ladrones sí roban a los descosidos —dijo Astérix, y lo zarandeó por los hombros.

—No, loco, a ésos más bien los arrullan y se vienen a empajar con nosotros, sólo porque somos palmados —dijo la Maléfica.

El inspector Morales iba a contestar algo, pero de pronto Rambo le arrebató el bastón a Magic Johnson y le descargó un golpe en la boca del estómago. Cayó de rodillas, y al levantar la cabeza, antes de alcanzar a protegerse con las manos, Rambo le dejó ir otro que lo derribó al suelo, donde lo agarraron a patadas.

—Siento mucho hallarme imposibilitado de defenderlo, pero no diga que no lo previne —dijo Lord Dixon.

Entre las patadas que le seguían lloviendo hizo un nuevo amago de sacar del tahalí el revólver. En eso se abrió el portón, y bajo el resplandor de la luminaria apareció una anciana de largas trenzas rematadas en lazos, la falda hasta el ojo del pie y una blusa bordada con motivos típicos en la pechera.

—La reverenda Úrsula en persona —le avisó Lord Dixon.

Ella miró llena de severidad a los sublevados, que se dispersaron temerosos, y con pasos cortos pero firmes fue a arrodillarse delante del inspector Morales. La sangre, que le cubría la cara, le manchaba también la camisa. Tenía el labio reventado de una patada, y el bastonazo le había roto la ceja izquierda.

—Mi bastón —dijo con voz quejumbrosa.

—¡El bastón de este señor! —ordenó la reverenda.

—Es que el muy mañoso quería manosear a esta chatelita —alegó Rambo.

—¡Usted, el de siempre! —lo reprendió ella—. ¡Entregue el bastón y no discuta!

Rambo, reticente, le alcanzó el bastón al inspector Morales.

—Ahora ayúdeme a incorporarlo y a llevarlo adentro —volvió a ordenar la reverenda.

—¿Y yo por qué? —protestó Rambo.

—Porque se lo mando —dijo ella.

—Yo ayudo también —se ofreció Magic Johnson.

—A usted no lo necesito —le respondió la reverenda.

—Que se sepa que este reventón anda escondido un cilindro que no es jugando —dijo la Maléfica, pero la reverenda no pareció dar importancia a la mención del arma.

Al inspector Morales le dolían el golpe en el estómago y las patadas en las costillas, y sentía el labio entumecido, pero lo peor era la herida en la ceja. Rambo lo alzó por los hombros, y el inspector Morales entró al Tabernáculo apoyando su peso en él, más que en el bastón.

Detrás del muro, separada por un patio arenoso en el que se alzaba una corta hilera de cocoteros, había una casa de planchas de pino de una sola planta, el techo de zinc manchado de herrumbre. Las puertas se repartían a ambos lados de un pasadizo, alumbrado por un solo foco de pocos vatios enroscado en el cielo raso, y la pieza correspondiente a primeros auxilios, a la izquierda, podía identificarse gracias a un cartelito fijado con tachuelas donde una enfermera pedía silencio, el dedo en los labios.

Rambo ayudó al inspector Morales a tenderse sobre la camilla de madera. La reverenda se calzó de manera diligente unos guantes de látex, y luego manipuló el foco de extensión hasta colocarlo sobre su cara manchada de lamparones de sangre. Cuando lo encendió, la luz congregó de inmediato una nube de jejenes.

—La ceja y el labio suelen sangrar mucho —dijo ella—; primero vamos a limpiar bien, para ver el daño.

Hablaba como si temiera salirse del carril, pronunciando una por una cada palabra que traducía previamente en su mente, pero no cometía errores.

Mientras la anciana iba despejando la cara del inspector Morales con la toalla que había mojado en el grifo del diminuto lavamanos de aluminio adosado a la pared, Rambo lo examinaba muy concentrado.

—Puede retirarse, muchas gracias, después hablamos acerca de su conducta —dijo la reverenda.

—A éste yo lo conozco —exclamó Rambo.

—Haga caso por una vez en su vida —lo reprendió ella con energía.

—Además, Rambo apesta a licor, reverenda —dijo Lord Dixon.

—¡Éste es nada menos que mi jefe de escuadra en el Frente Sur! —dijo Rambo.

—Ya lo sé —contestó la reverenda con tranquilidad, mientras seguía en su tarea—; y ahora, por fin, váyase.

—¿Ya lo sabe? —se sorprendió Rambo—. Después de guerrillero fue policía de drogas, de los más rifones.

—Retirado a la fuerza tras el caso del Mombacho —respondió ella.

—¿Conoce entonces su fama? —dijo Rambo—. Han escrito libros donde sale de personaje principal.

La reverenda sólo asintió.

—Exageraciones tampoco —dijo Lord Dixon—. Un libro nada más es lo que hay, y con éste, si se publica, serían dos.

El inspector Morales alzó la cabeza apenas la reverenda hubo terminado el aseo previo a las curaciones.

—Vos sos Serafín, ¿verdad? Cuánto tiempo, hermano —le dijo a Rambo.

—Vaya un subalterno tan leal que le saca la mierda a bastonazo limpio —dijo Lord Dixon.

—De una vez por todas, salga y no siga abusando de mi paciencia —lo conminó la reverenda.

—¡Quién iba a decir, jefe, que un día lo iba a tomar por un muerto de hambre aprovechado que quería colarse en la fila! —se lamentó Rambo antes de cerrar tras de sí la puerta.

La reverenda tomó un apósito con las tijeras y lo empapó en una solución fenicada de un amarillo intenso. Desinfectó la herida de la ceja, y dio unos toques sobre el labio reventado.

—Con el labio no hay mayor problema —dijo—. Pero necesita una sutura en la ceja. Solamente un punto. ¿Aguanta, o le inyecto un poquito de novocaína?

—Aguante como hombre, que Dolores es su nombre —dijo Lord Dixon.

—Más me va a doler el pinchazo de la aguja, así que dele —dijo el inspector Morales.

La reverenda enhebró con mano diestra la aguja y cosió la ceja. El inspector Morales pujó por lo bajo.

—Ya ve que lo ha reconocido —dijo Lord Dixon—. Aproveche y le pregunta de una vez por Marcela.

—La sangre echó a perder su camisa —dijo ella mientras sujetaba con esparadrapo una gasa sobre la sutura—. Hay comerciantes de ropa de paca que nos hacen llegar prendas en muy buen estado. ¿No le importa ponerse una de ésas?

—Soy quince y medio —dijo el inspector Morales.

—Veremos si hay de esa talla —contestó la reverenda—; pero, de todos modos, si le queda un poco grande, sólo será algo provisional.

—Tiene muy buena mano para las curaciones —dijo el inspector Morales.

—¿Qué pasó, camarada? —dijo Lord Dixon—. ¿Y Marcela?

—Sé hacer de todo un poco —sonrió ella—; estudié enfermería en una escuela superior en Alabama; conozco de electricidad, de fontanería, y también la necesidad me enseñó a cocinar, porque me encargo de preparar los alimentos de mi clientela.

—Distinguida y pacífica clientela —dijo Lord Dixon.

—¿Usted sola lo hace todo, cocinar, servirles la comida, lavar los trastos? —preguntó el inspector Morales.

—No es para tanto —volvió a sonreír la reverenda—. Tengo dos cocineras muy buenas del barrio San José Oriental que también se encargan de la limpieza. Brígida, una viuda sin hijos, está a la cabeza de esa pequeña tropa.

—¿Y el trabajo de oficina? —preguntó el inspector Morales.

—Es poco, algo de contabilidad, y lo hago sola —respondió ella—. Y soy yo la que sale a pedir dinero y víveres para mantener en operación el Tabernáculo.

—Pregúntele si pone a rezar a sus pupilos antes de comer, y así se acaba de desviar por completo del objetivo que lo trajo hasta aquí, y por el cual lo han dejado malferido —dijo Lord Dixon.

—Y esa gente, ¿al menos reza antes de comer? —preguntó el inspector Morales.

La reverenda se quitó los guantes de látex. Accionó el pedal que abría la tapa del basurero al pie de la camilla y los tiró, vaciando también la bandeja de apósitos usados en la curación.

—¿Como requisito para recibir un plato de comida? —dijo—. ¿No le parece que sería cruel?

—Perdone, pero como la llaman reverenda... —dijo el inspector Morales.

—El reverendo era Joshua, mi difunto marido, misionero de la Iglesia Adventista, que fundó el Tabernáculo —contestó ella—. Cómo vine a dar hasta aquí, siguiéndolo desde Alabama, es historia aparte.

—Y usted heredó el título —dijo el inspector Morales.

—Sin merecerlo —respondió la reverenda—. Él fue quien inventó lo del plato de comida para que se convirtieran a su iglesia. Yo prefiero consolar sus estómagos, y el que quiera, que rece por su cuenta.

—Reverenda, si necesita a alguien caritativo que le ayude a servir las mesas, aquí el inspector parece interesado en el puesto —dijo Lord Dixon.

—Se ve que tiene autoridad sobre esa tribu —agregó el inspector Morales.

—Eso es lo más complicado de mi trabajo —dijo la reverenda—; pero son muchos años de ganarme su confianza.

—¿Es una clientela fija? —preguntó el inspector Morales.

—Tanto que me sé la historia de cada una de sus vidas —contestó ella—. No son malvados; pero como no tienen nada que perder, no es extraño que el carácter de algunos sea difícil, como ya lo experimentó usted por su cuenta.

—Vamos, entremos en materia, que se nos hace tarde —insistió Lord Dixon.

—Los palos me los dio un viejo compañero de armas, ya lo oyó —dijo el inspector Morales—. Nunca me imaginé que iba a encontrármelo aquí, haciendo fila para poder comer.

La reverenda se había volteado para colocar dentro de un autoclave portátil los instrumentos usados en la curación.

—Da muchas vueltas la vida —dijo—; vea su propio ejemplo, de guerrillero revolucionario a empleado de un enemigo de clase.

—¿Y eso? —dijo Lord Dixon—. Un uppercut sorpresivo, no se puede negar.

—Perdone, pero no la entiendo —dijo el inspector Morales, y se incorporó en la camilla, donde se quedó sentado.

—Claro que me entiende perfectamente —respondió ella, dándole la cara—. Usted sirve ahora a aquellos contra los que un día luchó.

—Sirvo al que paga mis servicios de investigador privado —se defendió el inspector Morales, sonriendo de manera forzada.

—Usted no es más que un cancerbero de Miguel Soto —contestó la reverenda.

—Oye, vaya con el punch que tiene —dijo Lord Dixon—. Además de haber leído los manuales de Marta Harnecker, ya sabe en lo que andamos.

—No sé qué es eso de cancerbero, pero no parece una alabanza —dijo el inspector Morales.

—Después lo averigua en un diccionario —dijo ella—. Ya estaba esperando su visita, pero no imaginé que nos encontraríamos de esta manera, y a estas horas.

—No se deje arrinconar contra las cuerdas —dijo Lord Dixon.

—¿Tiene algo en contra de que un padre de familia me contrate para buscar a su hija desaparecida? —preguntó el inspector Morales.

—Y usted, ¿se ha preguntado por qué esa hija ha desaparecido? —respondió la reverenda.

—Tal vez usted lo sabe —dijo el inspector Morales—. Porque la información que tengo es que se vino a refugiar aquí.

—Ya ve que tengo razón, se pasó al lado del enemigo —dijo ella—. Usted y yo estuvimos junto a los pobres en la revolución, cada uno en su trinchera; yo sigo en el mismo sitio, pero usted desertó.

—No me diga que usted y su predicador fueron combatientes internacionalistas —dijo el inspector Morales.

—No malgaste sus sarcasmos —dijo la reverenda—. Combatientes no fuimos, pero el Tabernáculo se convirtió en un hospital de campaña cuando la insurrección de los barrios orientales. Y por eso mismo se llevaron a mi marido para asesinarlo.

El inspector Morales se agarró a la camilla como si el piso se sacudiera con violencia.

—No le deje la iniciativa, que a lo mejor todo eso es mentira; manténgala alejada con un par de jabs —dijo Lord Dixon.

—Cada quien cumplió su papel en aquel tiempo —tardó en responder el inspector Morales—. Ahora usted se dedica a alimentar bazuqueros y quemones, y yo me gano la vida a como mejor puedo.

—Averiguando lo que los explotadores necesitan saber —contestó ella.

—Usted hace su trabajo por caridad, yo por necesidad de mi barriga —dijo el inspector Morales, y se bajó de la camilla—. Si me descuido, termino en su fila allá afuera.

—¿Cree que si le pido apoyo económico a su patrón me lo daría? —lo miró la reverenda de manera provocadora—. Usted puede ayudarme a convencerlo.

Una de las tiras de esparadrapo que sostenían la gasa sobre la ceja se había desprendido, y el inspector Morales, al tanteo, volvió a adherirla.

—Si le devuelve a su hija sana y salva, seguro le dará una buena recompensa para sus necesitados —sonrió otra vez forzadamente.

Los ojos de la reverenda parecían aventar chispas oscuras. El inspector Morales temió que si se acercaba a ella, esas chispas podrían quemarlo.

—Cuidado, que esta santa reverenda tiene pólvora en los guantes —dijo Lord Dixon.

—Me estás distrayendo —murmuró el inspector Morales—, ¿acaso te volviste locutor de boxeo?

—No lo distraigo, lo aconsejo —dijo Lord Dixon—. No sólo tiene ella un excelente uppercut, sino que a puro juego de piernas está evadiendo el asunto de si Marcela está escondida aquí.

—Jamás aceptaría dinero de ese hombre —respondió ella.

—Toda fortuna es fruto de la rapiña, ya sé, eso me lo enseñaron en la Escuela de Cuadros en Cuba —dijo el inspector Morales.

—Un hombre despreciable, por peores razones que la rapiña —dijo la reverenda calmadamente.

—Si me explica bien por qué Soto es tan malvado, a lo mejor dejo tranquila a la muchacha aquí con usted —añadió el inspector Morales.

—Averígüelo por su cuenta, es su oficio —dijo ella—. Aunque tendrá que hacerlo gratis, porque Soto no le va a pagar por quitarle la tapa a la letrina que es su vida.

—Pues veo que mi trabajo ha terminado —dijo el inspector Morales—. Sólo me queda avisarle a mi cliente que su hija se encuentra refugiada en el Tabernáculo del Ejército de Dios, barrio del Calvario, calle 15 de Septiembre.

—Eso quiere decir que Soto mandará a sus sicarios a buscarla, y como no la van a encontrar, me entregarán a la Policía para que me saquen la confesión en El Chipote —dijo la reverenda.

El inspector Morales se acordó de la corte de guardianes de Soto, vestidos de trajes color rata y calzados con zapatos ortopédicos.

—Entonces, ¿de verdad no está aquí? —preguntó.

—¿Qué es esa pregunta de niño de primera comunión? —dijo Lord Dixon—. Sólo falta que le pida que se lo jure por la memoria del reverendo Joshua.

Ahora se fijaba en lo gordas que eran las trenzas de la reverenda, y en los moños de cintas verdes y amarillas. Los motivos del bordado de su blusa parecían sacados de los cuadros primitivistas de Solentiname, barquitos, peces, garzas. Le temblaba ligeramente la barbilla, por la ira o quizás porque los viejos terminan perláticos.

—¿O acaso estuvo, y usted tuvo tiempo de trasponerla a otro sitio? —insistió el inspector Morales.

—No va a responderle nada, es una vieja terca —dijo Lord Dixon—. No hay más que tirar la toalla.

El inspector Morales tomó el bastón recostado contra la pared al lado de la camilla y se dirigió hacia la puerta, pero de camino se detuvo frente a ella.

—Me voy, pero antes sáqueme de una curiosidad. ¿Por qué me dijo que sabía en lo que yo andaba? —le preguntó—. Pudo haberse hecho la loca cuando Serafín me reconoció, y santas paces.

—Cuando se ponga del lado de los justos, seguiremos esta plática —contestó ella.

—¿Usted me va a dar la señal de mi conversión? —preguntó el inspector Morales.

—La señal se la dará su propia alma —respondió la reverenda.

—Eso puede durar hasta la eternidad —dijo el inspector Morales—; y cuando llegue allá, del otro lado, ya no me servirá de nada.

—Ya nos haríamos compañía los dos, vagando por los prados celestes —dijo Lord Dixon.

—De usted depende —dijo ella y, al sonreír, su rostro se llenó de arrugas, como un viejo plato de porcelana.

La paz parecía haber regresado al ambiente. El inspector Morales sonrió también.

—Gracias por la curación —dijo.

—Déjeme ir por la camisa que le prometí —contestó la reverenda.

Trajo la camisa metida en una bolsa plástica, y también le dio dos pastillas de ibuprofeno 400 que sacó de la gaveta de un gabinete, por si acaso le dolía la ceja. Luego desapareció sin despedirse.

Era una camisa de leñador a cuadros rojos y grises, de una tela muy gruesa, las mangas demasiado largas, que olía a desinfectante. Se la puso, con los faldones por fuera, y la otra la echó al basurero encima de los guantes de látex y los apósitos.

Salió del cubículo, y mientras avanzaba penosamente por el pasillo descubrió en la pared una foto a colores, algo borrosa. Desde el marco lo miraba un hombre vigoroso, de cabello escaso y barba recortada alrededor de la mandíbula, dueño de una sonrisa que invitaba a confiar en él. Y su camisa en la foto era de cuadros rojos y grises, igual a la que llevaba ahora puesta.

—El de la pared es el reverendo Joshua, por si no ha acabado de darse cuenta —dijo Lord Dixon.

¿La reverenda Úrsula le habría dado esa camisa del marido, guardada por ella tantos años como una reliquia, o era realmente parte de una donación de ropa de paca? Y si fuera el primer caso, ¿podría tratarse de alguna clase de mensaje?

—Algo así como: «Tráigame de vuelta la camisa cuando esté preparado para regresar a su verdadero puesto de combate» —dijo Lord Dixon.

El inspector Morales oyó el ruido de trastos que llegaba desde la cocina en alguna parte del Tabernáculo. El cuerpo molido empezaba a dolerle de nuevo, y a cada paso sentía punzadas en las costillas mientras la ceja suturada pulsaba vigorosamente debajo del esparadrapo.

—Salvo por la camisa de leñador, que no le queda mal, nos vamos peor que como venimos —dijo Lord Dixon.

—Te equivocás —dijo el inspector Morales—. En lo que a mí respecta, la investigación terminó. Aunque la anciana se haga la pendeja, la niña esa está escondida en el Tabernáculo.

—A lo mejor estuvo, pero ya no —dijo Lord Dixon—. Y sólo cito sus propias palabras, camarada: la reverenda la habrá traspuesto a otro sitio.

—Si está, o estuvo, ya no es asunto mío —respondió el inspector Morales—. Hasta aquí la trajo Justin Bieber, y la reverenda Úrsula la ocultó. Que esa vieja histérica se entienda ahora con Agnelli.

—Aunque se la lleven presa —dijo Lord Dixon.

—Son exageraciones de ella, nadie la está tocando —dijo el inspector Morales—. Saben el clavo en que se meten si esta anciana se les muere en el interrogatorio.

—Entonces, si es así, al no hallar a la fugada escondida en el Tabernáculo, usted tiene que devolver el adelanto tal como le prometió a Agnelli —dijo Lord Dixon.

—En eso tenés razón —contestó, cabizbajo, el inspector Morales.

—Ya nos vamos entendiendo —dijo Lord Dixon—. Así que acordemos que el caso sigue abierto.

—¿Cómo habrá llegado Marcela a relacionarse con la reverenda? —caviló el inspector Morales.

—Usemos la imaginación, que nunca nos ha faltado —dijo Lord Dixon—. Me refiero a la imaginación racional, que parte del análisis del entorno, no de la fantasía caprichosa.

—A mí hablame en cristiano —dijo el inspector Morales.

—Esa lógica imaginativa me lleva a concluir que pudieron haberse conocido en las Obras del Padre Pío, donde la reverenda Úrsula iría a solicitar provisiones para sus menesterosos —dijo Lord Dixon.

—Ya te falló tu lógica imaginativa —dijo el inspector Morales—. Ése sería el mismo dinero despreciable de Agnelli, que ella no acepta.

—No precisamente —dijo Lord Dixon—. Tal vez en sus cuentas de seres despreciables no entra doña Ángela.

—¿Y cómo acomodás a Marcela en esas oficinas? —preguntó el inspector Morales—. ¿Haciendo qué?

—Despachando víveres en la bodega, por ejemplo —dijo Lord Dixon—. Una niña en permanente estado de ociosidad que ayuda a su madre como voluntaria, al estilo gringo.

—Bueno, aceptemos eso, ¿y qué? —dijo el inspector Morales.

—Cuando uno encuentra respuestas que de inmediato desecha por inútiles, quiere decir que se halla presa del desaliento —contestó Lord Dixon.

—¿Qué me importa a mí, de todos modos, saber dónde se conocieron? —dijo el inspector Morales.

—Le importa, camarada, porque la pregunta que usted mismo se hizo acerca de cómo llegaron a relacionarse lleva en consecuencia a otras: ¿cómo entraron en confianza? ¿Por qué esta señora, que nada tiene que ver con ella, la protege?

—A mí la misión que me dio Agnelli es hallarla, y punto —dijo el inspector Morales.

—Pero la que usted de verdad se ha impuesto es saber por qué huyó —respondió Lord Dixon—. A mí no puede ocultarme nada, inspector.

—Vaya pues, como si fueras mi conciencia —dijo el inspector Morales.

—Algo así como su Pepe Grillo, misión que me enorgullece —respondió Lord Dixon.

—¿Voy a seguir, entonces, averiguando su paradero, sin darme por satisfecho con lo que ya sé? —preguntó el inspector Morales.

—Recuerde que hemos dejado otra vez el caso abierto —dijo Lord Dixon.

—¿Aunque pierda el dinero de la recompensa? —preguntó el inspector Morales.

—Siento mucho responderle que así es —dijo Lord Dixon—. Y peor. Porque al contradecir las instrucciones de Agnelli de no meterse con las causas de la desaparición, se expone a represalias de naturaleza insospechada.

—Vamos a averiguar a fondo de qué se trata el verso, no importa que Agnelli se encabrone y me quiera mandar a joder —dijo el inspector Morales—. ¿Eso es lo que querés decir?

—Ha interpretado fielmente mis palabras, inspector —contestó Lord Dixon.

—Así que del Subaru en buen estado, y de las tejas de zinc de doña Sofía, nos despedimos —dijo el inspector Morales.

—La conveniencia propia no va con nosotros —dijo Lord Dixon—. Eso es tranquilidad burguesa, que siempre se ceba en el adormecimiento de la conciencia.

—Según el manual de materialismo histórico de Konstantinov —dijo el inspector Morales—. De eso sí me acuerdo.

Cuando Rambo vio aparecer al inspector Morales en el portón, vino apresuradamente a su encuentro, las botas tipo jungla amenazando salirse de sus pies a cada paso.

9. Los abuelos del Niño Jesús

Vademécum manejaba la pick-up por la calle principal de Bolonia buscando el rumbo de la Casa del Obrero, asido férreamente al timón como si corriera en una competencia de Fórmula 1; pero en realidad iba a paso de entierro, tal como solía conducir, sus dos pasajeras apretujadas en la cabina.

Las discotecas se hallaban ya encandiladas al acercarse la medianoche del viernes, como podía oírse por la percusión de la música que alborotaba desde distintos rumbos, y si bien el tráfico empezaba a languidecer, camionetas de lujo todoterreno cargadas de festejantes lo adelantaban con los parlantes estéreo a todo volumen, dejando una estela de letanías de reguetón.

Cuando tomó la calle Colón, y se acercaba a la rotonda Hugo Chávez Frías, los fierros encrespados de otro bosque de árboles de la vida, que se extendía a lo largo de toda la avenida Bolívar hasta el puerto Salvador Allende junto al lago Xolotlán, ardían iluminados con profusión de bombillos led, como si hubieran cogido fuego atizados por el calor de infierno que no amainaba ni a esas horas.

Ante el reclamo de doña Sofía de no haber respondido a sus llamadas, la Fanny explicaba, con vivos gestos de las manos, que a su celular se le habían acabado los minutos, lo cual Vademécum reprobó con desconsolados movimientos de cabeza: qué clase de investigadores eran estos ineptos, el jefe que dejaba olvidado su teléfono, y esta mujer, que trabajaba en Claro y tenía derecho a recargas a precios preferenciales, permitía que el suyo se quedara muerto.

La pick-up, con sus dos bocinas en la capota, no dejaba de parecer un extraño artefacto de otros tiempos, pues las baratas, como se conocía a estos vehículos consagrados a la propaganda comercial, numerosas antes del terremoto, habían ido cayendo en desuso. Entonces anunciaban por las calles pomadas para las almorranas, Tricófero para el cabello o jabones medicinales, lo mismo que rifas, bingos y kermeses, y, aún a medianoche, los fallecimientos, dando las apropiadas señas de la casa mortuoria.

La Fanny, sin dejar de mover las manos, agregaba ahora a su relato de los acontecimientos de esa noche, ya dos veces repetido, un último episodio, y es que no había obedecido las instrucciones del inspector Morales de dejarlo solo entre aquel ejército de facinerosos.

Pidió a Justin Bieber, mediante otra remuneración extra, que hiciera como si el taxi se iba, y luego regresara para estacionarse a prudente distancia, lo cual le permitió presenciar la golpiza propinada sin piedad alguna al inspector Morales, impedida de intervenir, porque el precavido Justin enllavó las puertas del taxi; y también había sido testigo de la aparición de una mujer que salió a auxiliarlo, postrado como se hallaba el pobrecito en el suelo, para conducirlo a los interiores del Tabernáculo. Y, a pesar de la protesta insistente de Justin, que metido en miedo se negaba a esperar más, pudo quedarse hasta verlo salir de nuevo, mucho rato después, la cara maltratada y un esparadrapo en una ceja. Traía puesta una camisa distinta.

—Pero espérense, que todavía falta —dijo, y tomó un respiro.

—Abrevie, por favor, y no use el recurso del suspenso, que esto no es una novela —la instruyó Vademécum.

—No haga caso, Fanny, cuente el cuento como mejor le venga en gana —dijo Lord Dixon—. El galeno sólo está contento cuando el narrador es él mismo.

—El muy bestia se metió al Mercado Oriental, acompañado, nada menos, ¿no se imaginan de quién? —dijo la Fanny.

—Por lo visto ahora viene el comercial, antes que usted se digne revelarnos el misterio —dijo Vademécum.

—Del principal de sus verdugos, el mismo que lo había garroteado a su gusto —dijo la Fanny—. Platicaron un rato, y despúes se fueron juntos.

—Le dicen Rambo, pero se llama Serafín —dijo Lord Dixon.

—Miren, señoras —les advirtió Vademécum—: buscar al inspector en esos laberintos resultará imposible. El Mercado Oriental, que tiene doscientas manzanas de extensión, se ha tragado barrios enteros, y a esta hora lo único abierto son los burdeles y las cantinas de mala muerte.

—Nadie propone eso —dijo doña Sofía—. No vamos a empezar por allí.

—¿Que no? —protestó la Fanny—. ¿Y entonces a qué venimos?

—A visitar a la reverenda Úrsula, a ver qué habló con el inspector, y ella sabrá aconsejarnos —dijo doña Sofía.

—¿Cómo era esa mujer que salió a auxiliar a nuestro apreciado inspector? —preguntó Vademécum.

—Una anciana de trenzas, vestida de güipil —dijo la Fanny.

—La reverenda Úrsula en persona —anunció Vademécum.

—¿Usted la conoce? —preguntó la Fanny.

—Su amistad me honra —respondió Vademécum.

—¿Y por qué anda de arriba para abajo disfrazada, como esperando a que suene la marimba para lanzarse al ruedo a bailar? —preguntó la Fanny.

—La Fanny tiene razón —dijo Lord Dixon—. Haga de cuenta la abuela de una de las bailarinas del ballet folklórico Tepenahuatl.

—Si se viste de esa manera es por fidelidad a las costumbres de este país, al que ha hecho propio —contestó Vademécum—. Ya he contado a mi queridísima doña Sofía la historia que nos une a ambos, y sería ocioso repetirla.

—Ideay, a mí no me venga con secretos a estas horas —se volvió hacia él la Fanny.

—Despreocúpese, Fanny, a nuestro ilustre galeno le encanta contar ese episodio de su azarosa vida —dijo Lord Dixon—. Así que adelante, doctor, no se haga el rogado.

Vademécum, fingiendo molestia, repitió la historia del aborto de la niña, debido al cual tanto él como la reverenda habían ido a dar a la cárcel.

—¿Usted dice que ella misma le llevó a la niña violada a su clínica? —preguntó la Fanny.

—Me he expresado en los términos más claros posibles —respondió Vademécum.

—Entonces significa que también la reverenda fue violada a la misma edad —afirmó la Fanny sin pestañear.

Vademécum, que acababa de dejar la calle Colón para entrar en la zona de las ruinas, se detuvo frente a la ferretería El Carpintero y apagó el motor.

—Cómo se le ocurre pararse aquí, en estas soledades —dijo doña Sofía.

—Es que la afirmación de esta señora me deja pasmado —contestó Vademécum.

—¿Acaso estoy equivocada? —preguntó la Fanny.

—Todo lo contrario, de allí mi pasmo —dijo Vademécum—. Será ese turbante el que le da poderes de adivinación.

—O los efectos de la quimioterapia, que a lo mejor potencian la mente —dijo Lord Dixon.

—La reverenda Úrsula, en efecto, fue violada en Alabama por el pastor de la iglesia de su comunidad a los trece años, no una, sino repetidas veces —les informó Vademécum.

—Las tres divinas personas, qué espanto —se santiguó la Fanny.

—Ese hombre tiene que haberse podrido en la cárcel —dijo doña Sofía.

—No todo es como en las películas gringas, doña Sofía, con jurados, fiscales y jueces con cara de Spencer Tracy —dijo Lord Dixon.

—Lejos de eso, señora —negó Vademécum—. Fue defendido por la comunidad como persona justa y de bien, y la niña sufrió el estigma de calumniadora.

—Un monstruo ese cura tal por cual —dijo la Fanny.

—No era cura, sino pastor protestante —la corrigió Vademécum mirando de soslayo a doña Sofía.

—Encienda este chunche, doctor, y vámonos —dijo doña Sofía con severidad—. Y no pensará que voy a tomar partido del lado de un fariseo como ése. Yo misma atizaría las llamas del averno para que sus huesos ardieran hasta el tuétano.

—Y yo pongo la gasolina para la hoguera —dijo la Fanny.

—Ni quiera Dios estas dos mujeres juntas —dijo Lord Dixon.

—Ya ven entonces de quién se trata —dijo Vademécum, la pick-up de nuevo en marcha—. Una mujer íntegra y sufrida, dedicada a proteger al prójimo, que ha sacado de su propio dolor las mejores enseñanzas filosóficas para la vida.

—Habla usted como los libros de Paulo Coelho, doctor —dijo Lord Dixon.

—Lo de sufrida estamos de acuerdo —dijo la Fanny—. Lo que no entiendo es ese afán de darles de comer a todos esos vagos peligrosísimos.

—¿Se extraña usted, que comulga todos los días con la hostia consagrada, que ella vista al desnudo, dé de comer al hambriento, y de beber al sediento? —la interrogó Vademécum.

—Un día de tantos le van a robar hasta los calzones —dijo la Fanny.

—¡Qué le importan a ella los bienes materiales! —dijo Vademécum—. Y eso que no hemos hablado de su esposo, el reverendo Joshua, para acabar de pintar su retrato de mujer sufrida.

—¿Entonces tiene ella un esposo? —preguntó doña Sofía.

—Lo tuvo, fue el fundador del Tabernáculo del Ejército de Dios —dijo Vademécum—. Pero murió asesinado por las hordas criminales de la anterior dictadura durante un asalto feroz al lugar.

—¿Y por qué esa barbaridad? —preguntó la Fanny.

—Mediante un operativo relámpago, un comando sandinista se había llevado del hospital Bautista instrumental y material suficiente para montar un hospitalito de campaña —dijo Vademécum.

—Y lo montaron en el Tabernáculo —dijo la Fanny.

—Su turbante sigue demostrando sus propiedades adivinatorias —asintió Vademécum.

Doña Sofía, que iba sentada a su lado, lo agarró por el brazo.

—Joaquín y Ana —dijo.

—¿Quiénes son ésos? —le preguntó Vademécum.

—La reverenda y su esposo —respondió doña Sofía—. Esos seudónimos se los puso mi hijo José Ernesto. Él era William en la guerra. Y dirigió ese operativo del hospital Bautista.

—¿Y por qué se le ocurrió a su hijo llamarlos como los abuelos del Niño Jesús? —preguntó la Fanny.

—Recuerdos que tendría de la historia sagrada que le enseñaban en el colegio Don Bosco de los padres salesianos —dijo doña Sofía—. Lo puse allí antes de cambiar mi religión.

—Bueno, pues a san Joaquín lo asesinaron, y santa Ana se salvó de milagro, porque a esa hora andaba en el Mercado Oriental comprando víveres para alimentar a los hospitalizados —dijo Vademécum—. El cadáver del reverendo Joshua apareció tirado en la Cuesta del Plomo, entre todos los que iban a botar allí cada madrugada.

—Entraron disparando, asesinaron a los muchachos en sus camas y a las dos enfermeras que los cuidaban —dijo doña Sofía—; ametrallaron a la cocinera y a su niñita de seis años, mataron hasta a los perros y las gallinas del patio, y a los conejos en la conejera.

—¿Y cómo sabe usted tanto detalle? —preguntó la Fanny.

—Porque José Ernesto cayó allí —contestó doña Sofía—. Llegó a una reunión de coordinación con Joaquín. Los agentes de la seguridad somocista lo traían chequeado y esperaron a que entrara para empezar el asalto.

—Yo creía que su hijo había caído combatiendo en las barricadas de El Dorado —dijo la Fanny mientras le ponía la mano en la rodilla.

—Un compañero de su escuadra vino a contarme a los años la historia tal como fue —respondió doña Sofía—. Sacó su arma y disparó para cubrirse mientras buscaba escaparse por la tapia trasera, y allí me lo pasconearon a balazos.

—¿Y cómo está tan segura que se trata de ella? —preguntó la Fanny.

—Ese compañero de mi hijo me contó de Joaquín y Ana sin darme los nombres verdaderos, ni la ubicación del hospitalito —dijo doña Sofía—. Pero todo coincide. Ella tuvo que pasar a la clandestinidad.

—Así es, querida señora; hasta el triunfo de la revolución, anduvo a salto de mata —dijo Vademécum.

—Son cosas que siempre lastiman por mucho que pase el tiempo, doña Sofía —suspiró la Fanny—. Dé rienda suelta a su dolor sin ninguna vergüenza, que aquí está en confianza.

—Nada más tengo que agregar —contestó doña Sofía.

Los tres guardaron silencio mientras la pick-up se acercaba a la calle 15 de Septiembre, siguiendo la misma ruta que había tomado Justin Bieber. Los faros alumbraban a intervalos los laureles de la India de hojas polvorientas en las veredas, solares enmontados donde quedaba alguna pared, casitas de tablas encaladas y de pronto otra hecha de ripios, pero que tenía una puerta suntuosa labrada con guirnaldas de catafalco, y otra con un balcón de columnatas gordas en el segundo piso, tan pesado para la pared endeble que parecía a punto de desgajarse, garajes como jaulas que encerraban carros acomodados como por milagro, patios convertidos en vulcanizadoras, dos o tres pulperías a oscuras con las puertas tapizadas de anuncios comerciales, una farmacia de turno donde se despachaban los remedios tras una reja de bartolina, fritangas desiertas en las aceras, con los bancos volteados sobre las mesas, el rojo sangre de Big Cola cubriendo toda una pared.

—Entonces, mi siempre estimada doña Fanny, ya está usted clara de quién hablamos cuando hablamos de la reverenda Úrsula —dijo Vademécum.

—Una mujer valiente, para qué —dijo la Fanny.

—Yo lo diría más bien con todas sus letras —dijo Vademécum—: una mujer con los huevos bien puestos, y perdonen que les ofenda el uso de la expresión.

Doña Sofía hizo un gesto de disgusto, que también era de desconsuelo.

—Diga más bien con los ovarios bien puestos —se rio la Fanny.

—Eso suena a machismo al revés, doña Fanny —dijo Lord Dixon—. Y ahora me perdonan que me ausente, pero el inspector Morales tiene la virtud de meterse en graves dificultades, y puede que necesite de mi presencia.

—Y vean si no existen las ingratitudes —dijo Vademécum—. Cuando triunfa la revolución, unos aprovechados del barrio, que querían repartirse entre ellos el Tabernáculo, la acusan de ser una gringa agente de la CIA, se la llevan presa, y por poco la expulsan del país.

—Era el caos de entonces —dijo doña Sofía—. Nadie sabía quién era quién.

—Los vivianes de siempre, señora —dijo gravemente Vademécum—. Los mismos que se siguen aprovechando del sacrificio ajeno; no me vaya a decir que no.

—Pero volvamos al objetivo —dijo doña Sofía—. ¿Por qué iba a interesarse la reverenda en darle refugio a Marcela?

—Por las razones no me pregunte, que las ignoro —dijo Vademécum—. Pero mi impresión es que no le dio refugio en el Tabernáculo, sino que la puso a resguardo en un lugar distinto, y hacia allá es adonde se ha dirigido el inspector Morales.

—¿En compañía de ese gañán que quería matarlo a golpes y patadas? —dijo la Fanny.

—Si se fueron juntos, es porque la reverenda así lo dispuso, pierda cuidado con eso —dijo Vademécum—. Ese desconocido debe actuar en calidad de guía.

Ya llegaban por fin. Pasaron al lado de la iglesia del Calvario y Vademécum fue a detenerse frente al portón del Tabernáculo, donde ahora los grupos en la acera habían aumentado. La fila bajo la luminaria también era más larga.

Algunos se acercaron a la camioneta y la rodearon, de primeras la Popis con sus zapatos Crocs verde tierno y la Maléfica con su diadema de fantasía de McDonald's.

—Se me van quitando de aquí mis muchachitos, que los conozco a todos uno por uno, y el que me toque algo de la camioneta se las ve con la reverenda —dijo Vademécum al bajarse—. Principalmente vos, Popis, cuidadito mis parlantes.

Obedecieron, alejándose respetuosamente del vehículo, y los de la cabeza de la fila se apartaron para dejarles paso hacia el portón.

—¿La reverenda no estará dormida a estas horas? —preguntó la Fanny—. Sería una grosería despertarla.

—Se trata de una emergencia —respondió Vademécum—. ¿O es que no quiere ya descubrir el paradero del inspector?

—La hubiéramos llamado primero por el celular, advirtiéndole que veníamos —dijo la Fanny.

—¿Para qué nos acompañó entonces, si nos sale ahora con flojeras? —la regañó doña Sofía.

—La reverenda no dispone de celular, ni de computadora, ni de ningún otro artefacto parecido —dijo Vademécum mientras golpeaba el portón metálico usando el puño.

—Si ya saben que no empezamos a servir hasta las cinco, ¿por qué molestan? —se oyó una voz enojada del otro lado.

—Soy yo, Brígida, me urge ver a la reverenda —dijo Vademécum.

El portón se abrió, y una mujer rolliza apareció con un cucharón en la mano.

—La reverenda está descansando, doctor —dijo la mujer—. Se fue a acostar muy agotada porque tuvo que curar a un herido.

—¡A ese herido es al que andamos buscando! —se metió de por medio la Fanny.

—Calma, estimada señora —le dijo Vademécum—. Si no domina usted sus nervios, le ruego volver a la camioneta, y nos espera allí sentada.

—La verdad es que no debió haber venido —dijo doña Sofía.

—Vaya pues, ya no puede una ni hablar —se quejó la Fanny.

—Hablar es una cosa, y proferir necedades es otra —sentenció Vademécum.

La cocinera los miraba con extrañeza proseguir aquella discusión.

—Vaya y dígale a su patrona que la busca la madre de William —dijo doña Sofía.

—Qué William ni qué ocho cuartos, se pone hecha una fiera cuando la molestan, que ni quiera Dios —dijo la mujer—. El doctor le conoce de sobra su mal carácter.

—No sabía que a sus ojos soy esa fiera que está pintando con pinceladas tan terribles, Brígida —se oyó detrás la voz apacible de la reverenda Úrsula.

La mujer huyó hacia la cocina sin darle la cara.

—Buenas noches, reverenda —se quitó la gorra Vademécum—. Siento mucho importunarla a hora tan tardía.

—¿Quién es la madre de William? —preguntó ella.

—Aquí la tiene —contestó Vademécum, extendiendo la gorra hacia doña Sofía.

La reverenda se acercó a doña Sofía, y la estrechó en un prolongado abrazo.

—Tiene los mismos ojos de su muchacho —dijo, separándose del abrazo, y le sonrió—. Nunca se me ocurrió relacionarla con él, extrañas cosas de la vida; pero la conozco bien, claro que la conozco. Toda una heroína de novela.

—Pues ésta va a ser una conversación entre heroínas —dijo Vademécum.

—Nada de heroína en lo que a mí respecta —dijo la reverenda—. Pero pasen adelante, por favor.

Los condujo hasta el refectorio, donde había una larga mesa con bancas sin respaldo a ambos lados y un taburete en una de las cabeceras, al que fue a sentarse, e invitó a los demás a ocupar las bancas, limpias y recién fregadas igual que la mesa. Desde la cocina, tabique de por medio, llegaba el humo del fogón donde cocían los frijoles.

—Andamos buscando al inspector Morales —se adelantó la Fanny—. ¡Se fue de aquí en compañía de un enemigo traicionero!

—Calma, señora, calma —Vademécum la miró con severidad.

—Aquí estoy ya de vuelta, y las noticias que traigo son multitud —dijo Lord Dixon—. Siento que me falta el aliento de la carrera que he pegado para llegar a tiempo de esta entrevista.

—Ningún enemigo —sonrió la reverenda—. Se trata de uno de mis huéspedes, y debo reconocer que el más díscolo y buscapleitos de todos. Lo llaman Rambo.

—¿Y cómo es que se va con él después que por poco lo mata? —preguntó la Fanny.

—Resultaron ser compañeros de armas en la guerrilla —respondió ella—. Y pierda cuidado, el inspector no tiene más que contusiones leves, y una pequeña lesión en la ceja que sólo necesitó un punto de sutura.

—Bendito sea san Benito de Palermo, que me lo sacó de ésta —dijo la Fanny—. Le hice la promesa de ir a León el lunes santo a barrerle su iglesia, y se lo voy a cumplir.

—Allá los que entregan sus almas a la idolatría —dijo doña Sofía por lo bajo.

—Pero ese Rambo lo llevaba camino del Oriental, y me asusta que pueda pasarle algo —dijo la Fanny.

—Los acabo de dejar en el cuartel general del Rey de los Zopilotes —dijo Lord Dixon.

—No le ha ocurrido nada que debamos lamentar —dijo la reverenda—. Estoy al tanto de su situación gracias a mi celular.

—Pero si usted no tiene celular... —se sorprendió Vademécum.

—No sea tan categórico —lo reprendió ella amablemente, y les mostró un iPhone 6—. Tengo éste desde hace muy poco, regalo de Marcela.

—¿Qué puede andar haciendo él allí a medianoche? —preguntó la Fanny.

—Rambo lo ha llevado a encontrarse con Marcela —contestó la reverenda.

—Se los dije —Vademécum recorrió triunfalmente a todos con la mirada—. La reverenda lo envió acompañado de ese guía.

—No es tan así —dijo ella—. Rambo tomó la decisión por su cuenta. ¡Quién lo corrige a estas alturas!

—¿Entonces no fue usted la que le descubrió el paradero de Marcela cuando él estuvo aquí? —preguntó doña Sofía.

—No se dio la oportunidad —dijo la reverenda—. Tuvimos serias diferencias durante nuestra conversación.

—¿Qué clase de diferencias? —se extrañó doña Sofía.

—Le reproché que, siendo él un viejo combatiente revolucionario, se hubiera puesto al servicio de un degenerado como Soto —dijo ella.

—¡Sabias palabras! —dijo Vademécum—. Fraudes por doquier, enriquecimiento ilícito, negocios turbios, y, casi estoy seguro, lavado de dinero en el extranjero.

—Y algo mucho más grave —dijo la reverenda.

—¿Todavía puede haber más? —preguntó Vademécum.

—Violador de su propia hijastra —respondió ella.

—Ahora todos van a empezar a decir que ya lo sospechaban —suspiró Lord Dixon.

Doña Sofía se puso de pie de un solo impulso.

—¡Por eso es que esa niña ha huido! —exclamó—. ¡Algo en el fondo de mi ser me lo decía!

—A mí me pasaba lo mismo —agregó la Fanny—. Sobre todo cuando el doctor nos contó que si usted la protegía era porque...

—¿Porque también fui violada? Caramba, doctor, ya no se puede confiar en usted... —dijo la reverenda con un mohín de burla.

—Mil perdones, reverenda —farfulló Vademécum, con ganas de meterse debajo de la mesa—. Pero es que estas damas son tan inquisidoras que...

—Una lengua alegre como la suya no necesita estímulos, doctor —dijo Lord Dixon.

—¿Se trata de una violación reciente la de Marcela? —preguntó doña Sofía, volviéndose a sentar.

—No, la abusó por primera vez cuando aún era adolescente —contestó ella—. Y la ha obligado a ser su concubina desde entonces.

—¡Ésa es la confesión que ese muchacho Frank quería hacerle al inspector Morales, pero a mí no me soltó prenda! —dijo doña Sofía.

—Ese jovencito anda prófugo, reverenda —dijo Vademécum—. Se les escapó de las manos a los gánsteres de Soto frente a mis ojos.

—Marcela me informó por teléfono de ese incidente sufrido por Frank —dijo la reverenda—. Pero ya se halla a buen recaudo, no se preocupen.

—Instalado en la caseta de proyección del fenecido cine México, rodeado de todas las comodidades que le puede dispensar el Rey de los Zopilotes —dijo Lord Dixon.

—¿Y la madre? —preguntó doña Sofía—. ¿Qué pito toca la madre en todo esto?

—Lo sabe, pero se calla porque es una mujer pusilánime —respondió ella—. Y la religión es el hoyo donde mete su cabeza de avestruz.

—Mejor dicho, se mete debajo de la sotana del padre Pío de Pietrelcina —terció Vademécum.

—¿Debo entender entonces que el inspector y Marcela van a encontrarse pronto? —preguntó doña Sofía.

—Tan pronto como sea prudente —dijo la reverenda—. Y confío en que cuando la escuche el inspector recapacite y, al ponerse de su lado, renuncie al dinero que Soto iba a pagarle.

La Fanny no pudo ocultar un aire de decepción.

—Olvídese de los sucios denarios, y piense en las causas nobles —le dijo Vademécum.

—¿Usted me va a dar a mí lecciones de honradez? —se encrespó la Fanny.

—Si la he ofendido, acepte mis más sinceras disculpas —Vademécum alzó la gorra de su cabeza y se la volvió a poner.

—En lo que a usted respecta, doña Sofía, va a tener que recurrir al Plan Techo por medio del secretario político del partido en su barrio —dijo Lord Dixon.

—Todos necesitamos descansar un poquito, porque lo que se avecina no es fácil —dijo la reverenda incorporándose—. Esto apenas empieza.

—Ya nos vamos —dijo doña Sofía—; pero todavía me queda una curiosidad: ¿cómo fue que Marcela y usted se conocieron?

—En las Obras del Padre Pío —contestó la reverenda—. Ella estaba a cargo de procesar las solicitudes de donaciones en la bodega. Me atendía cuando yo llegaba, y así, conversando, entramos en confianza.

—A veces me asusto de mi lógica imaginativa —dijo Lord Dixon.

—¿Y tan pronto fue en esa bodega donde le hizo la confesión? —agregó doña Sofía.

—No, un día se presentó aquí de manera sorpresiva, acompañada de Frank —respondió ella—. Regresó varias veces, y por fin me confió su secreto. Luego la puse en manos de la licenciada Cabrera, una psicóloga de la UCA que es especialista en traumas por abusos sexuales.

—¿Y por qué entonces le propuso usted que se fugara? —preguntó la Fanny.

—No, ésa no fue nunca la estrategia —dijo la reverenda—. Ella debía resistir mientras preparábamos una denuncia pública con el equipo de abogados del Centro Nicaragüense de Derechos Humanos.

—¡Denunciar a Soto, nada menos! —silbó por lo bajo Vademécum—. Usted sí que es mujer de armas tomar, reverenda.

—Jochando al tigre con vara corta —dijo Lord Dixon.

—Claro que es un asunto sensible —dijo ella—. ¿Pero había que quedarse con los brazos cruzados? La doctora Núñez, directora del Centro, tan decidida como es, nos apoyó de inmediato.

—¿Y la fuga, entonces? —preguntó doña Sofía.

—Las cosas se precipitaron porque Soto llegó a la violencia física para obligarla a seguir en esa relación —contestó la reverenda.

—Demasiado en una sola noche para estas pobres entendederas —dijo Vademécum, y quitándose la gorra se repasó las sienes.

—Mejor corra a la calle, que una marabunta, la Popis y la Maléfica de capitanas, está a punto de desmontar las bocinas del techo de su camioneta —dijo Lord Dixon.

10. El Rey de los Zopilotes

Cuando el inspector Morales salió del Tabernáculo se quedó de pie bajo la luminaria, y por un momento se sintió desorientado. Un leve vahído lo hizo trastabillar y se aferró al bastón. La punzada de dolor en las costillas fue a repercutir en la ceja herida, como transmitida por una corriente eléctrica.

La fila de los que esperaban el desayuno se extendía ahora hasta la calle, y nadie pareció ponerle cuidado. En la oscurana se abrían a su mano derecha los callejones del Mercado Oriental, y desde ese rumbo se oía el ruido de los motores de los camiones que llegaban a descargar mercancías.

De esa misma oscurana surgió Rambo y avanzó hacia él.

—Por poquito y me partís la vida, Serafín —le dijo al tenerlo de frente.

—Agradezca que fui yo el que le dio con el bastón, jefe —respondió Rambo—. Cualquiera de los otros le rompe de verdad la crisma.

—Cuánta gentileza de tu parte —dijo el inspector Morales.

—Ya olvídese de esa minucia de los bastonazos —contestó Rambo—. Sólo tenga en cuenta que yo soy el único que lo puede llevar a donde quiere ir.

—¿Y adónde se supone que yo quiero ir? —preguntó el inspector Morales.

—Conmigo no tiene necesidad de hacerse el pendejo —contestó Rambo—. Lo llevo al lugar donde la reverenda mandó a esconderse a la flaquita esa que se fugó de su casa.

—¿Y este servicio caritativo cuánto cuesta? —preguntó el inspector Morales.

—No me ofenda, jefe —respondió Rambo—. Muerto de hambre como me ve, no se me olvida que me salvó el pellejo en aquel mismo combate donde perdió usted la pata.

—Se arrastró bajo fuego enemigo para rescatarte, aislado como habías quedado en la retirada, igualito que en las películas de guerra, y aun así le partiste sin asco alguno la ceja —dijo Lord Dixon.

—¿Y vos cómo tenés esa información? —preguntó el inspector Morales.

—Cuando la reverenda está de buen genio, me deja que la ayude en el Tabernáculo —contestó Rambo—. Hago que lavo los platos, y otras veces hago que aseo los pisos. En una de ésas, mientras lampaceaba el corredor, oí lo que platicaba con la flaquita huesuda, porque la puerta de la oficina había quedado mal cerrada.

—¿Y te acordás cuándo fue eso? —preguntó el inspector Morales.

—El sábado que acaba de pasar —contestó Rambo—. La flaquita vino antes de mediodía, acompañada de un mariposón bastante enclenque también.

—A ése lo conozco de sobra —dijo el inspector Morales.

—El padrastro de la flaquita caga billetes verdes cada vez que se sienta en el trono, ¿verdad, jefe? —preguntó Rambo.

—Digamos que sí, que tiene un culo mágico —respondió el inspector Morales.

—¿Y los cueros más hermosos y altivos se hallan a su entera disposición? —preguntó Rambo.

—El dinero lo compra todo, Serafín, fundillos y tetas al por mayor —asintió el inspector Morales.

—Pues entonces no me explico su angurria de comerse a la flaquita, que no tiene ni tetas ni fundillo —dijo Rambo.

El inspector Morales lo miró, como si el otro estuviera bromeando.

—Despacito, Serafín —dijo—. ¿Qué inventos son ésos?

—¿Por qué inventos, jefe? —contestó Rambo—. Hace con ella lo que hacen los hombres con las mujeres, igual que todos los animales de la creación.

—¿Eso se lo confesó la flaquita a la reverenda? —preguntó el inspector Morales.

—Por la plática que tenían, columbro que la reverenda ya lo sabía, y el mariposón también —respondió Rambo—. La flaquita decía que tenía que irse el mismo día de su casa, que ya no aguantaba, que estaba a punto de suicidarse.

—¿Y de qué más hablaron? —lo urgió el inspector Morales.

—De una denuncia pública que iban a hacer en los Derechos Humanos de doña Vilma, de abogados y no sé qué más —contestó Rambo—. Pero a mi parecer esa flaquita es una pendeja.

—¿Pendeja por qué? —preguntó el inspector Morales.

—¿Por qué jode tanto con eso de que el padrastro le rompió el culito? —dijo Rambo—. Lo que se van a comer los gusanos, que se lo coma el cristiano.

El inspector Morales se sintió de pronto furioso por no haber imaginado desde el principio de qué se trataba aquella trama. Agnelli le estaba pagando para que devolviera su presa al redil. Y su cólera la descargó contra Rambo.

—¿Así que vos estás de acuerdo con que la haya violado, muy cabrón? —le dijo.

—¿Violado? Cualquier nombre que le quiera poner es lo mismo, jefe —contestó Rambo—. Sucede a cada rato abajo, y también arriba, no es asunto de pobres y ricos, sino del instrumento, que cuando se insolenta no hay razón que acate.

—Nunca me imaginé que fueras tan pervertido, Serafín —dijo el inspector Morales.

—¿Y usted cree que esa flaquita es una santa paloma? —dijo Rambo—. Las mujeres se les meten a los hombres, jefe, andan sin brasier para que se les pinten las chichitas,

175

se ponen minifaldas cortitas para enseñar medio culo, y así van a misa, para hacer caer en la tentación hasta a los santos sacerdotes.

—¿Ahora va a resultar que ella es culpable de que la hayan abusado, si es cierto lo que estás contando? —dijo el inspector Morales.

—A la hora de la calentura no hay culpables, jefe —dijo Rambo—. Después viene algún disgusto en la cama, y de puro capricho salen las mujeres a proclamar a los cuatro vientos que se las están despachando hermoso, como si ellas mismas no se quitaran el calzón.

—Según vos, habría que hacerle a Soto un monumento —dijo el inspector Morales.

—En la mera plaza de la Fe, donde ofició misa el papa Juan Pablo —dijo Lord Dixon.

—A la flaquita el padrastro la debe tener como toda una reina, sentada en silla de oro y bañada en perfumes, y todavía se queja —dijo Rambo.

—Ya dejemos eso —dijo el inspector Morales—. ¿Entonces la reverenda no la escondió en el Tabernáculo?

—Negativo, jefe, sólo se entretuvo mientras la venía a recoger cierta persona —respondió Rambo.

—¿Cierta persona? —preguntó el inspector Morales.

—Cierta persona de aquí del Oriental —contestó Rambo.

—¿Y creés que me voy a ir a meter con vos al Mercado Oriental a estas horas, confiado en tu palabra, a buscar a un desconocido? —lo reprendió el inspector Morales.

—Ningún desconocido —dijo Rambo—. Se trata del Rey de los Zopilotes, nada menos.

—Sólo el nombre es suficiente para inspirar confianza —dijo Lord Dixon.

—¿Y quién es ese Rey de los Zopilotes, si se puede saber? —preguntó el inspector Morales—. No me digás que controla los expendios de drogas en el Oriental, porque entonces ya nos salió el número premiado.

—Ni vende mota ni la prueba —dijo Rambo—. Donde manda a la redonda es en el negocio de recoger la basura. Y tiene la gran marmaja.

—¿Se ha hecho rico de sólo recoger la basura? —preguntó el inspector Morales.

—¿Usted cree que a la flaquita la vino a traer a pie? —respondió Rambo—. Se la llevó en su Mercedes-Benz.

—Ahora sí me jodiste —dijo el inspector Morales—. Un recogedor de basura con Mercedes-Benz.

—No menosprecie la basura, que allí abundan los tesoros —dijo Rambo—. Todo lo que lleve hierro, aluminio y bronce es carnita, y también valen los periódicos viejos, las cajas de cartón, los envases plásticos.

—Échele la pluma, inspector —dijo Lord Dixon—. Son cien toneladas diarias de basura las que salen del Oriental.

—Me gusta más ese negocio que el de andarme metiendo en las vidas ajenas —dijo el inspector Morales.

—Ya pudiera usted lucir una dentadura de oro como él, jefe —dijo Rambo—. No es que se le hubiera podrido, se la cambió nada más por gusto y placer, colmillos, muelas y dientes delanteros.

—Me imagino entonces que, siendo el rey, tendrá a su servicio una verdadera legión de zopilotes —dijo el inspector Morales.

—Todos los que recogen basura en botaderos grandes y pequeños están obligados a venderle a él lo valioso que agarren, sean viejos, mujeres o niños —dijo Rambo.

—¿Obligados? ¿Y por qué? —preguntó el inspector Morales.

—Porque el que manda, manda —contestó Rambo—. Desde allá arriba lo consienten. Dando y dando.

—¿Cómo eso de dando y dando? —preguntó el inspector Morales.

—Él es el secretario político del partido aquí en el Mercado Oriental, y hasta sobre la Policía impera —contestó Rambo—. Manifestación que hay, él llena de gente los buses y los camiones que van para la plaza, y no hay quien no acate su palabra, porque él es quien reparte.

—¿Reparte qué cosa? —preguntó el inspector Morales.

—Sus necias preguntas revelan que se ha ido usted alejando de las realidades nacionales, inspector —dijo Lord Dixon.

—Pues todo lo que envían de arriba como regalo para la pobretería —respondió Rambo—. Láminas de zinc, clavos, perlines, bloques y bolsas de cemento del Plan Techo; los paquetes solidarios de comida; las mochilas escolares cuando se abren las escuelas; los juguetes y las latas de sardinas en la Navidad.

—Y maneja las fuerzas de choque, seguro —dijo el inspector Morales.

—Es correcto, jefe, manda sobre los Frentes Populares del Mercado Oriental —dijo *Rambo*—. Y cuando se ofrece desbaratar a cadenazo limpio las manifestaciones de opositores en la calle, y a todos esos que andan protestando contra el Gran Canal, despacha a los encapuchados de la escuadra de motocicletas, uno que maneja y otro que va en ancas.

—¿Y qué pensás vos del canal, Serafín? —le dijo el inspector Morales.

—Que me voy a sentar con mi birrita bien helada a ver pasar los barcos desde la terraza de mi casa —dijo Serafín.

—¿Acaso vas a tener una casa a la orilla del canal? —preguntó el inspector Morales.

—Una quinta con porche desde donde divisar a las gringuitas que vayan pasajeras en esos barcos, asoleándose desnudas —contestó Serafín.

—Y mientras tanto vos salís a aporrear gente, no me digás que no —dijo el inspector Morales—. Sos de los que van en ancas con la cadena.

—Ni que fuera usted sajurín —dijo Rambo—. Y cuando se enardece la trifulca les metemos la mano en el mico a las protestonas, viera cómo brincan desaforadas del susto.

—Peor ahora que entienda esa pipencia de tu Rey de los Zopilotes con la reverenda —dijo el inspector Morales.

—Fue su pupilo, igual que yo —dijo Rambo—. En el Tabernáculo recibía su plato de comida, y se bañaba. La adora como si fuera su madre, y hace caso a sus mandatos. Sobre todo porque lo quitó del vicio.

—¿Cuál vicio? —preguntó el inspector Morales.

—La pescuezona —dijo Rambo—. Caía en las calles, amanecía en las cantinas, dormía al descampado, hasta que pasó por una mala experiencia y entonces juró ya nunca más beber y se volvió formal y hacendoso.

—Vas de misterio en misterio, para que uno te pregunte —dijo el inspector Morales—. ¿Qué mala experiencia?

—Caído estaba una vez cuando lo abusaron por detrás —dijo Rambo—. Usted sabe, jefe, bolo con sueño no tiene dueño.

—¿Y no decís que fue gracias a la reverenda que dejó de beber? —dijo el inspector Morales.

—Los buenos consejos de la santa señora, claro está, pero también la vergüenza de haber dado las nalgas —dijo Rambo.

—Quién quita y no le pasó lo mismo al doctor Carmona en sus tiempos de bebedor —dijo Lord Dixon.

—¿Y a ella no le ofenden esas tropelías que el Rey de los Zopilotes comete? —preguntó el inspector Morales.

—Una madre siempre es una madre —contestó Rambo.

—Vamos andando entonces a la zopilotera, qué otro remedio queda —dijo el inspector Morales—. ¿Para dónde agarramos?

—Para el cine México, allí hallamos al hombre —dijo Rambo.

—Un edificio terremoteado que un día de éstos, con una sacudida, le va a caer encima al Rey de los Zopilotes y a toda su corte —dijo Lord Dixon.

Entraron en uno de los callejones del Oriental, y siguieron a lo largo del estrecho paso que dejaban los tinglados. Algunos vendedores empezaban a salir de debajo de las mesas de los tramos donde habían dormido, somnolientos, y otros se movían alumbrándose con focos de mano, como si se hubieran perdido en la oscuridad y buscaran la salida.

Las gallinas indias alborotaban en sus jaulas de caña estibadas en desconcierto, y las iguanas y garrobos, que también se vendían vivos, arañaban con sus uñas desde otras jaulas vecinas. Una mujer de cabello enmarañado, que fumaba envuelta en una cobija atigrada, saludó con voz ronca a Rambo.

—Adiós, mi amor, dichosos los ojos —le dijo—. Te sigo esperando.

Rambo, sin responder nada, apretó más bien el paso.

—¿Fue mujer tuya esa tigresa, Serafín? —le preguntó el inspector Morales.

—Es la Milonga, qué va a querer a nadie ésa, más bien me está cobrando —contestó Rambo—; tiene una comidería y nunca se le olvida que hace cinco años le quedé debiendo un plato de sopa de res.

—Burda mentira —dijo Lord Dixon—; lo que le debe son las piedras de crack que ella le daba fiadas.

—¿Y no es que tenés tu desayuno y el almuerzo en el Tabernáculo? —le dijo el inspector Morales.

—Había cogido carrera y andaba de goma —respondió Rambo—; en ese estado ni me acerco al Tabernáculo. La reverenda huele de lejos el tufo a guaro.

—Un día te va a pasar la del Rey de los Zopilotes, Serafín —dijo el inspector Morales.

—Nel pastel —negó Rambo—. Mi culo tiene sensores que disparan una alarma capaz de despertar a todo el Oriental.

—¿Por qué no le pagás a esa mujer? Así te vuelve a fiar —dijo el inspector Morales.

—¿Y con qué? La pobreza tiene cara de vieja cagando en bacinilla, jefe —dijo Rambo—. Pero usted, qué dicha que se va a echar a la bolsa sus buenos realitos. Me imagino que le están pagando bien por este mandado.

La ola revuelta que arrastraba consigo en la oscuridad techos de zinc y techos de tejas de barro, calles y callejones, tenderetes, casetas, cobertizos, galerones, galerías, bodegas, salones de billar, estancos y cantinas, prostíbulos y bailongos, se detenía de manera abrupta para rodear el cine México, todo el frontis cubierto por una marquesina desportillada en la que quedaban letras sueltas, algunas colgando al revés.

Las vidrieras debajo de la marquesina habían sido sustituidas con tablas de encofrado y cartones de embalaje, y un viejo Mercedes negro, bien mantenido, se hallaba subido a medias a la acera frente a la puerta del fóyer.

—¿Ése es el Mercedes-Benz del Rey de los Zopilotes? —preguntó el inspector Morales.

—La niña de sus ojos —contestó Rambo—. Él mismo le saca brillo a la carrocería.

—Un carro color zopilote —dijo el inspector Morales.

—No vaya a tener la ocurrencia de mentar delante de él su mal apodo —le advirtió Rambo—. No hay cosa que lo encabrone más.

—¿Y cuál es entonces su verdadero nombre? —preguntó el inspector Morales.

—Hermógenes —dijo Rambo—. Compañero Hermógenes es lo correcto.

—Venirse a meter el compañero Hermógenes a este cine —dijo el inspector Morales—. Un día de tantos un temblor, y le cae encima.

—Tiene usted la mala maña de repetir lo que yo digo, inspector —dijo Lord Dixon.

—Eso de que van a mandar a botar el cine antes que se derrumbe es ya cuento viejo —dijo Rambo—. A él nadie se atreve a sacarlo de aquí.

Un moreno pasado de peso, de bigote hirsuto, se hallaba apostado en la entrada. El bulto de la escuadra era visible bajo la guayabera de amplias faldas que le bajaban hasta las rodillas.

—Venimos de parte de la reverenda Úrsula —dijo Rambo con toda tranquilidad.

El moreno, mirándolos de reojo, se apartó para darles paso, y atravesaron el fóyer que parecía no haber sido limpiado de vidrios rotos y cascajos desde el día del terremoto. En una de las carteleras de marco metálico fijadas en las paredes, la única en conservar el cristal, se desvanecían los tonos del afiche de estreno de la película *Los ángeles de la tarde,* con el rostro de Claudia Islas. Una máquina de popcorn herrumbrada ocupaba su lugar en una esquina.

—Eso de que nos manda la reverenda es una mentira muy arriesgada —susurró el inspector Morales.

—¿Y de qué otra forma cree que ese moreno nos hubiera dejado entrar? —dijo Rambo—. Sólo que fuéramos hermanos de leche del hombre invisible.

—Rambo tiene razón —dijo Lord Dixon—. Siento como que está perdiendo osadía, inspector.

—¿Y con qué cuento le vamos a salir al compañero Hermógenes? —volvió a susurrar el inspector Morales.

—Con el mismo que le contamos al moreno —dijo Rambo—. Que nos manda la reverenda Úrsula. Ella odia los celulares, no hay manera de preguntarle si es cierto.

—¿Y después? —preguntó el inspector Morales—. ¿Qué va a pasar después?

—¿Acaso soy Kalimán el Magnífico para adivinar? —se impacientó Rambo—. Lo único que sé es que si la reverenda se arrecha conmigo por andar agarrando su nombre en vano, me deja sin comer.

Por el hueco de la puerta de acceso a la platea, desprovista de sillas, se podía ver a una tropa de operarios semidesnudos que bajo una sarta de bujías clasificaban con diligencia los objetos de valor rescatados de la basura, metiendo las piezas metálicas en cajones, liando los cartones y el papel, mientras desde el escenario los vigilaba una mujer malencarada en funciones de capataz.

La escalera que se abría en medio del fóyer, cubierta por los restos de una alfombra floreada, daba acceso al palco, a la caseta de proyección y a las antiguas oficinas de Pelimex, la distribuidora mexicana de películas, dueña del cine cuando funcionaba. Al empezar a subir, descubrieron que alguien los aguardaba en el último peldaño.

—Es él, en persona —dijo Rambo, y, acobardado, se escondió detrás del inspector Morales.

El inspector Morales siguió ascendiendo penosamente apoyado en el bastón, mientras con la otra mano ayudaba a la pierna de la prótesis a alcanzar la grada siguiente. El Rey de los Zopilotes sonreía desdeñoso desde lo alto.

Andaría por los cincuenta años. La barba y la cabellera suelta sobre los hombros le habrían dado una estampa nazarena si no fuera por la dentadura de oro macizo que relucía entre sus labios carnosos y oscuros, y porque era bizco. Llevaba botas de punteras agudas, jeans finos y una camisa de seda color ópalo, abierta hasta la mitad.

—Si me entrega el arma, inspector, todos felices y contentos —dijo Hermógenes cuando el inspector Morales hubo alcanzado el último peldaño—. Así no tengo que llamar a ese muchacho de la puerta, que a veces se pone malcriado.

—Segunda vez que lo desarman en este día, ni modo —dijo Lord Dixon.

El inspector Morales se agachó para sacar el revólver del tahalí y se lo extendió.

—Sé que usted es famoso, pero de oídas, porque no leo novelas —dijo Hermógenes, y su sonrisa volvió a relucir—. Las poesías sí que me gustan.

—Y escribe muy bonito —dijo Rambo desde atrás—. Sus poemas han salido en *El Mercurio,* el periódico de aquí del Oriental.

—Lo que nos faltaba —dijo Lord Dixon—. El Rey de los Zopilotes es poeta. Hay que gestionar que lo inviten al festival de poesía de Granada.

—Vos, Serafín —dijo Hermógenes—. Ordena la reverenda que te presentés de inmediato donde ella si no querés quedarte en ayunas por un mes.

Rambo, muy contrito, se perdió escaleras abajo.

—¿Vos sabías que yo venía en camino? —preguntó el inspector Morales.

—Me gusta que me tratés de vos, así entramos de una vez en confianza —contestó Hermógenes—. Claro que lo sabía, la reverenda me avisó que de seguro Serafín te traía para acá.

—¿Por medio de alguna paloma mensajera? —preguntó el inspector Morales.

—Nada de eso, por su celular, tiene uno de película que recién le han obsequiado, y está encantada jugando con él —dijo Hermógenes.

Al lado del remate de la escalera se hallaba su oficina, la misma que había sido del gerente de Pelimex, y entró en ella sin decir nada, dando por sentado que el inspector Morales lo seguiría. Había un televisor de plasma de gran formato colgado de una pared, como un espejo oscuro, y en otra, la ampliación de una foto donde aparecía recibiendo un diploma en el salón de ceremonias de la Casa de los Pueblos. El split de aire acondicionado rumoreaba quedamente aventando serpentinas de colores, como si se exhibiera en una tienda.

Frente a su escritorio metálico cubierto con una hoja de vidrio, sobre la que dejó el revólver del inspector Morales después de sacarle las balas del tambor, había un juego de sala compuesto de un sofá de dos cuerpos y dos sillones, forrados de peluche color perla, y contra la pared un par de archivadores también metálicos. Fue a sentarse al sillón ejecutivo del escritorio, y le indicó al inspector Morales uno de los puestos del sofá.

Apenas se hubo acomodado sintió algo moviéndose cerca de él, y se llevó un susto al descubrir un zopilote que salía de un rincón para dirigirse al escritorio, adonde subió de un salto con un batir de alas.

—Lo he amaestrado desde pichoncito —dijo Hermógenes, y abrió una gaveta del escritorio para sacar la mitad de una papaya envuelta en una hoja de periódico—. Desprecia la carroña, y le gusta la fruta. También come pan remojado en leche.

—Si tiene un zopilote como mascota, no debe ser cierto que le disgusta su apodo —murmuró Lord Dixon.

El zopilote se puso a clavar afanosamente el pico en la papaya, protegiéndola con sus alas. Tragaba concienzudamente, dando un pequeño paseo sobre el escritorio después de cada bocado.

—Veo que has logrado algo digno de los Guinness Records —dijo el inspector Morales—; un zopilote vegetariano.

Hermógenes se sintió halagado. Uno de sus ojos miró pícaramente al inspector Morales, y el otro se quedó clavado de manera angustiosa en el techo.

—Uno se acostumbra a vivir de lo que le dan —dijo, mientras sopesaba las balas del revólver—. Yo vivo de la basura, y reino sobre ella. Y este animalito viene a ser como mi vasallo.

—El Rey de los Zopilotes —dijo el inspector Morales.

—El mismo que viste y calza —dijo Hermógenes, en tanto el ojo seguía desvariando por el techo—. ¿En qué puedo servirte?

El zopilote volteó a mirar al inspector Morales, que sobaba el muñón donde calzaba la prótesis. La subida de la escalera lo había lastimado.

—Quiero ver a la muchacha —dijo.

La boca de Hermógenes relampagueó.

—¿Y quién te ha dicho que yo la tengo aquí? —dijo.

—Yo lo digo —dijo el inspector Morales—. Cuando llego al final del camino, esta pata inválida mía me avisa.

—Decile a tu pata que no se ahueve, a lo mejor todavía le falta andar un buen trecho —dijo Hermógenes.

—¿Vos estás al tanto de todo ese asunto de ella con el padrastro? —preguntó el inspector Morales.

—Sé nada más lo que la reverenda decide informarme —respondió Hermógenes, y derramó las balas sobre el cristal del escritorio—. Nunca le ando preguntando lo que no debo.

—Y por supuesto te prohibió que me dejaras verla —dijo el inspector Morales.

—Cuando estuvo claro que Rambo te traía para acá, sólo me pidió que te recordara ponerte del lado donde debías estar —contestó Hermógenes—. Qué quiso decir con eso, no sé.

—Podés informarle que sí, que ya estoy del lado donde ella quería —dijo el inspector Morales.

El zopilote se bajó del escritorio y se le acercó confianzudo. Parecía husmearlo cuidadosamente.

—Así como a vos tu muñón te avisa cuando has llegado donde querés ir, a mí este vasallo mío me confirma si alguien dice mentira o dice verdad —dijo Hermógenes.

—¿Pasé la prueba de tu detector de mentiras? —preguntó el inspector Morales cuando el animal parecía haber terminado su examen.

Ahora los ojos de Hermógenes se distraían en direcciones opuestas, uno mirando hacia la ventana encima de la marquesina, el otro hacia la puerta que permanecía abierta.

—Parece que Chepe no está convencido de tu sinceridad —dijo.

—El zopilote tiene nombre, era de esperarse —dijo Lord Dixon.

—Buen olfato el de tu zopilote —contestó el inspector Morales—. Porque todavía me quedan dudas que sólo la muchacha puede aclararme.

—Qué decepcionada se sentiría la reverenda de oírte —dijo Hermógenes, y sus ojos se alinearon por un momento mientras se repetían los destellos de su boca—. Eso significa que no es verdad que hayás cambiado de acera.

—Óigame, inspector, no es eso en lo que habíamos quedado —dijo Lord Dixon—. No son horas de seguir dudando, sobre todo después de lo que ya sabe por boca de Rambo.

—Quiero llegar al fondo de este asunto, y creo andar cerca —dijo el inspector Morales—. Por eso necesito más que nunca oír lo que tiene que decir Marcela.

—Según Chepe, tus dudas son otras —dijo Hermógenes—. Las dudas entre si agarrás los reales del padrastro, o le hacés caso a la reverenda, que no te ofrece ni un centavo.

—No me haga pensar que semejante afirmación sea cierta, inspector —dijo Lord Dixon—, que el vil metal lo esté tentando otra vez de esa manera. Se me caería la cara de vergüenza.

—No te metás conmigo, que yo sé lo que hago —dijo entre dientes el inspector Morales.

—No tengo idea de quién sea ese padrastro que según la reverenda te está pagando la pesquisa —dijo Hermógenes—. Sólo sé que es un burgués. Y a mí los burgueses me revuelven las tripas.

—Un Rey de los Zopilotes con las tripas revueltas es algo digno de verse —dijo Lord Dixon.

El inspector Morales no pudo evitar mirar a Hermógenes con aire divertido.

—¿Vos te considerás pobre de solemnidad? —le preguntó.

—Por supuesto que no —respondió Hermógenes—. Pero no soy burgués.

El zopilote, mientras tanto, se subió de otro brinco al brazo del sofá, y su plumaje reseco rozaba al inspector Morales.

— ¿Cuál es entonces la diferencia? —preguntó.

—En esta revolución hacemos reales para que nos respeten, y respeten al partido —contestó Hermógenes—. Si fuéramos pobres, los burgueses no nos verían ni con el ojo del culo.

—Una burguesía con alma proletaria, he ahí la solución —dijo Lord Dixon.

—¿Y ellos, los burgueses? —dijo el inspector Morales—. ¿Creés que mientras tanto están dormidos?

—¿Los burgueses? Ésos existen para mientras —dijo Hermógenes—. Pero llegado el momento van a salir sobrando.

—La famosa Nueva Política Económica de Lenin, la NEP, sólo que mejorada —dijo Lord Dixon.

—Pero el padrastro de la muchacha viene de abajo —dijo el inspector Morales—. Es como vos, un Rey de los Zopilotes, sólo que con helicóptero.

—No vamos a ponernos a discutir eso —dijo Hermógenes—. En las listas del partido los de su catadura aparecen como aliados tácticos, lo que es ley para mí.

—Dejame de una vez por todas que hable con la hijastra del aliado táctico —dijo el inspector Morales.

—Eso no depende de mí, sino de la reverenda —dijo Hermógenes—. Sos duro de la mollera.

—Buscame entonces una biblia para jurar que no voy a devolverle la muchacha a su padrastro —dijo el inspector Morales.

—Ojalá esté hablando en serio, inspector —dijo Lord Dixon—. Está en juego nuestra honra.

El zopilote se entredormía, dando cabezazos en el hombro del inspector Morales.

—Chepe, no seás confianzudo con las visitas —dijo Hermógenes, y golpeó el escritorio para que el zopilote regresara a su lado. El animal se despabiló con una sacudida y obedeció la orden.

En eso se iluminó la pantalla del celular en el bolsillo de su camisa de seda color ópalo, y lo sacó apresuradamente.

—Aquí lo tengo conmigo, reverenda —dijo.

—Comunicale que estoy dispuesto a jurar sobre la Biblia —dijo el inspector Morales.

—Dice que está dispuesto a jurarlo sobre la Biblia —repitió Hermógenes.

Asintió, y pulsó para terminar la llamada.

Miró al inspector Morales, la boca encendida de oro en una amplia sonrisa, y los ojos otra vez milagrosamente concertados.

—¿Tenés aquí una biblia? —preguntó el inspector Morales, las manos reposando en la contera del bastón.

—Dice que no es necesario ningún juramento, que con tu palabra basta —dijo Hermógenes.

—¿Entonces puedo ver a la muchacha? —preguntó el inspector Morales, incorporándose con ayuda del bastón.

—A las nueve de la mañana. La reverenda te va a comunicar el lugar de la cita —dijo Hermógenes.

—No hay trato entonces —respondió el inspector Morales, y se reacomodó en el sofá—. Tiene que ser ya, o no hay trato.

—Yo no he hecho ningún trato con vos —dijo Hermógenes—; lo que has oído es lo que la reverenda manda.

El zopilote bajó la cabeza con hastío. Parecía a punto de bostezar.

—No es necesario esperar hasta mañana, vamos a hablar ahora mismo —se oyó desde la puerta.

De pie en el umbral, enfundada en su chaqueta de varón, Marcela se abrazaba los hombros como si tuviera frío. A su lado permanecía Frank.

Segunda parte
Sábado, 28 de agosto

El infierno se ha vaciado,
y todos los demonios andan sueltos...
WILLIAM SHAKESPEARE,
La tempestad, acto I, escena 2

11. Tongolele no sabía bailar

Contra lo que alguien poco enterado pudiera imaginarse, el jefe de Inteligencia de la Policía Nacional no hacía honor a su apodo de Tongolele más que por el mechón blanco en el cabello, pues no sabía bailar.

No bailaba, pero era fisicoculturista metódico, afición que lo había llevado a abrir el gimnasio Super Body en el reparto San Juan, el mejor instalado de Managua. También engordaba ganado en una finca de tres mil manzanas en Camoapa, y era dueño de una flota de furgones que transportaba carga por todo Centroamérica. Todo aparecía inscrito a nombre de un cuñado ocioso, hacía tiempo divorciado de su hermana menor, pero quien le guardaba estricta fidelidad.

Abstemio de corazón, tampoco fumaba. No se le conocía pareja permanente, ni asistía a fiestas, y era, además, reputado de poco comunicativo, lo cual entraba entre sus virtudes profesionales, dependientes en mucho del silencio. Su tormento mayor era el acné vulgaris que le devoraba la nariz y las mejillas en erupciones constantes de granos en los que se ponía pasta dentífrica, desesperado del fracaso de los remedios de patente.

Sólo de manera formal pertenecía a las estructuras del alto mando policial, a las que nunca se reportaba, y donde era tratado con temor y distante zalamería. Su poder se manifestaba en su independencia, y en el hecho de que, habiendo pasado desde hacía años el tiempo de su retiro, seguía indefinidamente activo. Además, disponía de una unidad operativa especial, y podía recurrir ante cualquier jefatura en demanda de apoyo de hombres y medios. La negativa significaba la destitución.

Su vínculo directo era con «las alturas celestiales», como él mismo decía lleno de respetuoso orgullo, y allá elevaba sus informes en sobres lacrados, al viejo estilo, pues no se fiaba de las comunicaciones encriptadas por la vía electrónica. Para recibir órdenes de las alturas sagradas era convocado generalmente en la alta noche; y sólo cuando apremiaba la necesidad pedía instrucciones por medio de un celular codificado por técnicos de la misión local del SFS ruso, sucesor de la KGB.

Y como también desconfiaba de las computadoras, cuyos archivos juzgaba que podían ser pirateados por cualquier adolescente curioso, y aun cuando el SFS se empeñaba en instalarle un sistema seguro, usaba una máquina Remington de estuche, toda una pieza de museo, pues era la misma en que su padre elaboraba los inventarios de medicamentos de su botica en León, y para la que costaba un mundo hallar cintas.

Para no desperdiciar el tiempo, cuando le tocaba esperar en antesalas abría su cartapacio ejecutivo, forrado de vinilo imitación de cuero, y se dedicaba a trabajar armado de un lápiz azul y rojo de dos cabos colocado detrás de la oreja, de donde lo tomaba cada vez que iba a utilizarlo; y si era preciso le hacía punta allí mismo con un tajador montado en una miniatura de Pedro Picapiedra, cuidadoso siempre de recoger las virutas en su pañuelo de bolsillo.

Así aguardaba aquella madrugada del sábado en el vestíbulo solitario del despacho de Miguel Soto, quien ocupaba de manera exclusiva el penthouse de la torre inteligente de la Global Enterprises Consolidated (GECO), desde donde dirigía su conglomerado de negocios.

Era un edificio de seis pisos revestido de placas de vidrio verde botella unidas con remaches, que se alzaba en las vecindades de la pista suburbana, llegando a la carretera Sur. A sus espaldas tenía un asentamiento de precaristas, a un costado un patio de desguace de vehículos y un taller de soldadura, y al otro un supermercado de la cadena Palí y un sórdido casino de juego adornado con cúpulas de latón, en busca de parecer un palacete oriental. Los precaristas, los clientes del casino y del supermercado y los operarios de los talleres se congregaban en bandadas para contemplar las maniobras del helicóptero de Soto cuando aterrizaba en la azotea o despegaba.

Más allá del asentamiento, entre malezas, construcciones sin terminar con los hierros del segundo piso desnudos y un botadero de basura, un rótulo vertical de neón anunciaba un motel cercado de láminas de zinc oxidadas que tenía el extraño nombre de Santo Remedio. Entre esas malezas se escondía en no pocas ocasiones doña Sofía, armada de su Nikon, en busca de registrar evidencias de adulterio.

Tongolele, vestido pulcramente de civil, chaqueta de gamuza café, camisa blanca sin cuello, pantalones kaki y botines de media caña, revisaba los reportes del día sobre los líderes de los gremios empresariales, sindicatos, organizaciones cívicas, iglesias y los pequeños partidos de oposición aún sobrevivientes. Las fuentes principales de esos informes eran agentes infiltrados, correos electrónicos y conversaciones telefónicas.

Las placas verde botella convertían la sala de recepción en una pecera mortecina, amoblada como el lounge de un hotel de lujo, con sillones tipo Regencia y, mirándose de frente, un par de sofás Chesterfield de lustroso cuero rojo borgoña, en uno de los cuales se había instalado él con su cartapacio sobre las piernas.

Revisar aquellos folios era una tarea entretenida entre los rigores de su oficio. Había de todo. Las maniobras consabidas de quienes se desvivían por figurar y buscaban serruchar el piso a sus rivales, motivo principal de las constantes fragmentaciones de los partidos; otros que se mostraban feroces opositores y eran fácilmente amansados con dádivas, desde pasajes aéreos y hospitalizaciones, hasta el perdón de impuestos y el favor de los jueces en los tribunales; y también figuraban historias de alcoba y casos de homosexualidad, asuntos que subrayaba con el cabo azul del lápiz, destinados a pasar, precisamente, al archivo de los expedientes azules. Una vez documentados a fondo por sus muchachos de audiovisuales, esos casos servían para doblegar espíritus rebeldes, callándolos o reclutándolos, sobre todo cuando se trataba de curas y pastores protestantes; y para cobrar cuentas a los remisos filtrando las evidencias en los medios de prensa y las redes sociales.

Había sido entrenado de manera concienzuda en esos menesteres en la República Popular de Bulgaria. Recién pasado el triunfo de la revolución, cuando de manera improvisada fue nombrado jefe de Seguridad Personal, el teniente coronel Angelov, a la cabeza de la misión búlgara destacada en el Ministerio del Interior, había descubierto su olfato de buen sabueso, y lo recomendó para un curso de un año en una escuela de la Seguridad del Estado en Plovdiv, donde se graduó con mención de honor.

La secretaria de Soto, que usaba unos anteojos en forma de alas de mariposa y se vestía como directora de colegio de señoritas, la falda gris plisada y una blusa manga larga cerrada en el cuello por un camafeo, tenía su escritorio dentro de una pecera más pequeña, también verde, y se mostraba dispuesta a sonreírle cada vez que sus miradas se encontraban, o venía, solícita, a ofrecerle café. Estaba allí siempre de guardia, y cualquiera pensaría que vivía en algún lugar del edificio.

Pasaba ya más de una hora de espera cuando volvió a asomarse, esta vez enseñando una sonrisa más amplia. Soto estaba ya en su despacho. Al no escucharse el alboroto de las aspas del helicóptero en la terraza, habría ingresado al sótano con su caravana, para subir por el ascensor privado.

Tongolele conocía de sobra el camino, pero ella, de todas maneras, cumplió el ritual de acompañarlo por el pasillo alfombrado hasta la enorme puerta de roble que giraba sobre un gozne medianero. Al traspasar el umbral se halló de nuevo frente al ojo de pupila cobriza que lo miraba, abierto como en asombro, desde la pared tras el escritorio de marquetería al cual se hallaba sentado Soto, con cara de desvelo.

Arrimado a una de las paredes había un sofá rojo borgoña igual a los de la sala de espera, y allí se hallaba recostado Manuelito, mirando al techo con las manos cruzadas en la nuca, una de sus zapatillas caída sobre la alfombra.

Sin decir palabra Tongolele fue a sentarse frente a Soto, acomodando el cartapacio sobre sus rodillas como un aplicado vendedor de seguros. Las cicatrices de la más reciente erupción cutánea brillaban en su rostro como una extraña constelación rosácea.

—Siento mucho que esta noche no pudimos entregarle el paquete solicitado, como hubiera sido mi deseo, ingeniero —dijo Tongolele.

—Frank se nos escapó porque el jefe de la patrulla no me hizo caso de ponerle las esposas —dijo Manuelito desde el sofá—. A estas horas ya hubiéramos encontrado a mi novia, porque él sabe dónde está escondida.

Tongolele interrogó a Soto con la mirada.

—Mi sobrino se refiere a Marcela, mi hija adoptiva —dijo Soto—. No sabemos nada de ella desde hace una semana.

—Usted me dijo que ese muchacho se había robado no sé qué papeles delicados de la empresa —dijo Tongolele—. ¿Qué es eso de la novia de Manuelito?

—Cuénteselo bien, tío —dijo Manuelito—. La desaparición de mi novia en el cine y que nadie la ha vuelto a ver desde entonces.

Tongolele sonrió, frunciendo apenas los labios. El amancebamiento al que Soto forzaba a su hijastra se hallaba desde hacía buen tiempo entre los expedientes azules. Pero no dejó de perturbarlo que en su dependencia no se supiera nada de aquella desaparición. Ya luego cobraría esas cuentas al oficial a cargo del caso.

—Es algo que realmente me había extrañado, ingeniero —dijo, con toda gravedad—, que no recurriera a nosotros en esa tribulación, como amigos de confianza que somos.

—Entonces, ¿usted ya estaba enterado que buscamos a Marcela? —preguntó Soto.

—No vivo dedicado al ocio, ingeniero —respondió Tongolele.

—¿Y también que entregué el caso en manos de un investigador privado? —preguntó Soto otra vez.

—También resentí esa falta de delicadeza suya —contestó Tongolele, que sabía jugar como nadie a la gallina ciega—. Recurrir a un desconocido, teniéndome a mí.

—Fue deseo expreso de mi esposa poner al inspector Morales a buscarla —dijo Soto.

Vaya, el inspector Morales. ¿Cómo jodidos había dado Soto con él en su ratonera, desde donde organizaba la persecución de amantes adúlteros, auxiliado por una vieja loca que se creía parte del dúo de *Miami Vice*?

—No fue una escogencia acertada, ingeniero —dijo Tongolele—. Al compañero le dieron de baja por indisciplina. Y le gusta la bebida. No sería extraño que, si le adelantó dinero, le haya financiado una excursión por las cantinas de Managua.

—No estaba al tanto de esos antecedentes —dijo Soto—. De todos modos, no esperaba que ese hombre averiguara nada.

—¿Por qué? —preguntó Tongolele—. ¿Porque le dio pocas pistas?

—Por allí va —respondió Soto—. Quería encontrar yo a Marcela, con mi propia gente, mientras mantenía tranquila a mi esposa.

—Pero me asalta una preocupación —dijo Tongolele—: ¿Y si el inspector Morales no se ha dedicado a visitar las cantinas y, por el contrario, tiene ya pistas para encontrar a su hijastra?

—¿Por qué supone semejante cosa? —preguntó Soto, satisfecho de lo rápido que el camino deseado se le estaba abriendo.

—En mi oficio uno está obligado a considerar distintas variantes —contestó Tongolele—. Y trabajar sobre la que parece más lógica, porque viene a ser la más probable.

—Supongamos entonces esa variante, que él tiene pistas —dijo Soto—. ¿Qué clase de pistas, según su criterio?

—Pistas rastreadas por caminos que usted le había ocultado —dijo Tongolele—. Le gustará la bebida, será indisciplinado y lo que queramos, pero pendejo no es.

—Es cierto, en un parpadeo dio con Frank, se entrevistó con él, y a saber en qué habrán quedado, porque al tureca ese lo agarramos saliendo del shopping center donde fue a buscarlo, y allí se nos escapó —dijo Manuelito de una tirada.

Tongolele giró la cabeza lentamente hacia él. Seguía despatarrado en el sofá y ahora se había descalzado de la otra zapatilla, que reposaba bocabajo sobre la alfombra.

—Vaya, ésta es una madrugada de sorpresas para mí —sonrió—. ¿Por qué decís que ese muchacho andaba buscando al inspector Morales cuando lo capturaron?

—Porque el renco tiene su oficina en ese shopping center que se llama El Guanacaste, lo vimos entrar, y entonces avisamos a la patrulla —respondió Manuelito.

—Ah, la cueva del ogro Shrek y su princesa Fiona —dijo Tongolele, y se enfrentó de nuevo a Soto—. Más claro no canta el gallo de San Pedro, ingeniero. El muchacho no le dio información en la entrevista que tuvieron, pero ahora iba decidido a hacerlo. No hay otra razón para esa visita.

—A lo mejor no lo encontró —dijo Soto.

—Adentro estuvo bastante rato —intervino Manuelito.

—Eso quiere decir que, si no lo halló, entonces su plática fue con esa señora de la limpieza, la asistente estrella del inspector Morales —dijo Tongolele.

—Y le pasó a ella el dato —dijo Manuelito.

Tongolele reflexionó brevemente.

—El inspector Morales ya sabe dónde está su hijastra —dijo de manera terminante—. Sea o no por boca del muchacho.

—Entonces póngale vigilancia y asunto concluido —dijo Soto.

—Hago que lo sigan, y si nos lleva a ella, se la entregamos a usted —dijo Tongolele—. ¿Estoy en lo correcto?

—Así sería —contestó Soto—. Y a partir de allí todo queda en mis manos. ¿Puede hacerse eso rápido?

Tongolele miró su reloj. Era un pesado Vostok de carátula ámbar que le habían regalado en el acto de graduación en Bulgaria.

—Montar un seguimiento, y organizar escuchas de teléfono, no es algo que pueda resolver con sólo chasquear los dedos —dijo Tongolele.

—Lo más fácil es caerle, agarrarlo, y que cante —dijo Manuelito.

—Su sobrino tiene habilidades para este oficio, un día de éstos se lo recluto, ingeniero —dijo Tongolele.

Disfrutaba el papel de gato de uñas afiladas frente a un ratón medroso que defendía su secreto con poca astucia y quería ayuda sólo para una cosa: el regreso de la hijastra a su lado, sin que el velo que cubría su porquería se rasguñara en lo más mínimo.

—De todas maneras, prefiero ir con calma —dijo Soto.

—Entonces, por lo menos vuelva a agarrar de nuevo a Frank, comisionado —dijo Manuelito.

Tongolele se volteó hacia el sofá.

—Tampoco es fácil eso de que les busco al muchacho y en una hora lo tienen aquí —dijo—. Si se libró de ser agarrado, no se habrá ido a dormir tranquilo a su domicilio a esperar a que lleguemos por él.

—No quiero alboroto ni violencia, comisionado —dijo Soto—. Le voy a quedar agradecido si hacemos esto sin ruido.

El gato no estaba dispuesto a dejar de clavarle las uñas al ratón miedoso. Le devolvería a la entenada para que siguieran haciendo vida marital, pero el favor del silencio y la complicidad no eran gratis. Aquella deuda sin plazo quedaría registrada en el expediente azul.

—Todavía hay otra variante —dijo Tongolele.

—Otra hipótesis —dijo Manuelito con tono de sapiencia, mientras buscaba ponerse las zapatillas.

—¿Cuál sería esa variante? —preguntó Soto.

—Que su detective privado ya haya encontrado a su hijastra —dijo Tongolele.

—Y si es ése el caso, ¿por qué no se comunica conmigo? —dijo Soto—. Son las instrucciones que tenía, localizarla y avisarme.

—¿Y si además habló con ella, y es precisamente por eso que no la entrega en manos de usted, ingeniero? —preguntó Tongolele.

Vigiló bien el rostro de Soto, porque sabía que iba a verlo palidecer. Y así fue.

—No entiendo —respondió, y extendió las manos sobre la mesa.

—Pudo ella haberle contado cualquier historia falsa para ponerlo de su lado —dijo Tongolele—. Está en el carácter del inspector Morales: cuando alguien se le presenta como víctima de alguna injusticia, se le sale lo romántico.

—Eso es ir demasiado lejos en las suposiciones —dijo Soto, incómodo—. ¿Qué puede ella haberle dicho?

—No voy a ponerme a elucubrar sobre eso —contestó Tongolele—. Pero parto de lo difíciles que son las entenadas, en general.

—Sí tío, ella es complicada —dijo Manuelito, probando a caminar con las zapatillas puestas, como si fueran nuevas—. Pero yo voy a hacerla a mi modo, no se preocupe.

—Según mi experiencia, siempre hay que descabezar el riesgo máximo, ingeniero —siguió Tongolele—. La inconformidad de una hijastra se vuelve a veces un dolor de huevo, si me perdona la expresión.

—Cortar por lo sano, mengano —dijo Manuelito, dando un nuevo paseo por la alfombra—. Ya va a saber ella quién soy yo apenas salgamos de la iglesia.

—Y eso significa volver a mi propuesta del principio —siguió Tongolele—. Hablar con el inspector Morales. Por sí o por no, pero hay que hablar con él.

—No voy a rebajarme a eso —dijo Soto—. Ya hablamos una vez, y suficiente.

—Tal vez no me ha entendido bien, ingeniero —dijo Tongolele—. La entrevista es conmigo, y no es que lo voy a citar en un bar para una plática de hola, cómo te ha ido, a cuántas esposas descarriadas has cogido infraganti últimamente.

—Hay que apretarle las tuercas, eso es correcto, tío —dijo Manuelito, avanzando muy campante hacia ellos.

—¿Ponerlo en confesión? —preguntó Soto, y ahora se revisaba las manos como si acabara de terminar su sesión de manicure.

Tongolele volvió a mirar su reloj soviético. Aguantaba una inmersión a cien brazas de profundidad bajo el agua, pero nunca lo había comprobado.

—Lo meto incomunicado en una celda de Auxilio Judicial, y allí vamos a conversar los dos solos —dijo Tongolele.

—¿Y si no ha averiguado nada, y de verdad se ha gastado en francachelas el dinero que le entregué? —preguntó Soto, vacilando.

—Eso déjeme a mí averiguarlo —contestó Tongolele—. Si no sabe nada, pues no sabe nada. Y usted queda tranquilo.

—Vuelvo a que se puede armar un escándalo —reparó Soto.

Tongolele estaba disfrutando tanto que apenas pudo reprimir la carcajada.

—¿Qué clase de escándalo, ingeniero? —preguntó.

—He venido a darme cuenta que ese detective es una persona conocida —respondió Soto.

—¿Conocida por quién? —preguntó Tongolele—. ¿Por los que leen libros? ¿Cuántas son las personas que leen libros?

—Mi tía Ángela es una —dijo Manuelito—. Las novelas policiacas le gustan lo mismo que los libros sobre los milagros del padre Pío.

—Además, es cosa de trámite —dijo Tongolele—. Apenas me diga dónde está escondida la novia de Manuelito, lo pongo libre. ¿Qué te parece, Manuelito?

—A mí me parece de a cachimba bimba —dijo Manuelito.

—¿Y si después se le ocurre hacer declaraciones en los medios donde salga yo bailando? —dijo Soto.

—¿De cuáles medios está hablando, ingeniero? Sólo nos queda suelta una estación de televisión, y otra de radio —dijo Tongolele—. Y si acaso faltara alguna rendija que tapar, suficiente recordarle de su parte a quien se ponga retobado los anuncios que pautan sus empresas.

—Están las redes —dijo Soto.

—Esas redes son como llamaradas de tuza —contestó Tongolele—. Se apagan apenas empiezan a arder.

—Son cuatro vagos los que escriben cuatro mierdas en Internet, y sólo entre ellos las leen, tío —dijo Manuelito.

Tongolele se reacomodó en la silla, y como la luz le daba ahora de una manera distinta en la cara, a Soto le pareció como si hubiera en ella una nueva floración de abscesos, y más cicatrices de las que antes había podido percibir.

—¿Qué es lo que realmente le preocupa, ingeniero? —preguntó Tongolele, y torció el cuello para sacudirse una mota inexistente del hombro de la chaqueta de gamuza.

—Sí, tío, se está ahogando en un vaso de agua —dijo Manuelito, y rodeando el escritorio vino a ponerle la mano en el hombro, pero Soto la apartó con un movimiento violento y el sobrino retrocedió, asustado.

—Recuerde que no necesito instrucciones especiales para resolver sus preocupaciones —dijo Tongolele—. No desperdicie ese cariño que le dispensan en las alturas, no son muchos en este país los agraciados.

—Manuelito, te podés ir, por el momento no te necesito —ordenó Soto elevando la voz—. Que te lleve uno de los choferes, yo te llamo mañana.

—Pero tío —se quejó Manuelito—, soy el primero que debe saber cómo se va a resolver ese asunto de mi novia.

Soto le sonrió.

—Dejá esto en mis manos —dijo—. Y guardá bien ese anillo, no vayás a perderlo.

—Sí, Manuelito, confiá en tu tío, y también confiá en mí —dijo Tongolele—. Y no te olvidés de invitarme a tu casamiento.

Empurrado, dejó el despacho sin despedirse. Oyeron cómo la puerta giraba sobre su gozne, y tras cerrarse se quedaron callados, mirándose. Como desde las honduras de un pozo, llegaba el retumbo de los parlantes de una disco móvil.

—Eso es todas las noches, hasta que amanece —se quejó Soto, indicando hacia la ventana con un gesto de impotencia—. La vida feliz del asentamiento. Cantinas, putales. A veces suenan hasta ráfagas de tiros.

—¿Cómo es que no se ha podido resolver ese asunto, ingeniero? —preguntó Tongolele—. El magistrado Barrera me aseguró que el juez ya tenía instrucciones de emitir el mandamiento de desalojo de los precaristas.

—Recibieron a pedrada limpia a los antimotines, hubo gases lacrimógenos, heridos y golpeados —respondió Soto—. Se logró pegarle fuego a unas cuantas champas, pero eso fue todo. Allí siguen.

—Cómo va a ser —dijo Tongolele—. Usted tiene sus escrituras en orden, y el respeto a la propiedad privada es prioridad del partido y del gobierno.

—Pero ya ve —contestó Soto—. He querido levantar en esos terrenos un paraíso de compras, un mall de primer mundo, como los de Panamá, pero vaya y saque a esta gente sin que estalle un motín.

—Voy a plantearlo a las alturas —dijo Tongolele.

—Y vaya y pregúnteles a mis vecinos de los lados si quieren vender —dijo Soto—. Ponen unos precios de Manhattan. Toda esta área vecina la quisiera convertir en jardines.

Se levantó de pronto con impulso juvenil y fue hacia un gabinete donde había dos licoreras de cristal labrado que centelleaban, igual que los vasos.

—Ha llegado la hora de un trago —dijo—. ¿Whisky o vodka? El whisky es un Macallan de dieciocho años, el vodka, Grey Goose; los franceses hacen ahora el vodka mejor que los rusos.

—Me perdona, pero yo no pruebo alcohol —se excusó Tongolele.

—No sabe lo que se pierde —dijo Soto sirviéndose whisky—. Este Macallan se toma straight, sería una herejía ponerle hielo. Y arriba de dieciocho años ya un whisky no gana nada, lo de más envejecimiento es pura propaganda comercial.

Tongolele sintió que perdía un tanto su aplomo. De las vacilaciones en que buscaba envolver tan precariamente su secreto, Soto había pasado a lamentarse contra el vecindario del que no podía deshacerse, y ahora, de manera repentina, entraba en la banalidad de las marcas y las calidades de los licores. Pero por algo había despachado al sobrino. Quería crear un ambiente de intimidad entre ambos. La intimidad. Ésa era la ficha que él mismo debía mover.

Soto volvió a ocupar su asiento, elevó lentamente el vaso apresado entre las dos manos y se lo llevó a la nariz antes de dar el primer trago.

—Yo tuve más que suficiente con la bebida, ingeniero —dijo Tongolele—. Cuando volví de Bulgaria de pasar mi curso, me había vuelto ebrio consuetudinario. Y me salvaron los Alcohólicos Anónimos. No hago caridades con nadie, pero con ellos sí contribuyo.

—Pues a mí me toca más que eso —dijo Soto—. Sostengo una fundación de auxilio social que maneja mi esposa. Un verdadero barril sin fondo.

—Usted mencionó el vodka —dijo Tongolele—. Es lo que yo tomaba, porque mis instructores bebían vodka como bestias desde la hora del desayuno, y yo me les emparejaba pensando que así quedaba bien delante de ellos.

—Pues yo me cuido de los excesos —sonrió Soto, y contempló el vaso antes de dar otro trago—. Imagínese lo que serían mis negocios si yo me pasara el día bebiendo.

—Yo, ni trago grande ni chiquito —dijo Tongolele—. Ya me hubiera muerto de cirrosis hace tiempo, o estaría haciendo fila frente al portón del Tabernáculo.

—¿Qué Tabernáculo? —preguntó Soto.

—Un refugio para vagos y tapirules que tiene una viejita gringa, la reverenda Úrsula, en el Mercado Oriental —explicó Tongolele.

—Que no lo sepa mi esposa, pues entonces abre otro igual —se rio Soto.

—No sé si realmente la culpa fue de los instructores —siguió Tongolele—; o es que me volví alcohólico por inseguridad.

—¿Usted inseguro, comisionado? —dijo Soto, divertido.

Tongolele meditó en lo que iba a decir, como si le costara un mundo.

—Las mujeres siempre me han rechazado por culpa de este problema en mi cara, ingeniero —se decidió por fin.

Soto sonrió, con incredulidad fingida.

—El hombre es como el oso... —empezó por decir, y de pronto no supo si más bien iba a causarle ofensa.

—... Entre más feo más hermoso —lo siguió Tongolele—. Ésas son mentiras de salón. Ni siquiera cultivar el cuerpo me vale.

—Pero usted goza de mucho poder, comisionado, y el poder hermosea —dijo Soto, y tampoco supo si aquel nuevo consuelo también era ofensivo.

Tongolele, como los buenos actores, de pronto se había llegado a convencer del papel que estaba representando, y sintió lástima de sí mismo.

—También ésas son patrañas —dijo—. ¿Por qué cree que soy célibe, como los curas? Porque hasta las putas me huyen.

—No todos los curas son castos —bromeó Soto.

—Y lo peor es la soledad —se lamentó Tongolele—. De por sí, mi trabajo es solitario, y llegar uno a su casa cada noche, a hablar con las paredes, ya se imagina.

Soto se levantó a servirse otro trago.

—Yo tengo mi esposa, pero también, en cierta forma, soy un solitario —dijo.

—Y también una hija, que vamos a recuperar —dijo Tongolele.

—La hija de mi esposa —dijo Soto.

—Claro, una gran diferencia —dijo Tongolele.

Soto había quitado el corcho a la botella de Macallan y detuvo el gollete al borde del vaso, sin escanciar el whisky.

—Agradezco mucho la confianza que ha tenido conmigo al confesarme esas intimidades suyas —dijo.

—Para eso son los amigos —asintió Tongolele.

—Sobre todo viniendo de usted, un hombre hecho para guardar secretos —dijo Soto, y dejó ir el chorro de whisky hasta llenar un tercio del vaso.

—Soy capaz de contar los secretos propios, pero nunca los ajenos, de eso esté seguro —respondió Tongolele, y abrazó contra el pecho el cartapacio que había conservado todo el tiempo en el regazo.

—Quizás ha llegado la hora de corresponderle compartiéndole un asuntito —dijo Soto.

—Lo escucho, ingeniero —dijo Tongolele.

Soto pareció sacar la voz del estómago, como los ventrílocuos.

—Esa muchacha, Marcela... —dijo—. Que en realidad no es mi hija...

—Su hijastra. Y está viviendo con ella —dijo Tongolele sin volverse hacia él, que seguía de pie junto al gabinete de los licores.

—¿Usted lo sabía todo? —tardó en preguntar Soto.

—Antes de esta plática, no —contestó con serenidad Tongolele—. Lo que pasa es que cada vez que usted menciona a la muchacha, es como si tuviera una espina de pescado atravesada en la garganta.

—Sé muy bien que no es correcto lo que hago —dijo Soto—. Pero no puedo conmigo mismo.

—Yo estoy aquí para protegerlo, no para juzgarlo, ingeniero —dijo Tongolele, la vista clavada en el sillón vacío de Soto.

—Lo único que sé es que daría la vida por que vuelva, estoy desesperado —dijo Soto, y apuró el vaso, de pie, allí mismo donde se encontraba, hasta vaciarlo.

Encoñado, se dijo Tongolele, tamborileando sobre la tapa del cartapacio, ésa es la palabra. De encoñados de sus entenadas, de sus cuñadas, de las mujeres de sus socios, está llena la archivadora de los expedientes azules.

—Cuente con eso, que la va a tener de nuevo a su lado —dijo Tongolele—. Pero necesito que me dé carta blanca.

—¿Cuánto tiempo cree que le va a tomar? —preguntó Soto.

—Lo suficiente para agarrar a su detective y sacarle la ñaña —respondió Tongolele—. Y déjese de preocupaciones, que alboroto no habrá ninguno.

Soto vino de nuevo hasta su asiento, sin el vaso y sin el garbo de antes.

—Gracias, no sabe el peso que he botado —dijo.

—Pero no se le ocurra nunca hacerle esta confesión a nadie más —dijo Tongolele—. Y a curas, menos.

—Los curas se los dejo a mi mujer —se rio desganado Soto—. Ella es la experta en sotanas.

Tongolele se puso de pie, el cartapacio colgando de su mano, y chocó los tacones en señal de despedida.

—Voy de regreso a la oficina a organizar el operativo —dijo—. Si el inspector Morales está en su cama soñando con los angelitos, los pobres van a salir volando despavoridos.

—¿Y si como usted presume pudo haber encontrado a Marcela? —dijo Soto, también poniéndose de pie—. En ese caso, a lo mejor a estas horas se halla con ella en algún lugar que no sabemos.

—El primer paso es buscarlo en su casa —dijo Tongolele—. Después ya vamos viendo. Nunca nadie se me ha escapado de las manos, y éste no va a ser el primero.

—Cuando pase a retiro, ya sabe que conmigo tiene las puertas abiertas —dijo Soto, acompañándolo hasta la salida.

—Para mí no hay retiro, ingeniero —contestó Tongolele.

—Pero algún día tiene que descansar, ni siquiera duerme nunca —dijo Soto.

—Ya ve, vienen las elecciones, vamos a la reelección de nuevo —respondió Tongolele—. ¿Qué descanso puedo esperar?

Los dos se rieron, y Soto abrazó por el hombro a Tongolele.

—Mi amigo Tongolele, ¡no sé qué haría sin usted! —dijo.

Tongolele se apartó del abrazo.

—No me caen en gracia los apodos, ingeniero —dijo—. Guardemos las distancias.

12. La llamada de la muerte

Marcela avanzó hasta el sofá, sin dejar de protegerse con los brazos, y se fue a situar frente al inspector Morales quien, apurado, se esforzaba en ponerse de pie bajo la vigilancia curiosa de Chepe, el zopilote amaestrado, que lo miraba de perfil. Al fin lo logró, y, lleno de azoro, fue incapaz de darle los ojos a la muchacha, desafiante pese a su aire de indefensión.

Tanto había trajinado para dar con su paradero, y ahora que la tenía allí, a tan pocos pasos, se comportaba como un adolescente al que le arde la cara, dominado por la vergüenza, y no le salen las palabras.

El Rey de los Zopilotes se acercó, asentando con petulancia las punteras de sus botas, como si pisara vidrio molido, y se interpuso entre ambos.

—Vamos a ver —dijo—: la reverenda dispuso que la entrevista entre ustedes era a las nueve de la mañana, y esta damisela, muy absoluta, porque así son las damiselas ricas, decide que debe ser ahora.

—Cuento con la aprobación de la reverenda —dijo Marcela, y le mostró el celular que sacó de un bolsillo de la chaqueta, como si eso fuera prueba suficiente.

Hermógenes vaciló, pensativo, y el ojo desviado hizo un lento viaje en busca de su centro.

—Siendo ése el caso, ustedes palabrean lo que tengan que palabrear, pero no delante de mí —dijo—. No quiero saber secretos ajenos. La curiosidad mató al fraile.

—¿Podemos platicar aquí? —preguntó ella.

Desde que se había propuesto encontrar a Marcela, el inspector Morales se preguntaba cómo sería su voz, y ahora por fin la escuchaba, en la más extraña de las circunstancias. Pasada la medianoche, en un cine de otros tiempos. Era una voz un tanto ronca, como la de quien sale de un resfrío prolongado, aunque quizás había en su tono algo más profundo, parecido a un resabio de sollozos.

—Váyanse a la caseta —contestó Hermógenes—. Yo tengo abajo asuntos que resolver, y jamás de los jamases dejo sin llave mi oficina. Les doy media hora exacta.

—Con eso es suficiente —asintió Marcela.

—Y apenas terminen, vos te me vas por donde viniste —dijo Hermógenes, volviéndose hacia el inspector Morales—. Ojalá no tenga el gusto de volver a verte.

—Yo tampoco, pero nunca se sabe las vueltas que da la ruleta —respondió el inspector Morales, y sintió que aquellas primeras palabras suyas venían por fin, de alguna manera, a liberarlo de su torpeza de quinceañero.

—Frank tiene que estar en la reunión —dijo Marcela.

—Eso a mí ni me va ni me viene, mamita —dijo Hermógenes, y dirigió uno de sus ojos hacia Frank, que no se había movido del vano de la puerta—. Si la reverenda me pidió que lo dejara pasar la noche al lado tuyo, supongo que es de tu confianza.

—Mi arma —dijo el inspector Morales y extendió la mano.

—A la salida te la entregan —contestó Hermógenes, y se guardó el revólver en la cintura, para luego recoger las balas y meterlas en uno de los bolsillos delanteros del pantalón.

Tras dejarlos salir, puso un pesado candado en la aldaba de la puerta y se dirigió a la escalera seguido de Chepe, que volteaba a mirarlos a todos con desconfianza.

Sobre la puerta de fierro herrumbrado de la caseta de proyección, al otro lado del pasillo, se leía una vieja advertencia en letras rojas pintadas a pincel, restringiendo el paso al personal autorizado. Adentro, sin secuela alguna de las embestidas del terremoto de décadas atrás, ni de los saqueos que siguieron, todo parecía como si la proyección de la siguiente tanda estuviera a punto de comenzar, los dos anticuados aparatos RCA mirando hacia las ventanillas. A través de ellas llegaba la voz de Hermógenes puteando a la capataz de los cuadrilleros en la platea por la indolencia en tener listo el cargamento, si ya afuera esperaban desde hacía ratos los camiones.

Dos colchonetas, de hule espuma, destinadas a servir de lecho a Marcela y a Frank, se hallaban extendidas debajo de los paneles de distribución eléctrica. Al lado seguía estando la mesa devanadora, contra una pared en la que sobrevivía un cartel de *La llamada de la muerte*, la película de gánsteres filmada en la Managua provinciana de los Somoza en los años cincuenta. Tras un fondo ensangrentado, Carlos López Moctezuma, el malo del cine mexicano, empuñaba una pistola con silenciador mientras atendía el teléfono.

Volteados sobre la mesa de devanar había un par de banquitos pata de gallina para el descanso de los operadores cuando la proyección discurría sin tropiezos. Frank fue a buscarlos, cedió uno a Marcela, y tras un momento de vacilación consideró impropio dejar de pie al inspector Morales, así que se lo entregó y fue a sentarse encima de la mesa.

—No creo que pueda levantarme de esa minucia de asiento —dijo el inspector Morales, y buscó reírse, pero nadie le hizo eco.

Decidió subir la pierna de la prótesis en el banquito, las manos apoyadas sobre la rodilla y el bastón bajo el sobaco, con lo que además de incómodo se sintió ridículo.

Marcela se había sentado frente a él y seguía abrazándose, friolenta a pesar del ambiente sofocante de la caseta.

—La respuesta es sí —dijo de pronto.

El inspector Morales, sorprendido, buscó la mirada de Frank como si se hubiera perdido alguna pregunta suya, a la que ella contestaba. Pero el otro había recostado la cabeza contra el cartel ensangrentado, y el silenciador de la pistola parecía apuntarle a la sien.

—¿Sí qué cosa, señorita? —preguntó al fin el inspector Morales.

—Él me viola —respondió ella, con palabras tan alicaídas que parecía preciso recogerlas del piso—. Desde los catorce años me viola.

—Ya lo sé, señorita —dijo el inspector Morales, enredado en su aturdimiento.

—Eso de «señorita» a mí me suena apendejado, pero allá usted —dijo Lord Dixon.

—Entonces, según parece, Marcela no le está contando nada nuevo —dijo Frank, recostado siempre en el cartel.

—Lo supe viniendo para acá —contestó el inspector Morales, y reacomodó el pie en el banquito.

—Vaya, entonces la violación es vox populi —dijo Frank—. ¿Se puede saber quién le dio la buena nueva?

—No tiene ninguna importancia quien haya sido —respondió el inspector Morales.

—Y aun así, a sabiendas de lo que pasa, sigue persiguiendo a Marcela pagado por el violador —dijo Frank.

—No la estoy persiguiendo —contestó el inspector Morales, incómodo consigo mismo por su turbación.

—Me expuse al ir a buscarlo a su oficina para contarle toda la verdad, no lo hallé, pero ya veo que de nada hubiera servido —dijo Frank, y se bajó de la mesa.

—A la salida quisieron secuestrarlo —dijo Marcela—. La Policía, junto con los hombres de él.

—Y todavía no estoy seguro de si fue una trampa de la que usted era cómplice —dijo Frank.

—No sé de qué me estás hablando, pero no me gusta lo de cómplice, ni tampoco ese tonito que estás usando conmigo —dijo el inspector Morales.

—Al no poder sonsacarme el paradero de Marcela, recurrió a Soto para que sus malandros me raptaran y me hicieran confesar a la fuerza —dijo Frank.

—Y ese cuento de que te quisieron raptar, ¿quién me asegura si es verdadero? —dijo el inspector Morales—. Suficientes mentiras me has dicho ya.

—Créame a mí, si desconfía de Frank —dijo Marcela—. Se les escapó de milagro, todavía venía temblando del susto cuando me encontró.

—Si temblaba como una delicada hoja soplada por el vendaval, no se discuta más —dijo Lord Dixon—. Y aquí me callo, porque no quiero ser calificado de homofóbico.

—¿Y cómo es que apareciste aquí? —le preguntó a Frank el inspector Morales.

—Buscó refugio en el Tabernáculo —dijo Marcela—. Y de allí lo mandó a recoger este señor Hermógenes en su carro, para que se juntara conmigo.

—Yo estaba escondido en el cuarto al lado de la enfermería, y por eso oí el sermón que le echó la reverenda mientras lo estaba curando —dijo Frank.

—Ya dejemos eso, Frank —dijo Marcela, y luego miró al inspector Morales—. ¿Usted me cree, o no?

—A mí su palabra me basta —respondió el inspector Morales, bajando el pie del banquito.

—Eso me parece demasiado tibio —dijo Frank, acercándose.

—Si hubieras sido sincero conmigo desde el principio, mucho camino nos habríamos ahorrado —contestó el inspector Morales, sin quitar los ojos de Marcela.

—¿Cómo puede alguien ser sincero con un mercenario? —dijo Frank.

—Frank, por favor... —suplicó Marcela.

—Si eso es lo que pensás de mí, ¿por qué me fuiste a buscar entonces a mi oficina? —replicó el inspector Morales, girando la cabeza lentamente hacia Frank.

—Tuve la corazonada de que a lo mejor podría ayudarnos —dijo Frank—; pero las corazonadas muchas veces engañan.

—¿Dejarme en la ignorancia era la solución? —protestó el inspector Morales—. Lo que hizo la reverenda fue regañarme. ¿Y qué ganó con eso?

—Se sentía decepcionada, ella misma se lo explicó —dijo Marcela—. Quería darle una oportunidad, pero sin precipitarse. Por eso mismo prefería esperar hasta mañana para esta entrevista.

—¿Y qué la hizo cambiar de opinión? —preguntó el inspector Morales.

—No sé si ya ha cambiado de opinión —dijo Marcela—. Fui yo la que decidí adelantarme, mintiéndole a ese señor Hermógenes.

—Muchas gracias entonces por su confianza —dijo el inspector Morales, y sonrió con desánimo.

—No ponga esa cara de qué ganas de llorar en esta tarde gris..., que no le luce —dijo Lord Dixon.

—Digamos que se trata de una confianza provisional —dijo Marcela.

—Algo es algo —dijo Lord Dixon.

—Ya le aseguré que le creo, y no es ninguna cortesía —respondió el inspector Morales.

—¿Eso significa que no va a informarle al que le ha pagado que ya me encontró? —preguntó Marcela.

—Delo por hecho —contestó el inspector Morales, y trazó en el piso de cemento un círculo con el bastón—. Y voy a devolverle a ese hombre su dinero.

—Debo advertirle que la sagaz Marcela lo está llevando dócilmente al aprisco como un dulce y triste cordero, inspector —le advirtió Lord Dixon.

—Ya lo habíamos decidido antes, qué te pasa —susurró el inspector Morales.

—De docilidad no recuerdo que hayamos hablado nada —respondió Lord Dixon.

Le concedió ese punto a Lord Dixon. Se sentía cohibido, como encerrado en una armadura que volvía lerdos sus movimientos, y esa pesadez era un síntoma evidente de su docilidad. Se le estaba pasando el momento de enfrentar el asunto como era debido: espere, Marcela, es cierto que su palabra me basta, pero para ayudarla necesito conocer los detalles del caso; sé que es un tema delicado, pero por fuerza debemos abordarlo.

¿Iba de verdad a preguntarle desde cuándo Soto había empezado a acosarla, dónde y en qué circunstancias había cometido por primera vez la violación, de qué clase de amenazas se valía para obligarla a guardar silencio, y hasta qué punto la madre estaba al tanto de lo que venía ocurriendo?

Y Marcela, en todo caso, ¿estaría dispuesta a responder? A lo mejor le había pedido a Frank estar presente para no dar lugar a ningún interrogatorio de esa especie. Y de verdad, si creía en su palabra, ¿para qué necesitaba conocer detalles? Se arriesgaba a que ella lo tomara por un morboso cualquiera.

—No sólo le creo —dijo, y ahora lo que trazaba en el piso con el bastón era una cruz—. Desde que lo supe, antes que usted misma me lo confirmara, estoy de su lado.

—Tengo graves sospechas de que el caballero preso en su armadura se está prendando de la dama mancillada —suspiró Lord Dixon.

Marcela le puso la mano en el hombro, y sonrió débilmente.

—Eso lo pone más cerca de mí de lo que usted mismo se imagina —dijo.

En eso apareció Chepe en la puerta, y dio unos pasos decididos en dirección al grupo.

—Ya pasó la media hora, mamita —se oyó desde el pasillo la voz de Hermógenes—. Y no me gustan las dilaciones, ni las mentiras. Ya chequeé con la reverenda y no es cierto que ella haya autorizado esta plática.

—No quiero quedarme aquí —dijo Marcela en un susurro, y tomó de la mano al inspector Morales—. Este hombre me puede entregar.

—Como tengo oído de tísico oigo hablar hasta a las piedras —dijo Hermógenes—. Yo tampoco quiero que te quedes, y creo que es por tu bien. Se lo acabo de explicar a la reverenda. Ella es como una madre para mí, pero a la hora de escoger, por encima está la disciplina del partido.

—¿Qué tiene que ver conmigo el partido? —dijo Marcela.

—Tu papá, o tu padrastro, como prefirás, tiene vara alta allá arriba, y si averiguan tu paradero y me bajan instrucciones de entregarte, no han terminado de decírmelo cuando ya estoy ejecutando la orden —dijo Hermógenes.

—Más claro no canta un zopilote —dijo Lord Dixon.

—¿Entonces me puedo ir? —preguntó Marcela.

—Te vas ahora mismo con el inspector, así lo manda la reverenda —respondió Hermógenes—. Y te llevás a tu amiguito raro.

—Quién habla de raro, semejante fantoche —murmuró Frank.

—Pues este fantoche te puede meter un tiro en el culo y te vas a conversar con las mojarras al fondo del lago, embutido en una bolsa de basura —dijo Hermógenes.

—¿Estás seguro que ella ordena que se vayan conmigo? —preguntó el inspector Morales.

—¿Hay acaso otro inspector en este cine? —preguntó a su vez Hermógenes—. Y manda a decirte que te da un voto de confianza.

—¿Y adónde vamos? —preguntó Marcela—. ¿Al Tabernáculo?

—Eso ni me lo dijo ni me interesa —contestó Hermógenes—; es natural que ahora la reverenda no quiera que yo sepa tu futuro paradero. Llamala cuando salgás de aquí y averígualo.

—¿Y quién nos lleva? —se atrevió a preguntar Frank.

—¿Ya te gustó andar en mi Mercedes, loquita? —contestó Hermógenes—. Tampoco quiere la reverenda que yo los mande a dejar, por lo mismo de la bendita compartimentación. Pero taxis hay de sobra a estas horas en el mercado.

Salieron en fila de la caseta, y el zopilote amaestrado, que iba abriéndoles paso, se quedó al lado de Hermógenes en el remate de la escalera. Descendieron en silencio, y en la puerta del fóyer el moreno entregó al inspector Morales el revólver, pero sin las balas.

El mercado despertaba en la oscuridad, y ya en la acera del cine se sintió más perdido que nunca. Había recibido aquel sorpresivo encargo de sacar a Marcela de allí, pero no tenía la más remota idea de cómo lo debía hacer. Al lado suyo, ella intentaba comunicarse con la reverenda, pero las llamadas caían en el buzón.

De repente apareció Rambo y se plantó frente a él.

—La reverenda desea que lleve a Marcela a la casa de doña Sofía —le dijo.

—¿Doña Sofía? —respingó el inspector Morales—. ¿De dónde sale a bailar doña Sofía?

—Estuvo a visitar a la reverenda en el Tabernáculo —dijo Marcela—. Y ya está al tanto de todo.

—¿Cómo llegó hasta allí? —el inspector Morales se mostraba cada vez más extrañado—. ¿Y por qué no se comunicó antes conmigo?

—Porque según doña Sofía usted dejó olvidado su teléfono en la oficina, jefe —dijo Rambo—. Y ella, que es una fiera, se puso a averiguar hasta que le halló el rastro.

El inspector Morales se palpó los bolsillos del pantalón en busca del celular, con la actitud de alguien a quien le han robado.

—¿Y quién es éste? —preguntó Frank, midiendo a Rambo con la vista.

—Yo te vi entrar al Tabernáculo, chelito lindo —le dijo Rambo—. Llegaste en barajustada como si te viniera siguiendo una manada suelta de diablos.

—Es Serafín, yo respondo por él —intervino el inspector Morales.

—¿Y por qué mejor la reverenda no le transmite directamente esas instrucciones a Marcela? —preguntó Frank, siempre desconfiado.

—Porque a estas alturas ya está dormida, y no quiere que le sigan jodiendo la paciencia —respondió Rambo.

—¿Y doña Sofía sabe que vamos para su casa? —preguntó el inspector Morales.

—No sé si sabe, pero la reverenda está encantada con ella —dijo Rambo—. Doña Sofía va, doña Sofía viene, doña Sofía dónde te pongo.

—Siga dejando olvidado el teléfono y va a quedar de mandadero de doña Sofía —dijo Lord Dixon.

—Y manda a decir también que este chelito precioso duerma en la casa de usted, inspector —dijo Rambo—. Y para mayor seguridad, en su propio cuarto.

El inspector Morales, confundido, no hallaba qué contestar.

—Sólo tengo una cama en mi cuarto —dijo por fin.

—Son bromas mías, jefe —dijo Rambo, doblándose de risa.

—Aguántese las ganas de apretarle el pescuezo, inspector —dijo Lord Dixon.

—Y ahora síganme —dijo Rambo—. Los va a llevar en su taxi don Narciso, el chofer de don Anselmo durante veinte años, hasta que el señor palmó.

—¿Cuál don Anselmo? —preguntó Frank.

—¿Acaso hay otro? El gran capitalista de Granada —dijo Rambo—. El que trajo la Pepsi-Cola a Nicaragua, cuando la primera botella la bendijo monseñor Lezcano, y la destapó el propio Somoza viejo. Don Anselmo salía en las fotos con una tapita de Pepsi en la solapa del saco, como si fuera una medalla milagrosa.

—Pareciera como si hubiera sido tu íntimo amigo, tanto sabés de él —dijo el inspector Morales.

—¿Usted no lee los periódicos, jefe? —dijo Rambo—. Rey no sólo de la Pepsi-Cola, también rey de la cerveza.

Pero era tan pichicato que primero le sacabas un pedo a una estatua que un peso a él de la cartera.

—Un rey de la corcholata y un rey de la basura —dijo Lord Dixon—. Vamos bien.

—¿Y ese don Narciso es de confianza de la reverenda? —preguntó Frank.

—Fue comensal del Tabernáculo hace años, y ahora la lleva de aquí para allá a sus mandados —asintió Rambo—. La familia de don Anselmo le regaló el carro del finado para que se hiciera taxista. Algo pasado de años el chunche, porque el señor, por agarrado, tardaba añales en cambiar de modelo.

Entraron en un callejón tan angosto que los aleros de zinc de los caramancheles a uno y otro lado se traslapaban; siguieron a través de una gruta techada de asbesto, donde las marchantas colgaban prendas de ropa americana de medio uso salidas de las entrañas de las pacas cuyos despojos yacían en el piso; faldas y mangas de pantalones que debían apartar con la cabeza al pasar bajo aquellas ristras de las que emanaba un olor acre a desinfectante, para luego abrirse paso entre una tropa de maniquíes femeninos de fibra de vidrio que otra marchanta vestía con blúmeres y brasieres rojo encendido y morado episcopal; bordear una batería de excusados públicos cercados por una malla de gallinero, donde la cobradora, sentada al lado de la tranquera en una silla de ruedas, preparaba las raciones de papel higiénico; y alcanzar, por fin, una parada de taxis al lado del playón de una gasolinera Uno, iluminado como una cancha.

Sentados en banquetas de cemento frente a un desayunadero, los choferes discutían entre voces alzadas, como si se pelearan a muerte, pero no tardaban en estallar las carcajadas. Una chavala de unos catorce años, con un vistoso delantal de vuelos que la hacía parecer adulta, les despachaba el café mientras, sin soltar el jarro, reprendía por el retraso al repartidor del pan, de edad parecida, que se acercaba en su bicicleta, el canasto en equilibrio en la cabeza, como si hiciera un número de circo.

Junto al olor del café llegaba el de la grasa de los tasajos de carne derramándose sobre los carbones y el de la cebolla del gallopinto recién frito, que la niña del delantal revolvía de vez en cuando en la cazuela. Las tripas del inspector Morales gruñeron solivantadas, recordándole que no había probado bocado en muchas horas.

Rambo fue hacia el grupo y habló al oído de don Narciso, acomodado en una de las banquetas sobre la que había desdoblado antes su pañuelo de bolsillo. Llevaba el pelo canoso peinado hacia atrás con gomina, y la nariz aguileña parecía pesarle en la cara. Vestía pulcramente de blanco, incluidos los calcetines y los zapatos, y junto a aquel atuendo, que distinguía a los viejos aristócratas de la calle Atravesada de Granada, también había heredado de su difunto patrón su aire de altivez.

Ajeno al jolgorio de la plática, tenía entre las manos un ejemplar de la revista *GEO,* en cuya lectura solía concentrarse durante las esperas desde los tiempos de don Anselmo, quien, recostado en el asiento trasero del automóvil, los ojos entrecerrados, lo escuchaba con gusto y atención disertar sobre países lejanos y exóticos adonde él, enemigo del dispendio, nunca había viajado, ni viajaría jamás.

Ahora su Lincoln Continental verde musgo de décadas pretéritas lucía imponente entre los taxis Yaris y Kia, de modesta presencia. Un guachimán de pantalones arremangados acababa de lavarlo usando una manguera, los pies metidos en el charco, que brillaba bajo los focos halógenos del playón.

Don Narciso, tras escuchar a Rambo, se volvió lentamente hacia el grupo, y con elegante parsimonia acudió a abrirles las puertas traseras del Lincoln, rociado por dentro de ambientador floral. El asiento de felpa gastada no era tan amplio como parecía, y el inspector Morales quedó atrapado en el medio, el bastón entre las piernas, sin hallar dónde acomodar los brazos; el revólver, que aún no había devuelto al tahalí en el tobillo, le estorbaba en la rabadilla.

Don Narciso se colocó frente al timón, y se volteó cortésmente hacia sus pasajeros.

—Debemos esperar a que Serafín se beba su café —dijo.

Serafín, en efecto, bebía su café y mordisqueaba un bollo de pan, sentado en el filo de una de las banquetas del puesto, mientras carreteaba a la chavala del delantal de vuelos.

El inspector Morales dio unos toques apresurados con el bastón al respaldo del asiento de don Narciso.

—No tenemos por qué esperar a nadie —le ordenó—. Arranque de una vez.

—Serafín dice que tiene que ir con ustedes según deseo de la reverenda —contestó don Narciso.

—¿Y cómo sabe que eso es cierto? —preguntó Frank.

—¿Y cómo sabe usted que no es cierto? —devolvió la pregunta don Narciso.

—Haga caso al que paga, que soy yo —dijo el inspector Morales.

—Nunca desobedezco un deseo de la reverenda —contestó don Narciso—. Son órdenes, pero ella los llama deseos.

Rambo abrió por fin la puerta delantera, asomó la cabeza como revisando que todo estuviera en orden, y luego se acomodó tranquilamente.

—Despacio y buena letra, don Narciso, no vayamos a irnos en un hueco y se le quiebra el eje a esta carroza tan elegante —dijo, y respiró satisfecho.

—¿Le parece cien córdobas hasta Galerías Santo Domingo, mi amigo? —dijo don Narciso, volteándose otra vez para dirigirse al inspector Morales—. Como vienen recomendados por la reverenda, se trata de un precio especial.

—¿Quién ha dicho que vamos para Galerías? —preguntó el inspector Morales.

—La reverenda así lo desea, jefe —dijo Rambo—. Esa otra señora que es algo suyo, doña Fanny, le informó que usted dejó su Lada allí, y en él se seguirá el viaje.

Frente a la mención de la Fanny, el inspector Morales guardó un molesto silencio. Ni siquiera quiso preguntar si había acompañado a doña Sofía en la visita al Tabernáculo.

—Resulta inconveniente que, dadas las presentes circunstancias, ese nombre sea mencionado —dijo Lord Dixon—. ¿No es así, inspector?

El Lincoln salió a la radial Santo Domingo, proa a la rotonda de Cristo Rey. La suspensión bien calibrada amortiguaba suavemente los baches. Don Narciso puso la Nueva Radio Ya, donde sonaba insistente una sirena de alarma mientras una voz entusiasta repetía sin cesar ¡última hora...! Las noticias empezaban por la lista de los heridos en las salas de emergencia de los hospitales, que el locutor leía con intervalos marcados por el sonido de un gong, como si se tratara de los rounds de un match de boxeo.

Marcela había dejado vencer la cabeza en el hombro del inspector Morales y se sobresaltaba de pronto, como si temiera dormirse. Sentados como iban tan apretadamente, él buscaba evitar que su brazo rozara el pequeño seno cálido, más cercano a cada cabeceada. Porque sus sentimientos no eran sino paternales, se dijo, cuidarla y protegerla como a un gato abandonado, al que por maldad han echado agua hirviente encima y se necesita curarle pacientemente las quemaduras.

—Muy bien, camarada, sentimiento paternal —oyó resonar la risa de Lord Dixon—. Después me cuenta una de vaqueros.

No le importaba mucho si Lord Dixon lo creía enamorado o no de aquella muchacha apagada que parecía haberse refugiado en otro mundo, la chaqueta varios números más grande, como lo había advertido desde el principio en las fotos, los cordones de los viejos zapatos tenis sueltos, el jean raído de verdad, no de fábrica como era la moda, y el olor ya desvanecido a shampoo de manzana en el pelo, como si se lo hubiera lavado la última vez hacía semanas. Cualquier toque de pintura en sus labios, o una mano de carmín en las mejillas, hubiera parecido una máscara; y unos tacones altos, una falda corta, unos aretes, un disfraz. Nadie se disfraza cuando vive en la oscuridad.

El locutor daba ahora la filiación de los cadáveres llevados a la morgue de Medicina Legal, esta vez como quien canta los premios de la lotería: una muchacha colegiala baleada en la puerta de su casa en Ciudad Sandino por un maleante tras robarle el celular; un parroquiano acuchillado en una trifulca de ebrios pendencieros en la cantina La Zoraidita en el barrio José Benito Escobar; una anciana destripada por un furgón cargado de piezas textiles cuando intentaba cruzar la carretera Norte a la altura de la zona franca; una pareja matrimonial catapultada de su motocicleta en el tramo oriental de la pista Monseñor Obando por una camioneta de vidrios oscuros que se dio a la fuga; un nicaragüense residente en Texas, de vacaciones en visita a su familia, víctima de un infarto fulminante al miocardio en el motel La Venus de Milo, en las vecindades del Mercado de Mayoreo, donde había entrado poco antes dispuesto a vivir una orgía de placer acompañado de dos damiselas de la noche, quienes lo abandonaron desnudo en la cama cuando lo vieron ya cadáver; y el locutor estiraba cada sílaba de la palabra cadáver.

Ahora entraban de golpe en el dial los primeros acordes del narcocorrido *El diablo,* interpretado por Los Tucanes de Tijuana, y don Narciso pulsó el botón de apagado con un enérgico gesto de reproche, enemigo como era de las drogas.

—Cojo tu Cabrio y me voy a dormir donde un amigo —dijo Frank dirigiéndose a Marcela casi en un susurro—; nos comunicamos mañana temprano.

—¿El Cabrio sigue en el parqueo? —preguntó el inspector Morales, también por lo bajo.

—He chequeado todos los días, y allí está —dijo Frank.

—Deben tenerlo vigilado —le advirtió el inspector Morales—. ¿Con qué necesidad vas a arriesgarte?

—Una necesidad operativa —respondió Frank—. Sólo queda su Lada, y hay que tener un vehículo de reserva.

—¿Y tu Yaris? —le preguntó el inspector Morales.

—El call center me había prestado para comprarlo, y se quedaron con él —contestó Frank.

—Ni le recuerde la mentira de que el Yaris color cielo se lo había regalado su mamá, ¿para qué? —dijo Lord Dixon.

En el estacionamiento al descampado sólo estaba el Lada, y, muy lejos, una camioneta de servicio de Tacontento. Don Narciso se bajó a abrir las puertas a sus pasajeros, dueño de la misma cortesía obsequiosa, y de la misma manera recibió el billete de diez dólares que el inspector Morales le extendió, el triple de lo acordado. La partida de gastos no tenía por qué dejar de seguir siendo utilizada con largueza.

Frank recibió de manos de Marcela la llave electrónica del Cabrio, y tras embutirse la gorra de beisbolero se alejó rumbo al estacionamiento cubierto.

El trayecto hasta el barrio El Edén discurrió en silencio, Marcela en el asiento delantero del Lada, siempre entredurmiéndose, y Rambo relegado atrás. Desde una cuadra antes el inspector Morales divisó a doña Sofía en el marco de la puerta de su casa, asomándose a la calle. Cuando el Lada se detuvo, vino hasta la acera a recibirlos.

—Los estaba esperando —dijo hecha unas pascuas—. La reverenda me llamó para avisarme.

—¿Ahora se halla usted al servicio de la reverenda? —le dijo entre dientes el inspector Morales, quien había bajado de primero.

Doña Sofía se hizo la que no lo había escuchado y abrió los brazos para recibir a Marcela, que ya se acercaba a ella.

—Igualita que en las fotos —dijo meneando la cabeza, como si no terminara de convencerse—. Lo que te toca ahora es descansar, ya está tu cama lista.

—Yo soy Serafín —dijo Rambo, acercándose también.

—El mentado Serafín —dijo doña Sofía—. La reverenda desea que te vayás a dormir a la casa del inspector, y que allí esperés sus instrucciones.

Rambo pidió entonces por señas al inspector Morales que se apartaran un momento, como si fuera a comunicarle algo de crucial importancia.

—¿Y ahora qué pasa? —le preguntó él.

—No soy tan cariñoso como Frank, jefe, pero algo es algo —le dijo, rodeándolo afectuosamente con el brazo.

13. Conferencia en la cumbre

Sobre la masa oscura de árboles de los patios del barrio El Edén se alzaba un tenue resplandor sucio que iluminaba apenas el techo del templo Agua Viva y dejaba aún en la oscuridad la torreta de madera que simulaba el campanario. Parejas mañaneras metidas en buzos pasaban rumbo a la pista Juan Pablo II, donde el escaso tráfico de esa hora permitía caminar sobre el adoquinado, y algunos vecinos en shorts y chinelas, las luces de sus casas todavía encendidas, habían salido a lavar sus aceras regándolas de manera indolente con el chorro de las mangueras, mientras el agua empezaba a correr por las cunetas.

Cuando el inspector Morales iba a subirse al Lada, doña Sofía volvió a salir de su casa y lo llamó, para entregarle su celular cargado, regañándolo cariñosamente por su descuido de olvidarlo en la oficina. Y una vez Rambo acomodado en el asiento delantero, arrancó en dirección contraria a su casa y tras avanzar tres cuadras dio vuelta a la esquina hasta estacionarse frente a la funeraria El Verdadero Amigo. El dueño, a quien podía divisarse dedicado a sacudir el polvo de los ataúdes de peluche puestos en estiba, había mandado a quitar las puertas que daban a la calle para demostrar que no cerraba nunca.

—No me diga que aquí vive usted, jefe —dijo Rambo.

—¿Acaso tengo cara de Drácula, Serafín? —respondió el inspector Morales.

—Más bien pensé que el muertero le alquilaba alguna pieza de adentro —dijo Rambo.

—No tardan en empezar a buscarme, y mejor que no vean el Lada parqueado frente a mi casa —dijo el inspector Morales bajándose del carro.

—Cuando otros van, usted ya viene de vuelta —dijo Rambo, ya en la calle.

Al llegar a la puerta de la Leche Agria Lady D, donde el inspector Morales desayunaba a veces, se vieron obligados a detener su camino, porque una de las empleadas lavaba el piso del negocio y empujaba con una escoba el agua jabonosa que se derramaba en cascada por las gradas; sin más remedio, bajaron a media calle para seguir su camino.

—¿Cómo anda de sueño, jefe? —le preguntó Rambo.

—Como que me hubiera tragado cuatro pastillas de Nembutal —contestó el inspector Morales.

—Pues va a tener que hacerle huevo, porque no se puede ir a dormir —dijo Rambo—. La reverenda apuntó de su puño y letra las instrucciones, así que mejor aquí se las entrego para que no piense que son inventos míos.

El recado venía escrito en mayúsculas, en el revés de la tapa arrancada a la caja de ibuprofeno de 400 miligramos, la misma de donde la reverenda había sacado las dos pastillas que le dio tras la curación:

LE RUEGO ESTAR EN EL CENTRO ECUMÉNICO
VALDIVIESO A LAS 6 A. M.
ENTRE POR LA PARTE DE ATRÁS Y PREGUNTE
POR LA LICENCIADA CABRERA.

—De mi cama no me levanta ni María santísima —dijo el inspector Morales. Tras romper el mensaje, empujó los pedacitos por la reja de una alcantarilla con la contera del bastón y siguió andando.

—Pues sepa que doña Sofía también va a asistir a esa reunión —dijo Rambo.

—¿Doña Sofía? —dijo el inspector Morales—. Pero si ella y la muchacha ya deben estar acostadas.

—Dentro de un rato pasará el doctor de los abortos, para llevarlas a las dos en su barata —dijo Rambo.

—Vaya pues, también Vademécum es parte del elenco estelar de la reverenda —dijo el inspector Morales.

—Y las demás instrucciones que tengo para usted, jefe, son de boca —dijo Rambo.

—Adelante, te oigo por pura diversión —dijo el inspector Morales.

—Ahora tiene que coger un bus de la 118, que lo va a dejar frente al hospital Cruz Azul, y sólo va a caminar una cuadrita hasta el Valdivieso —dijo Rambo.

—Ni mierda que me estoy montando en ningún bus —dijo el inspector Morales—. Esa vieja mocuana ya me agarró de cachimber boy.

—Lo del bus es por seguridad, jefe, parece que ésta es una operación cada vez más peligrosa —dijo Rambo.

—Yo me voy a mi camita, y que tu reverenda haga lo que le dé su reverendísima gana —dijo el inspector Morales.

—Nadie puede resolver un caso mientras ronca con la boca abierta en su cama, jefe —dijo Rambo.

—¿Acaso lo estoy resolviendo yo, Serafín? —dijo el inspector Morales—. Seguramente me quiere para servirle café a todo ese mujererío que va a estar allí reunido.

Le dolía de nuevo el muñón donde encajaba la prótesis. Era la peor hora, la del amanecer, cuando sentía clavarse en el hueso aquellos aguijones. Y le punzaba la sutura en la ceja. Sacó las dos pastillas de ibuprofeno y las mascó.

—Falta lo peor —dijo Rambo—. No deje abandonada a la flaquita a su propia suerte.

—La flaquita tiene buenas madrinas, a mí no me necesita —dijo el inspector Morales, y atravesó la última bocacalle antes de llegar a su casa—. Ya ves a doña Sofía cómo anda de insolentada, que ni me consulta lo que hace.

—No le luce el fingimiento, jefe, usted anda con la nariz pegada al culo de la flaquita —dijo Rambo.

—Ya estás hablando pendejadas igual que Lord Dixon —dijo el inspector Morales, subiendo las graditas del porche de su casa.

—No conozco a ningún Lord Dixon —dijo Rambo.

—Más te conviene —dijo el inspector Morales, y sacó del bolsillo el llavero. Las palmas del cobertizo bajo el que solía estacionar el Lada se desgajaban secas, y en la pared de la vivienda, que tenía años de no recibir una capa de pintura, había un amasijo de letras ilegibles pintadas con spray por los artistas de una pandilla del barrio.

—No se vaya a ir a la reunión con esa camisa tan gruesa, que se va a ahogar de calor —dijo Rambo entrando tras él cuando abrió la puerta.

El inspector Morales rio con ganas mientras se quitaba la camisa, ya camino del dormitorio.

—Sos el diablo, Serafín —dijo—. Sólo me cambio y nos vamos.

—Se va a tener que ir usted solo, jefe —dijo Rambo, siguiéndolo hasta el dormitorio—. Tengo que quedarme aquí en su casa, a esperar qué más ordena la reverenda. Hasta a mí me dio celular, uno baratieri que no sé de dónde sacó.

—Qué obediente que te veo, allá en la columna del Frente Sur no eras muy disciplinado que digamos —dijo el inspector Morales y abrió el clóset—. Entonces, dormís en mi cama, o dormís en el suelo en una colchoneta, vos escogés.

—Al que siempre ha dormido en el suelo y le ofrecen cama, pues cama quiere —dijo Rambo.

—Y no me volvás a repetir ese infundio de que estoy enamorado de la flaquita que te parto la vida, Serafín —dijo el inspector Morales, mientras se abotonaba la camisa rosa pálido que acababa de ponerse.

—Ahora sí que lo agarré, jefe —dijo Rambo—. Cuando uno niega que anda enamorado de una chatela, sin que se lo vuelvan a preguntar, eso prueba que verdaderamente está pegado.

—Quién se enamora ya viejo y cansado de la vida, Serafín —dijo el inspector Morales, y de la parte alta del mismo clóset sacó una caja de balas para recargar su revólver.

—El que se pone camisas piquetonas color de arrebol —dijo Rambo.

El inspector Morales se rio otra vez y entró al baño a echarse agua en la cara y en el pelo, cuidadoso de no mojar el esparadrapo de la ceja. Cuando salió del cuarto, riéndose todavía, encontró a Rambo agachado frente a la refrigeradora abierta, donde además de una bandeja de polietileno con la carcasa de un pollo frito a medio comer y un pichel de agua, había un six pack de latas de cerveza Toña.

—¿Puedo coger una birrita de ésas, jefe? —preguntó Rambo.

—Y me pasás una a mí —respondió el inspector Morales—. Supongo que tengo permiso de la reverenda para tomármela antes de irme.

—Mejor se la va tragando en el camino, para que no llegue tarde —dijo Rambo, y le alcanzó la lata—. Ya sabe que la señora es bien estricta.

—Me tomo una aquí, y dame otra para el camino —dijo el inspector Morales—. La resaca de sueño es peor que la del guaro.

En la parada frente a la clínica La Salud del Pie subió al bus de la 118, que ya abarrotado a esa hora hacía la ruta a través de Ciudad Jardín, un reparto residencial de antes del terremoto, tragado también por el Mercado Oriental, donde se aglomeraban las tiendas de los palestinos construidas como retazos de mezquitas.

Mientras hacía fila tiró la lata vacía a la cuneta, y ya en el bus se dio cuenta que no tenía tarjeta electrónica MPESO, pero gracias a su condición de lisiado encontró un alma caritativa que le prestó una, y así pudo pasar por el torniquete. Y otra alma caritativa le ofreció su asiento en la última fila, donde sólo pudo acomodar una nalga porque su vecina, recién bañada, que olía a colonia para niños y mostraba rastros de talco en la hendidura de los senos, era de doble ancho y mantenía las piernas muy abiertas.

Era una de las unidades rusas KAVZ entregadas a las cooperativas de transportistas pocos años atrás, ya con rajaduras en los vidrios de las ventanas, los asientos arrancados de los arneses y la tapicería acuchillada. Traían de fábrica un elevador para sillas de ruedas, nunca utilizado, porque la operación de subir y bajar a las personas con discapacidad atrasaba a los choferes en su carrera desenfrenada por llegar a la parada final sin ser multados por los chequeadores.

Pasaban ahora frente al almacén El Jardín de Himeneo, propiedad de Mustafá Ahmed, el deudor de juego de Vademécum, que anunciaba en un pasacalle la más amplia y exquisita variedad de telas para trajes de novias y novios, damas y caballeros de honor, además de tiaras, diademas y mitones, y mucho, mucho más, cuando el inspector Morales sintió en las costillas el codazo de Lord Dixon.

—Le conviene ir escogiendo un casimir de buena calidad para su smoking nupcial, camarada —le dijo—. Esos de la vitrina se anuncian en cómodos abonos mensuales.

—Uno en ayunas y desvelado, y vos peor que ladilla bien cebada —dijo el inspector Morales.

—Desvelado, le acepto, pero no me diga que no se desayunó con cerveza —dijo Lord Dixon—. Sólo el grato aliento que exhala lo vuelve a uno bebedor pasivo.

—Un par de Toñitas, nada más, para quitarme el sueño —dijo el inspector Morales, ensimismado.

El KAVZ se detuvo frente a la gasolinera Uno, hasta donde los había conducido Rambo esa madrugada, y en el playón divisó a don Narciso. Arrimado a su Lincoln Continental, los brazos cruzados, contemplaba desdeñoso a los demás choferes que, en medio de una nutrida algarabía de gritos y silbidos, se amotinaban alrededor de dos de ellos que apostaban a la tercia apoyando los codos sobre la trompa de uno de los taxis. Antes que el bus arrancara de nuevo dejando una humareda de diésel quemado, don Narciso miró su reloj y subió al volante.

—Allí se va don Narciso, el caballero galante, montado en su buque trasatlántico, a buscar a la reverenda para llevarla a la reunión del Centro Valdivieso —dijo Lord Dixon.

—La reverenda ya me tiene hasta los mismos cojones —dijo el inspector Morales—. Me lleva a su antojo de arriba para abajo, con la complicidad de doña Sofía.

—Nadie se deja llevar si no quiere —sentenció Lord Dixon—. Yo lo previne a tiempo, que del pesar estaba pasando al amor.

—Date gusto, que estoy de vena —dijo el inspector Morales.

—Y, además, un amor imposible por donde se le vea, camarada —dijo Lord Dixon—. ¿Cómo es que dice Vargas Llosa en sus novelas? Amores contrariados.

—No es Vargas Llosa, sino Gabo —dijo el inspector Morales—. Y vos, ¿acaso has abierto un consultorio sentimental?

—Usted es mi único paciente —dijo Lord Dixon—. Lo puedo atender full time, y gratis, además.

—¿Me podés explicar qué cosa es ese lugar, el Valdivieso? —preguntó el inspector Morales cuando el bus se acercaba a su parada frente al hospital Cruz Azul.

—¿Cómo no se va a acordar? —contestó Lord Dixon—. Allí fue el cuartel general de la teología de la liberación en los ochenta. Después se volvió cuartel de las feministas, daban cursillos y talleres para no dejarse joder por los hombres. Ahora está abandonado, y es precisamente por eso que la reverenda lo ha escogido, para no levantar sospechas.

—Cuánto misterio pendejo, y yo obedeciendo —dijo el inspector Morales, ya en la acera.

—Y las sorpresas que faltan —dijo Lord Dixon—. Adentro lo esperan sólo mujeres.

—Ya lo daba por seguro —dijo el inspector Morales—. ¿Pero cómo puede faltar el cuerpo de asesores de doña Sofía en pleno, en ocasión tan trascendental?

—El nunca bien ponderado doctor Carmona cumple en este caso el exclusivo papel de chofer —dijo Lord Dixon—. Y de Ovidio, esta vez no hallará rastros.

Ya tenía a la vista el Centro Valdivieso, una casona de techo de zinc de una planta, oculta tras una tapia de losetas sobre la que se derramaba un espeso matorral de buganvilias ciclamen. En uno de los costados de la tapia aún podía verse un mural lleno de figuras de mujeres de largos cuellos y cabelleras verdes, una de las cuales, al centro, sostenía un lápiz con el que parecía acabar de escribir el lema JUNTAS CONSTRUIMOS OTRO MUNDO POSIBLE.

Tal como el mensaje de la reverenda indicaba, buscó la parte trasera de la tapia, donde había un portón metálico. Apenas se acercó, empezó a descorrerse activado por un mecanismo que sonaba con ruido de latas viejas. Dentro, además de dos carros compactos, se hallaban estacionados el Lincoln Continental de don Narciso y la camioneta pick-up de Vademécum.

Ajenos el uno al otro, don Narciso leía *GEO,* y Vademécum *La Prensa* de esa mañana, sentados al volante de sus respectivos vehículos. Ambos le dirigieron apenas una mirada al descuido, como si no quisieran enterarse de su presencia. Las reglas conspirativas dictadas por la reverenda se estaban cumpliendo de la manera más estricta.

Delante de la puerta de una bodega protegida por una reja lo esperaba la licenciada Cabrera. De pelo rizado, llevaba una camiseta con el emblema de la RED DE MUJERES CONTRA LA VIOLENCIA, un corazón púrpura en el que destacaba al centro una margarita. Había dado consultas gratuitas a víctimas de abusos sexuales en el Valdivieso, pero tras el cierre tenía una cátedra de tiempo completo en la UCA.

Tras asegurar la reja y cerrar la puerta, lo llevó a través de la bodega en la que se arrumbaban pupitres derrengados y computadoras e impresoras ya inservibles, para salir a un corredor al que daban aulas y oficinas a oscuras, hasta llegar, al otro lado del patio donde crecía una macolla de matas de plátano con las hojas en jirones secos, ante las puertas dobles del salón de actos públicos.

La licenciada Cabrera entreabrió una de las hojas y lo dejó pasar de primero. Las silletas metálicas estaban recogidas en rimeros contra las paredes, y sólo unas cuantas se hallaban colocadas en círculo al pie del escenario de cemento, en cuya pared de fondo habían pintado otro mural, esta vez mujeres que llevaban canastas de frutas en la cabeza o cultivaban la tierra azadones en mano, bajo un sol negro de aureola incandescente, como en pleno eclipse.

En el círculo de silletas la única sentada era Marcela, mientras las demás la rodeaban solícitas. La reverenda, doña Sofía, una señora de porte enérgico y metida en carnes, con lentes de aros metálicos, a la que no conocía; y como ya no le asombraba nada no extrañó la presencia de la Fanny, visible por su turbante, quien lo saludó de lejos con un rápido aleteo de los dedos.

Doña Sofía vino a su encuentro dando pasos cuidadosos en la penumbra, pues no había electricidad y la única luz era la que entraba por las persianas entreabiertas, para soplarle al oído quién era la señora desconocida: la doctora Núñez, presidenta del CENIDH, empedernida defensora de los derechos humanos.

La reverenda se acercó también para preguntarle cómo iba la sutura. Había traído más pastillas de ibuprofeno, por si acaso. Y cuando procedieron a sentarse le ofreció la silleta a su derecha.

Marcela le quedó de frente, entre doña Sofía y la Fanny. La muchacha alzó apenas a verlo y volvió a hundir la cabeza, siempre en actitud de abrazarse los hombros. Le parecía ahora más frágil, más pequeña de estatura, más delgada, como si se volviera cada vez más niña.

—Ya sé que te viniste en bus —le dijo la Fanny, divertida—. Yo en un taxi que me dejó en el busto de José Martí, frente a la laguna de Tiscapa, y de allí a pie, según me dio instrucciones doña Sofía.

—Le agradezco el apoyo decidido que le ha dado a Marcela, inspector —comenzó la reverenda, sin atender a la Fanny—. Ya me contó la plática de ustedes dos anoche en el cine México, y me siento muy satisfecha.

—Pongo mis manos al fuego por él —saltó la Fanny—. Cuando se compromete en algo, no se detiene hasta llegar a home plate, aunque sea de arrastradas.

—Primero que nada, pregunte qué pito va a tocar usted en toda esta trama mujeril —le dijo Lord Dixon.

—Explíqueme en qué puedo ser útil, reverenda —dijo el inspector Morales—; no me gusta andar a ciegas dándome contra las paredes.

—¿Útil? —se sorprendió ella—. Usted es el que lleva las riendas, y aquí estamos todas para apoyarlo.

—Esta señora es cínica, que es lo mismo que decir que se hace la guanaca —dijo Lord Dixon.

—Nada más ha habido unos errores de comunicación —intervino doña Sofía.

—Las explicaciones que espero no vienen de usted, si me perdona, doña Sofía —dijo el inspector Morales sin dejar de mirar a la reverenda—. Lo que espero es que se me aclare qué significa eso de que llevo las riendas, porque lo que soy yo, no me he dado cuenta.

—Ay, amor, no te pongás tan delicado —dijo la Fanny, y el inspector Morales le dirigió una mirada furiosa.

—Quizás es que las mujeres pecamos por precavidas —dijo la reverenda—. En tanto Marcela ha estado bajo mi responsabilidad, he querido protegerla lo mejor posible. Ahora ella queda en sus manos.

Marcela alzó los ojos hacia él, y volvió a bajar la cabeza.

—¿Como anoche, cuando tuve que escoltarla? —preguntó el inspector Morales.

—Fue una situación de emergencia —dijo la reverenda—. Si quiere escuchar nuestras propuestas, muy bien. Pero nosotras somos sus subordinadas.

—Le está endulzando los oídos, inspector —dijo Lord Dixon.

—En ese caso, tenemos que evitar las dobles líneas de mando. Y las indisciplinas —dijo el inspector Morales, mirando a doña Sofía.

—En el entendido, claro, que la doctora Núñez y la licenciada Cabrera son colaboradoras de buena voluntad —dijo la reverenda.

—Entonces, ahora quisiera saber de qué se trata esta reunión, si no es molestia —agregó el inspector Morales.

—Antes de pasar a ese punto, doña Sofía tiene algo importante que comunicarte, amor —dijo la Fanny.

Marcela examinó fugazmente a la Fanny y volvió a su actitud de siempre, sólo que ahora dejó los brazos cruzados en el pecho.

—Soy siempre el último en conocer sus misterios, doña Sofía —dijo el inspector Morales—. Me devolvió el teléfono para nada.

—Es que antes que el doctor Carmona nos recogiera en mi casa, recibí una visita —dijo ella, contrita ante el regaño—. Era Ovidio. Oyó una conversación entre Soto y la Maritano, cuando junto con su primo Apolonio, el otro peluquero, fueron a la casa de ella en una visita que no sé...

—Deje los detalles para después —dijo el inspector Morales.

—El caso es que Soto va a encargarle de inmediato a Tongolele que le monte vigilancia, inspector, que lo siga a donde vaya y que le ponga escucha telefónica —dijo doña Sofía—. Creen que Frank le informó del paradero de Marcela, y quieren llegar donde ella siguiéndolo a usted.

—Mala alimaña te han echado encima —dijo la Fanny—. Son incontables sus muertes y daños, como el terrible lobo de Gubbia.

—Ya debe haber montado el aparato para neutralizarlo —dijo la reverenda.

—Seguirme es una cosa, y neutralizarme otra —alardeó el inspector Morales.

—Para un hombre como ése, la distancia entre ponerse detrás de sus pasos y neutralizarlo no existe —dijo la reverenda.

—Tiene sobrada razón —dijo doña Sofía—. También dijeron en esa plática que no pueden permitir que usted ande después contando por la libre lo que haya averiguado.

—Lo cual hace que el término neutralizar esté correctamente empleado, camarada —dijo Lord Dixon.

—Habrá que cuidarse, ni modo, pero esos operativos tardan en montarse —dijo el inspector Morales con desdén—. Así que volvamos a lo que nos trajo a esta reunión.

—Que nos explique primero la doctora Núñez —dijo la reverenda.

Hasta entonces, tanto la doctora Núñez como la licenciada Cabrera habían permanecido atentas pero calladas, fijando la vista en cada uno de quienes hablaban.

—Mi plan es que ese hombre, disfrazado de padre de familia, sea desnudado delante de la opinión pública —dijo la doctora Núñez, ajustándose los lentes por el puente con un toque del dedo.

La reverenda fue la primera en mirar al inspector Morales en busca de su parecer.

—Marcela decide en eso —dijo él—. Las consecuencias van a ser muchas, y a quien le caerán encima principalmente es a ella.

—Cuando le pregunté anoche si podía contar con usted en todo, es porque estaba decidida a dar este paso —le dijo Marcela.

—Mi opinión, entonces, es que no debe pasar de hoy —dijo la doctora Núñez, hablando con premura—. Hay que convocar a una conferencia de prensa para las tres de la tarde. Propongo las oficinas del CENIDH.

—¿Y una acusación en los tribunales? —preguntó la Fanny.

—Los jueces reciben órdenes desde arriba —respondió la doctora Núñez—. Antes que nadie se dé cuenta van a sobreseer a Soto usando cualquier leguleyada, o darán por desaparecido el expediente. Pero vamos a proceder de todos modos.

—Nadie va a publicar una palabra de las declaraciones de Marcela en esa conferencia de prensa, por la misma razón que ningún juez se va a atrever a procesar a Soto —dijo el inspector Morales.

—Niño, qué negativo que te veo —dijo la Fanny.

La doctora Núñez, que tenía el tic de fruncir la nariz, repasó a todos con la vista antes de dirigirse al inspector Morales.

—¿Tiene usted una idea mejor? —le preguntó.

El inspector Morales se quedó callado.

—Ahora hablemos del papel de la licenciada Cabrera —dijo la reverenda.

—Ya ve, usted lleva las riendas —le dijo Lord Dixon.

La licenciada Cabrera consultó su libreta. Al principio costaba escucharla, pero en la medida que hablaba iba recobrando la soltura.

—Marcela necesita sacar en público lo que lleva dentro como una forma de liberarse —dijo—. Vivimos prisioneros de una conciencia familiar llena de tabúes que crea una cultura del silencio. Por eso la historia que nos agobia tiene que ser contada delante de los demás, se trate de lo que se trate, así sea lo más vergonzoso.

—Esta niña sí que es valiente si va a hacer eso —dijo la Fanny—. A mí se me pegarían las palabras en el galillo.

—La violación reiterada por parte de alguien con poder, en quien la víctima tuvo confianza desde la niñez porque aparecía ante sus ojos como un protector, se convierte en una fuente de depresión profunda —siguió la licenciada Cabrera.

—¿Y con sólo denunciar el abuso esta niña va a dejar de sufrir? —preguntó doña Sofía.

—Esta denuncia es un paso nada más —dijo la licenciada Cabrera—. La terapia es un proceso largo que apenas empieza, para que al final ella pueda enterrar para siempre el hecho.

—¿Cómo es eso? —dijo la Fanny—. ¿Quiere decir que tiene que enterrar la violación y olvidarse de ella? ¿Perdonar a su violador?

—Usted está confundiendo la amnesia con la magnesia —dijo doña Sofía—. La licenciada no está hablando de perdonar a nadie.

—Qué maña esa la suya de estarme siempre regañando —dijo la Fanny, resentida.

—La violación es un duelo —dijo la licenciada Cabrera—. La víctima tiene que librarse de ese dolor para poder encarar su propia vida. El cuerpo habla siempre a través de las enfermedades, y los duelos silenciosos se transforman en enfermedades. En una palabra, la víctima debe sanarse.

—Es lo que necesita, sanación —dijo la reverenda, y puso su mano sobre la de Marcela.

—Pero lo que pase con el violador es otra cosa —dijo la licenciada Cabrera mirando a la Fanny—. No estamos hablando de ninguna manera de impunidad. Al contrario, vamos a exponer su conducta con pelos y señales, por muy poderoso que sea. Por lo menos esperamos una sanción moral de la sociedad.

—Con la denuncia se rompe el eslabón de la cadena y el hechor queda impedido de reincidir al quedar expuesto —intervino la doctora Núñez.

—Es un caso del que me hubiera gustado encargarme hasta darle alta a mi paciente —dijo la licenciada Cabrera—. Pero desgraciadamente no va a ser posible.

—Salgo esta misma tarde para Estados Unidos —dijo Marcela.

—De la conferencia de prensa se va directo al aeropuerto —dijo la reverenda—. Sobran las razones para que no se quede en Nicaragua.

—Adiós ilusiones vanas, inspector —dijo Lord Dixon—. Esta historia de amor cabe en un tweet

—Lo importante será difundir sus declaraciones en las redes sociales —dijo la doctora Núñez—. Pensándolo bien, el inspector Morales está en lo correcto. El bloqueo de los medios es seguro.

—Frank iba a encargarse del video —dijo Marcela—. Pero ya va camino de Costa Rica.

—Demasiadas emociones para ese niño —dijo Lord Dixon—; le pudo haber dado un síncope si seguía aquí.

—Preferimos que no corriera riesgos, sobre todo después de las noticias que recibió doña Sofía acerca de Tongolele —dijo la reverenda—. El amigo que le había dado hospedaje en su casa va a sacarlo hoy mismo por un punto ciego de la frontera.

—Volviendo a la conferencia de prensa, doña Sofía puede hacer la filmación con la Nikon de la agencia —dijo el inspector Morales.

—Y la subimos a YouTube, eso es fácil —dijo doña Sofía.

—La filmación la podemos hacer nosotros —dijo la doctora Núñez—. Tenemos un camarógrafo profesional.

—Prefiero que me lo deje a mí —dijo doña Sofía—; es una satisfacción que me quiero dar.

—También acostumbramos enviar tweets mientras se van desarrollando las conferencias de prensa —dijo la doctora Núñez—; hay una muchacha entrenada para eso.

—Me parece perfecto —dijo doña Sofía.

—La noticia va a prender de boca en boca, como el fuego —dijo la Fanny con entusiasmo.

—Yo sé que todo esto es muy doloroso, mi amiga —dijo la reverenda, y alcanzó de nuevo la mano de Marcela—. Pero me alegra que te hayas decidido.

—Proponga algo, deje ver sus iniciativas, inspector —dijo Lord Dixon.

—Lo más importante es poner a Marcela en resguardo desde ahora —dijo el inspector Morales.

—Se viene conmigo para el CENIDH y allí se queda hasta la hora de la conferencia —dijo la doctora Núñez—. Después yo misma la llevo al aeropuerto.

—¿Y cuál es mi papel? —preguntó la Fanny mientras todos se ponían de pie.

—Nos vemos a las tres en el CENIDH —le dijo doña Sofía—. Mientras menos andemos en molote, mejor. Váyase tranquila a su trabajo hasta que llegue la hora.

—La licenciada Cabrera lo puede dejar en su casa, inspector —dijo la reverenda—. Así se ahorra el viaje en bus.

—También me puede pasar dejando a mí en Claro —dijo la Fanny, y melosamente tomó del brazo al inspector Morales llevándolo aparte—. Ya te vi echándole miradas ardientes a la quirina esa, conmigo andate con cuidado.

El inspector Morales se zafó de mal modo y avanzó hacia la puerta, pero doña Sofía, que estaba atendiendo una llamada en su celular, le dio alcance.

—Me avisa el pastor Wallace de la iglesia Agua Viva que hubo un operativo en el barrio, y que de la casa de usted se llevaron a un hombre —le dijo—. No puede ser más que Rambo.

La reverenda, que estaba al lado, escuchó la noticia. Las demás también se acercaron.

—Tongolele no perdió tiempo en ir a buscarme —dijo el inspector Morales.

—Rambo es un pescado lucio —dijo sonriente la reverenda—. Y al mejor interrogador que le pongan lo va a dejar más enredado que antes.

—Hasta que lo metan de cabeza en la pileta de El Chipote para aplicarle el submarino —dijo el inspector Morales.

—Los viejos conspiradores conocen las reglas —dijo la reverenda, siempre tranquila—. Él sabrá hasta dónde aguantar.

—Usted tiene que esconderse en alguna parte, inspector —dijo doña Sofía.

—Véngase conmigo al Tabernáculo —le propuso la reverenda.

—Nunca hay que poner dos huevos colorados en la misma canasta —contestó el inspector Morales.

—En mi oficina de la UCA va a estar seguro —intervino la licenciada Cabrera—. Tengo un sofá y allí puede descansar unas horas.

—Yo me puedo quedar acompañándote para que no estés solo —dijo la Fanny.

—A usted nadie la anda persiguiendo —dijo doña Sofía, esforzándose en parecer cortés—. Ya se lo dije, no hagamos molote y váyase para su trabajo.

—Usted también corre peligro —le dijo la reverenda.

—Que me agarren. Tampoco a mí me sacan palabra así porque sí. ¿Van a torturar acaso a la madre de un mártir? —contestó doña Sofía—. Descanso un ratito, me baño y me voy a la agencia a buscar la cámara.

—Yo de usted no me confiaría, doña Sofía —dijo Lord Dixon—. Los mártires no valen nada en estos tiempos.

—Un viaje y dos mandados —dijo la Fanny—. Cualquiera que sea el peligro, no puede dejar de reunirse con su consejo de asesores.

—No se meta donde no la llaman —la regañó doña Sofía, y se arrepintió de inmediato, acordándose de las rudezas de la quimioterapia.

—De todos modos, mantenga en la sombra a Ovidio —le dijo por lo bajo el inspector Morales—. Tongolele lo conoce desde los tiempos de la revolución, y no sería extraño que quiera interrogarlo por su vecindad con nosotros.

—Por mi culpa todo se está complicando —dijo Marcela—, a tanta gente que he puesto en peligro.

—Nada más eso faltaba, que la víctima se sintiera culpable —dijo doña Sofía.

—Cuídese, no quiero que le vaya a pasar nada —dijo Marcela, y acercó delicadamente el dorso de la mano a la mejilla del inspector Morales.

La Fanny, furibunda, salió del auditorio dando sonoros taconazos.

14. Un perro rabioso atado a la cadena

Eran las nueve de la mañana, y las puertas del shopping center acababan de abrirse cuando una mujer metida en un sayal de tela basta de un gris desvaído, un rosario de gruesas cuentas amarrado a la cintura, zapatos blancos de enfermera y una monumental cartera de charol bajo el sobaco, pasó frente al RD Beauty Parlor balanceándose con los puños apretados como en busca de camorra. Se detuvo al llegar a la vidriera de la agencia Dolores Morales y Asociados, y sin quitar la mirada desconfiada a la efigie de Dick Tracy se enjugó el sudor que le mojaba el bozo del labio.

Tocó repetidas veces a la puerta a intervalos pausados, y ante la falta de respuesta la impaciencia la obligó a dar un paseo inquieto frente a la vidriera. Doña Sofía había olvidado colocar el cartelito de CERRADO la noche anterior.

Vademécum se hallaba en el corredor, terminando de ordenar a su tropa de asalto en disposición de combate, cuando advirtió a la mujer llamando inútilmente a la puerta. La reconoció. Era la Sacristana. Doña Sofía iba a retrasarse en llegar a la agencia porque quería descansar un rato, según le había confiado al llevarla de regreso a su casa tras la reunión de horas antes en el Centro Valdivieso.

Llamó entonces a Bob Esponja, su ayudante de campo, y lo envió a informar a la visitante que las personas responsables de la agencia tardarían en presentarse, y cualquier encargo podía ser confiado a su cuidado; así también le tomaba la delantera al entrometimiento de Ovidio, quien no tardaría en salir al corredor a fumar su primer cigarrillo de la mañana.

La visitante sintió los tirones de una mano en el sayal, a la altura de la nalga ancha y sólida. Se volvió, amenazante, dispuesta a descargar un carterazo sobre la cabeza del atrevido, y se encontró con Bob Esponja vestido ya de duende para la acometida del día.

A los trece años, tenía la clara apariencia de que ya no crecería más. Era el único de los duendes provisto de una bicicleta para realizar misiones de confianza, y se alojaba en la casa de Vademécum en el barrio Monseñor Lezcano, la misma del antiguo consultorio, a la que entraba con su propia llave y donde cumplía diversas tareas domésticas. Su única dificultad es que se trababa con las palabras de manera angustiosa al empezar a hablar, pero luego seguía de corrido.

Bob Esponja señaló a Vademécum, quien observaba atento como ella, tras reconocerlo, y después de un prolongado rato de duda, abría su cartera de charol y entregaba al muchacho un sobre que apenas tuvo en la mano le trajo corriendo; y entonces ella, al comprobar que lo había recibido, emprendió el camino de regreso, con su paso de boxeador triunfante, mientras él alzaba la gorra en señal de cortés despedida.

Su nombre verdadero era Lastenia Robleto, chontaleña originaria de Cuapa. Se había presentado una vez al consultorio en busca de sus servicios cuando aún era una ganadera rica. Luego quedó en la calle tras vender sus fincas en beneficio de la construcción del santuario erigido en su pueblo natal, en el mismo lugar donde la Virgen María se había aparecido al vidente Bernardo en los años de la revolución, para declararle que todos los libros malos, de ateísmo, comunismo y contenido pornográfico, debían ser quemados.

Con extremos remilgos había aceptado aquella vez ponerse la bata, que le quedaba corta y le cerraba mal por atrás, y más aún costó convencerla de acostarse en la camilla y colocar los tobillos en los estribos para tenerla de piernas abiertas, las nalgas desnudas en el borde.

Vademécum orientó hacia las partes pudendas de la paciente la lámpara de extensión, se calzó luego los guantes de látex, y se quedó con las manos en alto, como si se preparara a estrangularla.

—Relájese, señorita, que voy a comenzar —le dijo—. Piense en algo bonito que la distraiga, algo así como el balido de los terneros al amanecer.

Al sentir la mano que empezaba a palparla se incorporó de un brinco, pero aprisionada de los tobillos como estaba, no tuvo otro remedio que recostarse de nuevo.

—¿Es correcto que la llame señorita? —le preguntó, no sin alevosía.

Ella negó, los ojos apretados, como si quisiera exprimirlos, y las lágrimas le corrían tan copiosas que mojaban la almohada.

—Ya me he dado cuenta —dijo él mientras proseguía la exploración—. ¿Se ha interrumpido acaso su periodo?

Ella asintió, ahora la boca apretada también, tanto que los dientes le rechinaban.

—¿Hace cuánto tiempo? —preguntó al tiempo que manipulaba en sus entretelas con el espéculo pico de pato.

—Cinco meses —respondió ella, la voz agónica.

Tras completar algunas otras maniobras, y hacer uso del estetoscopio de Pinard, dio por terminado el examen.

—Señales de embarazo no hay ninguna —le dijo, sacándose los guantes—. Ya son muchos meses y el feto debería estar desarrollado. Más bien el cese de su regla se debe a la aprensión. Digamos, el miedo al pecado.

Entonces ella empezó a sollozar, con una especie de rugido soterrado.

—Su secreto no saldrá nunca de las cuatro paredes de este consultorio —le dijo mientras apagaba la lámpara—. Haga de caso que estamos en un confesionario, y que yo soy un cura.

A la palabra cura, el rugido se convirtió en un llanto sin consuelo.

No iba a preguntarle quién era el cura. En su escritorio, regalo de Merck Sharp, reposaba una reproducción en yeso del busto de Hipócrates, uno de cuyos mandamientos era la discreción.

Sin embargo, mientras recibía de ella el pago en efectivo de los trescientos córdobas de la consulta, el juramento hipocrático no lo contuvo para decirle:

—No es pecado darle gusto al cuerpo, aunque sea una sola vez en la vida.

Ella emprendió la huida para no verlo nunca más, hasta ahora. ¿Por qué había accedido a entregarle el sobre por mano de Bob Esponja? Debido a aquel secreto compartido, sin duda. Era como si hubieran pecado juntos.

Ahora, acogida por doña Ángela, gracias a las gestiones del obispo de Chontales, su devoción a la Virgen de Cuapa había pasado a segundo plano. Además de sacristana de la iglesia de la Divina Misericordia, lo cual le garantizaba un sustento, gracias a su protectora era también prefecta de la cofradía del padre Pío; se encargaba de su altar y de la organización de sus festividades, y recogía y administraba las limosnas y donativos.

El sobre, rotulado a mano con lápiz de grafito, en caligrafía delicada de la que se aprende en los colegios de monjas, venía dirigido a doña Sofía. Al lado del membrete de la cofradía tenía impresa una pequeña fotografía del santo, no la figura clásica con la luenga barba blanca, sino una de joven, más parecido a Tyrone Power en *El callejón de las almas perdidas,* y abajo una frase de su repertorio piadoso: «El demonio es como un perro rabioso atado a la cadena. Mantente, pues, lejos. Si te acercas demasiado, te atrapará».

Si la Sacristana traía un recado para doña Sofía era porque la enviaba doña Ángela, quien de esta manera salía de la penumbra tras bastidores para entrar en el escenario del caso, se dijo Vademécum agitando el sobre cerca de la oreja, como si fuera capaz de transmitirle algún sonido o el eco de una voz.

¿Aquel sobre, provisionalmente en su mano, sería capaz de modificar de nuevo el curso de los hechos, a su vez ya modificados entre la medianoche del viernes y la temprana mañana del sábado, al darse la reunión en el Centro Valdivieso, cuyo contenido y resultados ignoraba, relegado como estuvo a la condición de simple chofer? Sabía que se preparaban nuevos acontecimientos, aunque su naturaleza le era desconocida. Demasiados cabos sueltos, al menos para él, y buscar cómo atarlos en su cabeza se volvía un ejercicio inútil.

Debía, pues, esperar a doña Sofía para hacerle entrega del delicado encargo. Era mejor entonces abortar el operativo de esa mañana, y dio a Bob Esponja la orden de desmovilización general.

De todas maneras, pronto prescindiría de esas bufonadas para sojuzgar deudores renuentes, no siempre tan jocosas como podía parecer, pues había entre los perseguidos quienes no se rendían tan fácilmente, como el pirotécnico del barrio Larreynaga, tan irresponsable y temerario como para haber lanzado tres días atrás una andanada de bombas de mecate, de esas de cinco libras, contra los duendes en guardia frente a su casa, donde también funcionaba la fábrica de artificios de pólvora, obligando a la tropa a huir en desconcierto en medio de las potentes detonaciones.

Para dar fin a sus incertidumbres económicas tenía entre manos el negocio que la noche anterior por poco y revela a doña Sofía, manejado en secreto desde su casa, lejos de cualquier fisgoneo inoportuno, mediante su computadora con pantalla de tubos catódicos que tardaba un mundo en encender. Aquel vejestorio era capaz, sin embargo, de traerle mensajes desde la lejana África, donde agonizaba, o a lo mejor habría muerto ya, la honorable señora Faith Aku, recluida a causa de un cáncer de páncreas terminal en un hospital de Abidjan, Costa de Marfil.

La carta de la señora Faith Aku, que el destino providencial había hecho llegar a su dirección de correo duendeficaz@hotmail.com, rezaba de la siguiente manera:

Estimado hermano en Cristo:

Te saludo en nombre de Nuestro Señor diciéndote que soy la señora Faith Aku de la República de Kuwait. Yo me casé con el señor Alison Aku, funcionario del Ministerio del Tesoro, que debió huir junto conmigo a Costa de Marfil por acusaciones falsas de malversación de los fondos del gobierno tramadas por enemigos políticos del señor Aku.

No tuvimos hijos y al señor Aku le descubrieron un cáncer del páncreas que en dos meses lo llevó a la tumba dejándome de herencia sus ahorros que son 2,5 millones de euros depositados en Banco Atlantique de Abidjan, Côte d'Ivoire, África del Oeste, ahora mi Señor Jesús me somete a misma enfermedad del señor Aku. Me hallo postrada en pabellón de oncología del hospital de la Santé Sainte-Henriette, por lo cual siendo yo cristiana de bautismo y sin descendencia deseo dedicar mi dinero a obras de caridad, asunto urgente porque el médico me dice que no tardaré en presentarme delante de Cristo Jesús.

Deseo que fundes una organización que utilice este fondo para los huérfanos, viudas, escuelas, iglesias, propagando la palabra de Dios. La Biblia nos hace entender que «la mano bendecida es la mano que da».

No deseo una situación donde este dinero será utilizado en una manera diabólica y de ser así te maldeciré desde mi tumba. No soy asustada de la muerte porque estaré recostada en el pecho del Señor Jesús. Tan pronto como reciba tu contestación te pondré en contacto con mi avocat M. Georges Traore, persona piadosa de mi entera confianza el cual avocat se encargará de trámites con el Banco Atlantique en Abidjan, Côte d'Ivoire,

África del Oeste, y te hará llegar mi dinero al banco de tu señalamiento apenas se produzca mi deceso.

Bendiciones,

Señora Faith Aku.

Tras responder con toda diligencia a la señora Faith Aku, aceptando la donación en los términos mandados por ella, había recibido de inmediato un mensaje del avocat M. Georges Traore informándole que tenía instrucciones de la moribunda para proceder a la donación; pero como el fondo bancario no podía ser tocado mientras no se produjera el deceso, se necesitaban mil quinientos dólares para los trámites legales. Remitió la suma a la cuenta indicada en el mensaje, y al poco tiempo le llegó otro, requiriendo un segundo envío de dos mil dólares para los gastos financieros, con el que también cumplió. Esas cantidades comprometían in extremis sus ahorros, pero eran una nimiedad frente a la fortuna de la que pronto iba a disfrutar.

Según criterio de los médicos la moribunda no amanecería, le informaba el avocat en su último mensaje del día anterior. A Vademécum se le hacía un enredo calcular la diferencia de horas entre Abidjan y Managua, y así determinar si ese anunciado amanecer había pasado ya o no, y, por tanto, si la transferencia en moneda de los Estados Unidos de América a su cuenta de la sucursal del Banpro en el shopping center, de la que había enviado las coordenadas, estaba ya en marcha.

La señora Faith Aku tendría que dispensarlo desde el más allá, pero nadie iba a verlo entrar en competencia con doña Ángela, repartiendo dádivas entre la pobretería en nombre del padre Pío, asunto que no era de su vocación ni de su gusto, ni tampoco con la reverenda, dándoles de comer a borrachines y drogados. Él sabría cómo desviar las maldiciones de su benefactora por medio de alguna limpia que iría a hacerse a Diriomo, el pueblo de los brujos; y aquellas maldiciones, de todos modos, debiendo recorrer medio mundo hasta Managua, llegarían necesariamente debilitadas.

De esas reflexiones lo sacó doña Sofía, a quien advirtió avanzando a paso juvenil por el corredor, repuesta por lo visto del largo desvelo, mientras tanto él aún se sentía demolido. Ovidio, que seguramente la espiaba, había salido como un rayo de la peluquería y, tras alcanzarla, le hablaba con gestos agitados, distrayéndola a tal punto que no acertaba a introducir la llave en la cerradura.

Vademécum se acercó entonces con andar digno y reposado, aparentando indiferencia, pero captando retazos de lo que Ovidio decía pese a sus esfuerzos en apagar la voz. Insistía en saber si el inspector Morales había tomado las precauciones debidas. Todo provenía de una misteriosa plática escuchada desde la cocina de la casa de Mónica Maritano la noche anterior. Qué hacía Ovidio allí era parte del misterio.

—Ya me lo informó anoche, no tiene que repetírmelo —fue el brusco comentario de doña Sofía—. ¿Cree acaso que me está fallando la memoria?

Cuando Ovidio descubrió a Vademécum al lado, se calló y lo miró con cierta hostilidad. Doña Sofía logró abrir por fin la puerta, y como nunca dejaba de trabarse, la empujó con el hombro. Los dos miembros de su consejo de asesores entraron tras ella.

—Todo se va juntando, todo va calzando, Ovidio —comentó doña Sofía, ahora conciliadora, al momento de ocupar su sitio frente al pupitre, como si anunciara que el reino de Dios se hallaba cerca.

—Y aún calzará más, lo que sea que tiene que calzar, con este mensaje que le han traído y que me he permitido recibir en nombre suyo —dijo Vademécum, y extendiéndole el sobre, se sentó.

Lo que había dentro era una hoja volante, impresa en ambas caras, invitando a las solemnidades que tendrían lugar el 23 de septiembre, día consagrado al padre Pío en el calendario eclesiástico: alborada, vigilia, prédica, misa solemne y procesión. Doña Sofía revisó la papeleta al revés y al derecho hasta encontrar escrito en uno de los márgenes del anverso, en la misma caligrafía del sobre y también con lápiz de grafito, un breve mensaje sin firma alguna:

> Doña Sofía, venga por favor a la sacristía de la Divina Misericordia a la 1.00 p. m. de hoy.

Le pasó la hoja a Vademécum mientras Ovidio, enfurruñado, seguía de pie.

—¿Y ahora cuál es la queja? —le dijo ella—. Siéntese de una vez.

—Por lo visto mi información, recogida a riesgo de mi vida, ha valido un bledo —dijo él con resentimiento; pero obedeció y ocupó la otra silleta.

—He tomado debida nota desde que llegó a mi casa en la madrugada a ponerme al tanto, y se lo agradezco —contestó doña Sofía—. Lo que pasa es que los acontecimientos van demasiado rápido, y sus novedades se han vuelto viejas.

—¿Pero le advirtió al inspector Morales que Tongolele lo persigue? —insistió Ovidio.

Doña Sofía se acordó de la prevención del inspector Morales: Tongolele conocía desde muy atrás a Ovidio. En cualquier momento podía acercársele, y era mejor no correr riesgos.

—Ya está al tanto —respondió—. Pero fue a recostarse a su casa un par de horitas. Después verá qué hace.

—Dormido lo van a agarrar en su propia cama —se lamentó Ovidio.

Vademécum percibió que doña Sofía estaba desinformando a Ovidio sobre el verdadero paradero del inspector Morales, pero también que él mismo se hallaba relegado a la sombra. Su papel se había vuelto operativo. Su única baza disponible era aquella hoja, y se la devolvió con aire de suficiencia.

—El mensaje escrito a mano es de doña Ángela, no me cabe duda —dijo—. No lo firma, pero si la que vino a entregarlo es la Sacristana, tenga por segura la procedencia.

Ovidio no sabía quién era la Sacristana. Y su malestar creció cuando doña Sofía volvió a meter la hoja en el sobre, sin pasársela para que también él la leyera

—Si es así, ¿por qué pide la reunión conmigo y no con el inspector Morales? —dijo ella, dirigiéndose a Vademécum.

—Porque es un asunto que sólo puede ser tratado de mujer a mujer, me atrevo a decir —sentenció Vademécum.

—¿Usted piensa que ella sabe del calvario de la hija? —preguntó doña Sofía.

—Si como parece quiere esa entrevista para revelarle algo en secreto, es una fuerte posibilidad —dijo Vademécum.

—Doña Sofía, el marido tiene relaciones con su propia hija, lo saco de lo que oí anoche —intervino Ovidio, ansioso de no quedar al margen.

—No lo ponga como si fuera algo consentido —contestó doña Sofía con severidad—. Es una violación descarada.

—Qué delicada que vino hoy —dijo Ovidio, haciendo amago de levantarse—. Mejor me voy a atender a mis clientes.

—Sabias palabras, jovencito —dijo Vademécum—. Los deberes laborales son primero.

—Usted es el que anda de veme y no me toqués —dijo doña Sofía—. Quédese donde está, que de aquí a cuando me toca encontrarme con esa señora tenemos bastante tela que cortar.

Ovidio, obediente, permaneció sentado en la silleta ante la mirada condescendiente de Vademécum. El ventilador rugía a espaldas de ambos, pero su soplo más bien revolvía el bochorno.

—Usted me conoce bien, señora, y sabe que no es la curiosidad la que me mantiene a su lado, sino el deseo de servirla —dijo Vademécum con tan calculada indiferencia que dio un bostezo—. Pero permítame preguntarle si el caso que nos ocupa está próximo a su fin.

—No es asunto de su incumbencia —replicó doña Sofía—. Y no hay que ofenderse por eso.

Ovidio miró triunfante a Vademécum, que disimuló el golpe cambiando de tema.

—¿No quiere escuchar mi historia acerca del falso marqués de Contreras mientras se acerca la hora de su cita? —preguntó.

—¿Tiene esa historia que ver con el caso de la joven Marcela? —preguntó a su vez doña Sofía.

—Por supuesto, no estamos para vanas distracciones —dijo Vademécum.

—¿Acaso hay nobles que son falsos? —preguntó Ovidio.

—Dado su oficio, amigo peluquero, ¿le ha puesto alguna vez las manos en la cabeza a alguien que ostente un título nobiliario? —le preguntó a su vez Vademécum.

—Pero si aquí en Nicaragua no hay nadie de sangre azul —dijo Ovidio.

—¿Y qué me dice de doña Ángela? —dijo Vademécum—. ¿No ha leído bien *¡Hola!*? Allí dice que es hija de un marqués.

—No tengo el gusto de contarla entre mi clientela —dijo Ovidio.

—Pues ni se preocupe —dijo Vademécum—. Es una noble falsa.

—¿Falsa? ¿Ya no sabemos que el rey de España le concedió el título de marqués a uno de sus antepasados? —dijo doña Sofía—. Pero ella, por modestia, se niega a usarlo.

—Según *¡Hola!* —dijo Vademécum—. Pero en realidad ese título lo dio a fabricar el padre de esa señora a un pendolista que se dedicaba en Managua a hacer diplomas de bachillerato.

—Es la palabra de *¡Hola!* contra la suya, doctor —dijo Ovidio.

—No sea tan majadero, mi amigo —dijo Vademécum—. ¿Le va a dar más crédito a esa biblia de las peluquerías que a mí?

—Antes de mofarse de las peluquerías, primero devuelva los números de *¡Hola!* que se nos ha llevado prestados —respondió Ovidio.

—Es el mejor papel de excusado —dijo Vademécum—. Y así al menos la nobleza se me queda en las nalgas.

Doña Sofía, contra lo esperado, se rio, sacudiendo la cabeza, como si se hallara ante lo irremediable.

—¿Me va a decir entonces que el escudo de la familia que sale en *¡Hola!,* con el castillo de piedra y la estrella, también es falso? —preguntó ella.

—Tan falso como que el chino Wang Ying va a construir el Gran Canal Interoceánico —contestó Vademécum.

—Con tanto desvelo me quedé dormido, pero en el camino he venido oyendo, y el doctor tiene razón, doña Sofía —dijo Lord Dixon—: en mis tiempos clandestinos conocí a ese pendolista, que además le confeccionó al marqués el escudo nobiliario en tinta china. Ya estaba ancianito, pero tenía el pulso firme y colaboraba con nosotros fabricándonos partidas de nacimiento para sacar pasaportes a los compañeros que iban a entrenarse a Cuba.

—Me intriga esa cautivadora historia del marqués fingido —dijo Ovidio.

—Entonces, allá vamos —dijo Vademécum—: tenía un hermano, dueño de una plantación de caña de azúcar cerca del Pacífico, en San Rafael del Sur, quien lo llevó un día a enseñarle los charcos de una sustancia negra y pegajosa que se formaban en una de las rondas del cañaveral.

—¿Petróleo? —preguntó doña Sofía con incredulidad.

—Hay quienes lo llaman mierda del diablo —dijo Vademécum.

—Ya viene su asesor preferido con la grosería, doña Sofía —dijo Lord Dixon—. No se ría que le da alas.

—El marqués, a la sazón empleado contable de la casa comercial A. F. Pellas, urdió entonces un plan —siguió Vademécum—. Estamos hablando del año 1955.

—¿Empleado de contabilidad? —preguntó Ovidio—. ¿Y así se hacía llamar marqués?

—Obviamente, no se hizo falso marqués hasta que se vio rico —dijo Vademécum con impaciencia.

—Pero de todos modos su familia era de postín —dijo doña Sofía.

—Fondillo zurcido, apellido perdido —dijo Vademécum.

—Ahora apuesto que le quitó al hermano la finca para quedarse con el petróleo —dijo Ovidio.

—Este jovencito bergante es de los que gustan de los cuentos que empiezan por el final —dijo Vademécum.

—Como no sé qué significa la palabra bergante, barajo —dijo Ovidio, haciendo la mueca de escupir en el piso.

—¿Y el petróleo, por fin, doctor? —preguntó doña Sofía.

—El futuro marqués solicitó un préstamo a la Casa Pellas alegando enfermedad de su madre, dio a confeccionar una pulsera de oro con dijes en forma de barrilitos de petróleo, y pidió por la vía telegráfica una audiencia a doña Salvadora de Somoza —dijo Vademécum.

—La primera dama, que gozaba de mando —dijo Ovidio—. Tenía el monopolio de vender los nacatamales del desayuno a la tropa del Campo de Marte.

—Y más que eso, buena usurera que era —dijo Lord Dixon—. Los soldados rasos le empeñaban por la mitad la paga del mes siguiente.

—Lo recibió, y aceptó encantada la pulsera —dijo Vademécum—. Y más se le encendieron los ojos cuando oyó la propuesta: una sociedad de los dos, mitad y mitad, para explotar el petróleo del cañaveral.

—Y el hermano, preso —dijo Ovidio.

—Preso no —dijo Vademécum—: lo sacaron a medianoche en pijama de su casa y lo dejaron en la frontera con Costa Rica para que la cruzara a pie, descalzo.

—Tenía mano de hierro la señora —dijo Ovidio.

—Toma el marqués posesión de la finca, y el mandador le confiesa que lo que había en el charco era petróleo de un barril que su hermano había comprado, porque pretendía vender la propiedad a precio de oro —dijo Vademécum.

—¿Y cómo es entonces que el tal marqués se hizo rico, si no había petróleo? —preguntó Ovidio.

—Cada vez que se presentaba un gringo interesado en la concesión, mandaba a rellenar el charco —dijo Vademécum.

—¿Y la primera dama conocía el truco? —preguntó Ovidio.

Vademécum le posó paternalmente la mano en la cabeza.

—Obvio, mi amigo, obvio —le dijo—. ¿Para qué le dio Dios esa mollera?

—Pero vamos a ver —preguntó doña Sofía—. ¿Cómo es que funcionaba el negocio?

—Se mandaba la muestra a Texas, daba positivo, el gringo le pagaba a la señora la licencia, y se iba contento. Hasta que venía la perforación y daba nulo —respondió Vademécum—. Tras un tiempo prudencial, el marqués buscaba otro incauto.

—Por esas corruptelas es que tuvo que haber una revolución —dijo doña Sofía, indignada.

—Pues parece que va a tener que haber otra —dijo Lord Dixon.

—Y mientras tanto el marqués se daba vida de magnate en Londres, París, Nueva York: sastres exclusivos, nightclubs, hetairas caras —dijo Vademécum.

—Esa palabra hetairas me la sé, significa putas —dijo Ovidio.

—Cuide su lengua, si me hace el favor —lo amonestó doña Sofía.

—El que con Vademécum anda, vulgaridades aprende —dijo Lord Dixon.

—Cuando regresaba de sus viajes, alquilaba un camión de carga para transportar al hotel Lido Palace su equipaje —siguió Vademécum.

—¿Se hospedaba en un hotel? —preguntó Ovidio, extrañado—. ¿No tenía casa?

—Le parecía muy chic mantener alquilado un cuarto en el Lido Palace, estuviera o no estuviera él —dijo Vademécum—; pero no pagaba la cuenta, y la vez que querían desahuciarlo, la primera dama se interponía.

—Si ganaba tanta plata, ¿por qué no pagaba el hotel? —preguntó Ovidio.

—Porque no cancelar sus cuentas era más chic todavía —dijo Vademécum—; y lo mismo hacía en los restaurantes y tiendas de Managua. En el extranjero no se atrevía porque no tenía quien lo protegiera.

—Entonces, esos derroches deben haberlo llevado a la ruina —dijo doña Sofía.

—Cayó en la ruina, pero no por eso —dijo Vademécum—. La primera dama, que era lagarta, le dio la patada y se quedó sola con el negocio.

—Ya tenía yo calculado que eso iba a pasar —dijo Ovidio.

—Pero todavía quiso sacarle réditos a su título inventado —dijo Vademécum—; una viuda, oriunda de Granada, que se moría por ser marquesa, aceptó su mano; él la creía forrada en billetes, pero la señora no tenía ni en qué caer muerta.

—Un paso en falso que dieron los dos —dijo Ovidio.

—Entonces, ya en la sin remedio, dejó a la viuda embarazada y regresó a vivir a Estados Unidos —dijo Vademécum.

—Es cuando viene al mundo doña Ángela, la falsa marquesa —dijo Ovidio.

—¿Regresó a Estados Unidos? —se extrañó doña Sofía—. ¿Y cuándo había vivido allá?

—Muy joven se fue a Hollywood buscando convertirse en artista de la pantalla —dijo Vademécum.

—¿Galán de cine? —Ovidio arrugó el entrecejo—. ¿Cómo es eso?

—Debería llevar adelante sus relatos en estricto orden cronológico, y no dar saltos en el tiempo, como ciertos escritores modernos —dijo doña Sofía.

—El autor de la presente novela tiene suficientes razones para sentirse aludido —dijo Lord Dixon.

—Creía en su buen físico y en su prestancia —dijo Vademécum—; pero lo único que consiguió en la meca del celuloide fue convertirse en doble de Charles Boyer, con el cual tenía un asombroso parecido. Es lo más alto a que un nicaragüense ha llegado en Hollywood.

—Nada de eso, nuestra gran estrella de cine fue Lillian Molieri —protestó Ovidio—. Trabajó en la película *Tarzán y la mujer leopardo,* al lado de Johnny Weissmüller; ella es una de las cuatro maestras secuestradas por la tribu de caníbales adoradores del leopardo.

—Muy respetable, en verdad, la trayectoria de Lillian Molieri en la gran fábrica de sueños —contestó Vademécum—. Pero tome en cuenta que, durante su aparición en esa escena, no dice una sola palabra. Era una simple extra.

—Bueno —dijo Ovidio—. Tampoco su marqués podía hablar, ya que trabajaba como doble, y a los dobles nada más los enfocan de lejos.

—Estamos de acuerdo en ese punto —dijo Vademécum—. Y fue precisamente porque osó hablar que su carrera llegó a un abrupto fin.

—¿Frente a las cámaras? —preguntó Ovidio.

—Charles Boyer interpretaba el papel de don Juan, y había una escena en que el célebre mujeriego se lanza desde lo alto de un muro, huyendo de la persecución del marido que lo sorprende en la alcoba de su esposa —dijo Vademécum.

—Y el salto le correspondía al marqués, naturalmente —dijo doña Sofía.

—Doña Sofía, la están pervirtiendo al arrastrarla hacia estas pláticas vanas —dijo Lord Dixon.

—Claro, si era el doble, a él le tocaba —dijo Ovidio—. ¿Y qué pasó entonces?

—Desde arriba del muro declamó una parrafada contra el amor libertino, inventada por él mismo, como si don Juan se hubiera arrepentido de sus correrías —dijo Vademécum.

—¡Qué bruto! Es como si a Lillian Molieri se le hubiera ocurrido gritar: «¡Oh, aguerrido Tarzán, gracias por salvarme de estos demonios que quieren abusar de mi pureza!» —dijo Ovidio, imitando una voz de mujer.

—La toma se echó a perder, y el director le gritó, con el megáfono en la boca, que estaba despedido —dijo Vademécum—. Y entonces regresó a Nicaragua.

—A emplearse como contador de la Casa Pellas —dijo Ovidio.

—Antes siguió un curso de contabilidad en la escuela de comercio Siempre Adelante —dijo Vademécum.

—Ya suficiente de extras y dobles de cine —dijo doña Sofía poniéndose de pie.

—Vaya, doña Sofía, y tan interesada que la veía en todas esas historietas —dijo Lord Dixon.

—Siempre es necesaria una radiografía completa del cliente para hacer un dictamen apropiado —dijo Vademécum.

—Ese marqués que no es marqués no es mi cliente —protestó doña Sofía.

—Ni podría serlo —dijo Vademécum—. Murió en el terremoto, aplastado por una pared en el asilo de ancianos San Pedro Claver.

—¿La hija nunca lo auxilió? —preguntó Ovidio.

—En el asilo vivía en cuarto privado que ella le pagaba —dijo Vademécum.

—No se puede negar que en esta sesión hemos aprendido mucho sobre historia patria —dijo Ovidio.

—Vayan saliendo, que yo tengo que correr a buscar un taxi porque ésta es hora de grandes atascos y voy a llegar tarde —dijo doña Sofía.

—Yo la llevo con todo gusto a su destino —se ofreció Vademécum.

—Entonces espéreme que tengo que buscar algo —dijo doña Sofía, y fue a sacar la Nikon del cielo raso.

—Los acompaño, sólo voy a quitarme la gabacha —dijo Ovidio.

Antes que doña Sofía pudiera decirle que no, muchas gracias, apareció Apolonio con cara de pocos amigos.

—¿Acaso creés que tengo cuatro manos? —le dijo a Ovidio—. Hay un montón de clientes esperando, y uno de ellos ya se fue disgustado.

15. Un mal día lo tiene cualquiera

La camioneta de tina atestada de policías con chalecos antibalas y armados de fusiles Aka, las cananas de lona en el pecho, rodó sigilosamente hasta estacionarse frente a la vivienda del inspector Morales en el barrio El Edén, y dos radiopatrullas cerraron las bocacalles mientras las motocicletas desembarcaban en distintos puntos de la cuadra a los agentes de civil que viajaban en ancas.

Ante la expectación de los vecinos, que pronto ya estaban en las aceras, los policías saltaron de la tina para rodear la casa, pegándose con las armas en ristre a las paredes, algunos rodilla en tierra, y como nadie respondía a los golpes en la puerta, el jefe de la patrulla se adelantó acompañado de un cerrajero que tras echar mano de su caja de herramientas, en menos de un minuto había sacado la cerradura entera dejando un hueco redondo en la madera.

Entonces entraron atropellándose, y desde las aceras los vecinos alcanzaban a oír una barahúnda de gritos y órdenes, hasta que todo quedó en silencio, salvo por el ruido de las motos que no cesaban de ir y venir.

La puerta del dormitorio del inspector Morales había sido abierta de una certera patada, y no fue hasta entonces cuando Rambo, que dormía en calzoncillos, se despertó, y al verse encañonado se incorporó en la cama mientras se llevaba instintivamente las manos a la nuca.

Lo siguiente fue un embullamiento de voces rotas y exaltadas que se cruzaban por los aparatos de radio ganando y perdiendo volumen, hasta que, cerca de un cuarto de hora después, se vio llegar un Toyota Corolla color rosado chicha con insignias de taxi ruletero. La radiopatrulla atravesada en una de las bocacalles se movió para abrirle paso.

Tongolele, quien conducía él mismo el taxi falso, bajó sin prisa, como si se dispusiera a entrar a su propia casa. No se había cambiado de ropa desde su entrevista con Soto, sólo que llevaba la chaqueta de gamuza colocada displicentemente sobre los hombros. A la par suya salieron del vehículo tres guardaespaldas.

—Seguro que no es él, comisionado, como le informé por radio —le dijo en la puerta el teniente Fajardo, jefe del grupo operativo, y le entregó el carnet de combatiente histórico requisado en la cartera de cuerina que Rambo cargaba en el pantalón.

Cuando Tongolele entró al dormitorio encontró a Rambo en la cama, la espalda pegada a la pared, custodiado por dos policías. Los mandó salir, lo mismo que al jefe de la patrulla.

—Serafín Manzanares Tinoco, combatiente de la columna Gaspar García Laviana del Frente Sur Benjamín Zeledón —dijo Tongolele sin quitar los ojos del carnet de bordes deshechos, y donde Rambo aparecía bastante más joven, asustado frente al deslumbre del flash y las crenchas del pelo a la altura de los hombros.

—Para servirle —dijo Rambo, y se llevó dos dedos a la sien—. Como el teniente me estaba confundiendo con otro sujeto, le pedí que buscara en mi pantalón mi cartera, y así salíamos de duda.

—¿Con quién te estaba confundiendo? —le preguntó Tongolele.

—Con la persona que vive en esta casa —dijo Rambo.

—Y a esa persona, claro está, vos no la conocés —dijo Tongolele.

—¿Al inspector Morales? Lo conozco más o menos —respondió Rambo.

—¿Más o menos como para dormir en su cama? —dijo Tongolele.

—Acostarme en su cama fue abuso mío —contestó Rambo—. Me deja dormir en una colchoneta en el suelo, allá afuera.

—¿Y de dónde lo conocés, más o menos? —preguntó Tongolele, sentándose en el borde del colchón.

—Fue mi jefe en la guerra de liberación, en el Frente Sur —contestó Rambo—; y como yo no tengo casa fija, de vez en cuando me da posada. A veces lo encuentro, a veces no, como pasó hoy, que no estaba.

—Y tenés llave de la casa —dijo Tongolele.

—No, abro con una ganzúa, pero él sabe —dijo Rambo, y enseñó las encillas, buscando reírse.

—Nunca he oído tantas mentiras juntas en mi vida, pero sigamos —dijo Tongolele, y buscó reírse también—. ¿A qué te dedicás?

—Lo que sale —dijo Rambo—. Cargo canastos en el Oriental, hago mandados a las marchantas. Aunque a veces no cae nada.

—Y te alzás con lo ajeno cuando se presenta la ocasión —dijo Tongolele.

—No tendré dónde caer muerto, pero soy honrado —dijo Rambo ofendido—. Nunca me han entabado por tamal.

—Y seguramente tenés testigos de buena conducta —dijo Tongolele.

—Vaya a preguntarle a don Hermógenes al cine México si no me garantiza —dijo Rambo.

—¿Me estás hablando del Rey de los Zopilotes? —preguntó Tongolele.

—A él no le gusta que le digan así, pero de él se trata —dijo Rambo—. Soy cadenero de los Frentes Populares en la motorizada.

—¿De los que verguean gente en las manifestaciones? —preguntó Tongolele—. ¿Y tu carnet? Tenés que tener un carnet del partido si es que sos de los Frentes Populares. Es una tarjeta con registro magnético, no una mierda como este de combatiente histórico, del tiempo de Matusalén.

—Está en trámite —dijo Rambo, y volvió a enseñar las encillas.

—¿Cómo querés que arreglemos esto, campeón? —dijo Tongolele y se reacomodó la chaqueta sobre los hombros con un gesto delicado—. Porque hay dos formas.

—Tal vez me las puede explicar, si no es molestia —dijo Rambo.

—Una, que me empecés a decir la verdad ahora mismo —dijo Tongolele—. En ese caso, hasta podés salir premiado por tu sinceridad, porque también soy generoso.

—Pues ya puede ir pensando en cuánto será ese premio —dijo Rambo.

—Esperame que te explique la otra —dijo Tongolele—. Consiste en que unos amigos míos te den una maqueada que ni tu inspector Morales te va a reconocer después.

—Hablando se entiende la gente —dijo Rambo—. Usted pregunta, y yo contesto.

—Así me gusta, porque ver colgado de los huevos a un viejo guerrillero es una idea que me repugna —dijo Tongolele—. ¿Qué se hizo tu inspector Morales?

—Salió a eso de las siete a buscar a una tal flaquita que se fue de su casa porque el papá, que es millonariazo, le está pagando un buen billete por hallarla, y ya dio con el escondite —dijo Rambo.

—¿Y adónde es ese escondite? —preguntó Tongolele.

—Donde Hermógenes —dijo Rambo—. Hermógenes la tiene guardada a la flaquita.

—¿El Rey de los Zopilotes? ¿De él me estás hablando otra vez? —preguntó Tongolele.

—Usted es el que lo llama así, yo no me atrevo porque ya le expliqué que se enturca de verdad —dijo Rambo.

—¿Y cómo fue que tu jefe y amigo se dio cuenta que la desaparecida estaba guardada donde el Rey de los Zopilotes? —preguntó Tongolele.

—Yo se lo informé —dijo Rambo—. Me presenté anoche al cine México a cobrar la ayuda que me debían de cuando hicimos el operativo contra la derecha que andaba en rebeldía reclamando elecciones libres frente al Consejo de Elecciones, y vi a una flaquita que se metió a la caseta de proyección donde Hermógenes la tenía escondida. Entonces se me iluminó el bombillo, porque era igualita a la de la foto que carga el inspector Morales.

—Vaya, pues —dijo entre dientes Tongolele—. El Rey de los Zopilotes metido donde no debe.

—Pero a mí no vaya a quemarme por favor con Hermógenes porque entonces me corren de la cuadrilla de cadeneros y pierdo la ayuda —dijo Rambo.

Tongolele se paró, desperezándose.

—¿Sabés cuál es mi nombre de pila? Anastasio —dijo—. ¿Y sabés por qué me lo pusieron? Porque mi papá se creía obligado a olerles el culo a los Somoza. Y si me llamo Anastasio, ¿por qué no voy a tener la inspiración suficiente para quebrarle la cara a pijazos a un cabrón si me engaña?

—Menos mal que yo ya le confesé la verdad —dijo Rambo.

—No sabemos —respondió Tongolele—; la verdad es que todavía no sabemos, pero ya voy a eso, a averiguarlo.

—A mí me encuentra en el Oriental —dijo Rambo—. Pregunta allí por mí, y no hay quien no me conozca.

Tongolele se rio con verdaderas ganas, y todavía riéndose llamó al teniente Fajardo.

—Pónganmele las esposas a este chistoso y me lo llevan a El Chipote, a una buena suite con vista a la laguna de Tiscapa —ordenó.

Y también le ordenó que dejara a dos agentes dentro de la casa, y otros dos de civil disimulados afuera, más una de las motos con sus dos tripulantes, por si el gavilán volvía al nido, y que el cerrajero repusiera la cerradura en su lugar. Todos los demás que lo siguieran, empezando por el propio teniente Fajardo: iban a hacer una visita sorpresiva al cine México en el Mercado Oriental.

Sentado ya en el asiento del volante, mientras los guardaespaldas esperaban afuera, alertas junto a las puertas, sacó del maletín el celular codificado por los técnicos rusos, que usaba de manera exclusiva para comunicarse con las alturas celestiales.

Marcó el único teléfono inscrito en el directorio de contactos bajo el nombre Sai Baba. No había ayudantes de por medio que tomaran la llamada, y la respuesta era siempre inmediata, sin saludos previos. Y como solía ocurrirle, cuando escuchó la voz que todo el país conocía gracias a las cadenas nacionales de radio y televisión, no pudo evitar un estremecimiento.

Quiso fundamentar de la manera más explícita su solicitud de autorización para catear el cuartel general del Rey de los Zopilotes, y de ser necesario trasladarlo a las celdas de Auxilio Judicial: un cuadro importante, pero se ha involucrado en un caso sensible, compañera, la desaparición de la hijastra del empresario Miguel Soto, aliado táctico de primer nivel.

—De todos modos ese compañero nos ha fallado —fue la respuesta tajante, aunque la voz era meliflua—. Hay unas preguntas que me interesa que le hagan de mi parte cuando lo interroguen, compañero, pero se las paso después. Ahora debo cortar.

Por alguna razón que Tongolele ignoraba, para su disgusto, como siempre que se le escapaba algo de radar, el Rey de los Zopilotes había caído en desgracia. Ya sancochado, a él sólo le tocaba freírlo.

Los guardaespaldas se acomodaron en el Toyota y él arrancó, las dos patrullas y la camioneta de tina arracimada de policías detrás, las motos por delante, ya los vecinos vueltos a sus quehaceres y las aceras despejadas; y antes de dejar la cuadra encontraron la jaula enviada por Auxilio Judicial que llegaba para llevarse a Rambo a El Chipote.

Para Tongolele, aquél se estaba volviendo un día inútil, de los que lo sacaban de quicio. El Rey de los Zopilotes no se hallaba en el cine México. Mandó descerrajar la puerta de la oficina, y se encargó personalmente de revisar las gavetas del escritorio y todo lo que había encima, sin encontrar ningún indicio relacionado con la hija de Soto. No hizo abrir los archivadores. Si se lo ordenaban de las alturas celestiales, serían secuestrados para el examen de los especialistas financieros.

En la caseta de proyección, las colchonetas tendidas debajo de los paneles eléctricos denunciaban que, de verdad, la muchacha iba a pasar la noche allí, en compañía de alguien. Pero por alguna razón los planes habían cambiado.

Convirtió la oficina en su centro de operaciones, y desde el sillón ejecutivo se ocupó de interrogar al guardián, desarmado como primera providencia, y a la capataz. De todo aquello pudo sacar en claro que la muchacha había sido traída al cine a la medianoche por el propio Rey de los Zopilotes en su Mercedes, luego había llegado un muchacho modosito a hacerle compañía, y por fin apareció un viejo renco de bastón, quien antes de amanecer se los llevó a los dos.

¿Había vuelto el renco del bastón muy temprano de esa mañana a buscar al Rey de los Zopilotes? Nadie se había presentado. El compañero Hermógenes no regresaba desde que salió muy de madrugada en el Mercedes llevándose a Chepe. ¿Chepe? Chepe era su mascota consentida, un zopilote al que le gustaba comer pan remojado en leche, le dijo la capataz, muerta de sueño. Recibía su turno a las doce de la noche y salía a las ocho de la mañana, y a estas horas debería estar ya dormida, roncando en su cama en una cuartería del barrio Quinta Nina.

Una de dos. Aquel Serafín además de vago era torpe, con las neuronas quemadas por el crack, y por eso había que saber ordenar con paciencia sus datos; o le estaba jugando piernas contándole cuentos antedatados para dar tiempo al inspector Morales a desaparecer. Éste parecía ser más bien el caso, y ahora iba a hacerlo vomitar hasta los bofes.

Mientras tanto, los informes sobre el paradero del Rey de los Zopilotes seguían siendo negativos. Su casa de Campo Bruce ya había sido cateada sin hallar rastros suyos: una casa que por fuera no dice nada, comisionado, pero por dentro tiene piscina con bar incorporado, jacuzzi, gimnasio, salón de billar, cama de agua redonda en su cuarto como en los moteles de lujo, una estatua de un niño orinando agua en una fuente en el jardín, y en el mismo jardín una caseta especial forrada de azulejos donde vive Chepe, ¿ya sabe quién es Chepe?

No iba a pasarse la vida entera esperando la vuelta de su majestad el Rey de los Zopilotes. ¿Quién quitaba y a esas alturas ya había huido sabiéndose en desgracia, y no por ocultar a la hija de Soto, sino por lo otro, algo tan grueso y tan grave como para poner los pies en polvorosa? Dejaría al teniente Fajardo con sus hombres por si acaso, mientras él se iba a El Chipote a ocuparse de Serafín. Qué poco lo conocía aquel Serafín creyéndose más vivo.

Pero en eso Chepe se había detenido en la puerta y lo miraba curioso, la cabeza en sesgo, y enseguida adivinó que detrás aparecería su dueño, como en efecto apareció, custodiado por el propio teniente Fajardo, preso al no más entrar al fóyer, las manos esposadas por delante, la cabeza gacha, las greñas remojadas de sudor, y un lamparón húmedo visible en la entrepierna de sus jeans porque se había orinado.

Tongolele creía recordar que era bizco, pero no podía comprobarlo mientras el otro no alzara la vista.

Chepe saltó al escritorio, según su costumbre.

—Bájame a ese animal de aquí que a mí los zopilotes me dan asco, y no creo ser el único en el mundo —dijo Tongolele, meciéndose levemente en el sillón.

Sin esperar la orden de su amo, Chepe dio otro salto y fue dócilmente a refugiarse al rincón, al lado del sofá.

Hermógenes por fin lo miró, y sus ojos estaban perfectamente alineados.

Lo que hace el miedo, pensó Tongolele.

—¿Por dónde andabas? —le preguntó.

—En una reunión del comité de base en el galerón de las carnes —contestó a duras penas Hermógenes—. Si me ha mandado a buscar, vengo con gusto.

—No dejaste aviso de tu paradero —respondió Tongolele—. ¿Vos sabés lo imposible que es andar preguntando por vos entre esa multitud?

—La gente me conoce —balbuceó Hermógenes.

—Para la próxima no se me va a olvidar lo famoso que sos aquí en el Oriental —dijo Tongolele.

—Eso de la importación de los huevos hondureños... —dijo Hermógenes—. Son para el programa El Huevo Solidario, se venden rebajados de precio.

Conque así era la cosa, éste andaba metido en contrabandos de alto vuelo sin autorización previa, huevos hondureños, a saber qué más, no le parecía suficiente lo que se embolsaba del negocio de la basura, se dijo Tongolele. El interrogatorio verdadero ya vendría después, cuando recibiera de las alturas celestiales el pliego de preguntas.

—¿Cuántos furgones de huevos metieron la última vez desde Honduras? —preguntó, sólo por diversión.

—Fueron cinco, pero yo no lo hice solo —contestó Hermógenes.

—Claro que no, tus cómplices son gente de la aduana, de la policía fronteriza, de la intendencia del mercado, pero esa lista me la vas a dar más tarde, con calma —dijo Tongolele—. Ahora quiero saber de Marcela, y rápido, que ya me he atrasado bastante esperándote.

—¿La hija fugada del millonario? —preguntó Hermógenes.

—Esa misma, quiero saber adónde se fue —respondió Tongolele.

—Fíjese que no me doy cuenta —dijo Hermógenes.

Tongolele se paró de un impulso y, sacando la pistola que llevaba metida en la cintura, le dio con la cacha en la cabeza. Hermógenes hizo un esfuerzo por alzar las manos esposadas buscando contener la sangre.

—Otra mentira más y mando a buscar la bolsa plástica donde van a llevarte directamente a la morgue —dijo Tongolele.

—Fue cambiada de lugar pero no sé adónde, porque la reverenda me compartimentó —dijo Hermógenes, la cara bañada en sangre.

—¿La vieja esa del refugio de vagos? —preguntó Tongolele.

—Ella me pidió el favor de tenérsela aquí, pero mandó a traerla a medianoche —contestó Hermógenes.

—Supongamos que por el momento te creo que te compartimentaron —dijo Tongolele—. ¿Quién vino a llevársela?

—Se fue con el renco, el inspector Morales, pero quien los sacó del mercado por encargo de la reverenda fue Rambo —respondió Hermógenes.

—¿Y vos creés que yo estoy obligado a saber quién es Rambo? —se le acercó Tongolele, otra vez amenazándolo con la pistola que tenía cogida por el cañón.

—Un comensal del Tabernáculo que a veces me ayuda en la motorizada —dijo Hermógenes.

Tongolele sacó del bolsillo el carnet de combatiente histórico de Serafín y se lo acercó a los ojos a Hermógenes.

—Apuesto a que éste es Rambo —dijo.

Hermógenes examinó la foto con grandes esfuerzos porque la sangre, más copiosa que antes, lo cegaba.

—Ese mismo es, sólo que más pichón —contestó.

—Bueno, papito, perdiste la corona de Rey de los Zopilotes, así es la vida —le dijo Tongolele, y guardándose la pistola hizo señas al teniente Fajardo, quien esperaba en la puerta, para que se lo llevaran.

Lo sacaron con alarde de violencia, ante el estupor de los clasificadores de la basura que habían acudido al fóyer desde la platea, y lo metieron en la jaula requerida por el teniente Fajardo a la IV Delegación Policial del mercado.

Chepe, mientras tanto, había permanecido en su rincón, el pico clavado en el plumaje del pecho, y sólo alzó una vez la cabeza para mirar a Tongolele, como si le pidiera misericordia.

—Y a este animal, ¿qué esperan para darle tortol? —le dijo con impaciencia colérica al teniente Fajardo.

Mientras bajaba las gradas, iba distraído pensando cuál sería la manera más expedita de matar a un zopilote cuando a sus espaldas oyó la detonación corta y seca, casi imperceptible entre el bullicio del mercado, y luego los pasos presurosos del teniente Fajardo que venía tras él buscando emparejársele.

—Ahora vamos para el Tabernáculo ese que está al lado de la iglesia del Calvario —le dijo cuando lo tuvo al lado.

Un requisito operativo nada más. Allí no encontraría a la reverenda, ni a nadie capaz de darle razón de ella. Toda una red de despistes tejida por conspiradores aficionados, pero no por eso dejaba de ser efectiva. Mientras, él debía trabajar contra reloj.

Y, en efecto, dentro del Tabernáculo sólo encontró a los vagos de siempre, enfilados frente a la caseta del baño, y a las cocineras que preparaban el almuerzo. La reverenda había salido desde temprano para el Oriental, con su canasta de compras, como todos los días, en busca de la carne y las verduras de la sopa que le daban baratas, y a veces hasta se las regalaban; y como no volvía, habían decidido dar a los comensales guineos sancochados, de la mata sembrada en el patio.

Llegó a El Chipote cerca de las diez, y puso a Rambo en manos de Tuco y Tico, dos de los interrogadores más duchos de Auxilio Judicial. Como si se hallara en un palco, se sentó a observar a través de la ventana ciega la manera en que aquel par de flacos, quienes a primera vista parecían desprovistos de fuerza, se aplicaban de manera seria y meticulosa a la rutina del submarino con el prisionero, sudorosas las camisetas de camuflaje de jungla, los pies descalzos y los ruedos de los pantalones de fatiga remangados.

Lo habían desnudado para meterlo de cabeza en la pileta una y otra vez, amarrado de pies y manos, y a punto del ahogo lo agarraban del pelo para tirarlo al piso de cemento donde, puestos de rodillas, le repetían las mismas preguntas. Una hora después, lograron lo que parecía un avance: la reverenda le había dado cincuenta córdobas por llevarle al inspector Morales la orden de sacar a la flaquita del cine México, y como el Oriental es tan enredado de laberintos, él los había guiado a los tres, porque iba también un tico llamado Frank, hasta una parada de taxis por el lado de La Tiendona, y ya no supo más de ellos, que fueran mejor a buscar a la reverenda al Tabernáculo y la trajeran para carearlo con ella, así se iban a dar cuenta de su sinceridad.

Tongolele pulsó un timbre para dar la orden de continuar, pero tras dos intentos más se les desmayó al sacarlo de la pileta, y desde el otro lado del vidrio Tuco le hizo señas de que por el momento era inútil insistir. Entonces lo dejaron tendido en un charco sobre el piso, vomitando en ruidosas arcadas.

El reloj de la Alka-Seltzer, situado encima de la ventana ciega, marcaba un cuarto para las doce, y Tongolele se inquietó al darse cuenta que había perdido ya toda la mañana en aquellos empeños inútiles. Un ordenanza de la oficialía de guardia de El Chipote había estado entrando a pasarle mensajes urgentes llegados de su oficina, pero ni siquiera quitó el lacre de los sobres porque no quería distraerse. Averiguar adónde tenían oculta a la hija de Soto no era su asunto más importante del día, pero alguien estaba pretendiendo tocarle las nalgas, y todo apuntaba hacia el inspector Morales. Cuando se apoderara de aquella mano traviesa la iba a triturar hueso por hueso.

Le quedaba hacer una incursión a la agencia de detectives. Aquel renco fracasado podía ser cualquier cosa menos pendejo para hallarse allí. ¿Pero acaso no tenía una ayudan-

278

te, doña Sofía? A lo mejor con ella podía hablar calmadamente, sin asustarla, un regalito en efectivo capaz y la volvía comunicativa.

¿Dónde se hallaba esa agencia? Desde El Chipote llamó a su oficina, pero nadie lo sabía, y en los registros no tenían nada del inspector Dolores Morales, porque no estaba inscrito como objetivo de vigilancia o seguimiento. Pidió que preguntaran al 113, o que buscaran en las páginas amarillas del directorio telefónico, lo que fuera. Y mientras terminaba de dar las instrucciones apareció en la pantalla del celular una llamada de Soto.

Buscó cómo dorarle la píldora, pues no iba a confesarle que no tenía aún resultados, mientras desde atrás Manuelito, pues se trataba de una llamada a micrófono abierto, lo incordiaba con exigencias; y malhumorado como andaba iba a darle una mala contestación cuando recordó que quien conocía la dirección de la agencia era el propio Manuelito. ¿No había estado presente en el operativo de la noche anterior para agarrar a Frank, el empleado del call center de Soto? ¿Y dónde andaba su cabeza esa mañana que no se le ocurrió localizar al jefe de la patrulla destinada a apoyar el operativo? Era un centro comercial en Bolonia, al menos de eso se acordaba ahora.

Muy contento de ser útil, Manuelito le dio las señas, insistiendo antes si tenía lápiz y papel a mano para apuntar: el Guanacaste Shopping Center, comisionado, agarre la calle principal de Bolonia que va para la Casa del Obrero y donde hay un aserrío de madera dobla y de allí sigue una cuadra abajo, no se pierde porque en el parqueo hay un gran guanacaste que se ve desde la calle.

Ya pasaba la una de la tarde cuando el taxi se estacionó en el parqueo semidesierto, y seguido por dos de sus guardaespaldas, mientras el otro permanecía en guardia al lado del vehículo, enfiló hacia el corredor indicado por la muchacha del Cafetín Cuscatleco, quien calentaba en ese momento una orden de pupusas en el horno microondas.

En la puerta de la agencia Dolores Morales y Asociados colgaba el cartelito cortesía de las tarjetas de crédito Visa del lado de CERRADO, y se enfureció tanto que hubiera querido romper de un puñetazo la nariz cuadrada de Dick Tracy haciendo añicos la vidriera.

Volvía ya sobre sus pasos cuando en la vidriera siguiente llamó su atención el busto dorado de Rubén Darío colocado sobre su pedestal de falso mármol, en medio de aquellas cabezas sin rostro que exhibían pelucas de colores encendidos, como las de las putas que se retorcían agarradas al tubo cromado en las viejotecas. ¿Y quiénes estaban allí, girando parsimoniosos alrededor de los clientes de turno sentados en las sillas giratorias, mientras los recortes de pelo caían sobre los elegantes mandiles negros? Ovidio y Apolonio. Más viejos, el uno había echado algo de panza, el otro algo canoso, pero eran ellos.

Dejó afuera a los guardaespaldas y entró al RD Beauty Parlor en una disposición de ánimo completamente diferente, digamos que inspirado. Ambos primos hermanos, como si atendieran un llamado, alzaron la cabeza al mismo tiempo y lo descubrieron reflejado en el espejo.

—El mundo es un pañuelo apenas suficiente para soplarse los mocos —dijo, riéndose festivamente.

Los dos se quedaron tijereteando en el aire por encima de las cabezas de sus parroquianos, que perdidos en sus pensamientos permanecían ajenos a la escena. Por un momento los primos se miraron entre ellos, mudos de sorpresa porque no habían tardado en darse cuenta de a quién tenían enfrente. La cara picoteada de cicatrices se los decía todo.

Tongolele, creyendo que aún no lo reconocían, acentuó su cordialidad juguetona.

—¿No se acuerdan, pendejos, a quién le deben su cambio de suerte en la vida? —dijo.

—Claro, comisionado, cómo no vamos a acordarnos —dijo por fin Apolonio, que había terminado con su cliente y sacudía los restos de cabellos del mandil.

—¿Entonces, ya ni buenos días, buenas tardes? —cruzó los brazos Tongolele.

—El silencio era por respeto, usted es lo que es —dijo Apolonio y fue a la caja a cobrar la tarjeta de crédito.

—Y vos, Ovidio, ¿también te quedaste mudo de puro respeto? —preguntó Tongolele mientras iba a sentarse a la silla que había quedado desocupada.

—Después de tanto tiempo sin verlo, comisionado... —respondió Ovidio, quien también terminaba con su cliente y traía un espejo para que pudiera mirar la parte trasera del corte.

—Noto como si no se alegraran de verme —dijo Tongolele, fingiendo decepción.

Los primos se miraron otra vez, cohibidos. No había más clientes que atender, y la peluquería había quedado desierta.

—Nosotros encantados, cómo va a creer que no —dijo Apolonio.

Desde la silla, Tongolele se dedicó a estudiarlos. Siempre tan dicharacheros y bromistas, y ahora cagados de miedo, al punto que a Apolonio le temblaba la quijada. Casi oía castañear sus dientes. Ovidio no hallaba dónde poner las manos, metiéndolas y sacándolas de los bolsillos del pantalón. Si allí no había gato encerrado, entonces precisaba encerrar al gato y agarrarlo del pescuezo. Mejor dicho, dos gatos.

—Me informó el otro día un pajarito que ustedes tenían en este centro comercial su peluquería propia, que les iba bien, clientela selecta —dijo Tongolele y se acomodó a su gusto en la silla—. Entonces hoy que pasaba cerca de aquí pensé: voy a ir a saludar a los muchachos, y de paso saludo a mi amigo y viejo compañero de filas, el inspector Dolores Morales, ya que son vecinos.

—No está —balbuceó Apolonio—. No ha venido en toda la mañana.

Ovidio se había puesto a limpiar y a acomodar los potes y frascos de la peaña que corría paralela al espejo, y luego se entretuvo en probar el chorro de aire de una secadora de pelo, acercándola a su propia cabeza.

—Ya me di cuenta, cerrada la puerta y apagadas las luces —dijo Tongolele—. ¿Y qué pasó con doña Sofía? También es vieja conocida y me gustaría saludarla.

Ovidio se encogió de hombros, prolongando el gesto más de la cuenta, y luego se dedicó a alinear los peines, las tijeras, las navajas, las brochas, los cepillos.

—Tampoco está, ella sí vino, pero se habrá ido hace como una hora —dijo Apolonio.

—Por cuentas Ovidio está muy ocupado —dijo Tongolele—. Parece que le estorban las visitas.

—Es que así soy yo, comisionado —dijo Ovidio, sin volverse—; no me puedo estar quieto porque siempre ando buscando qué hacer, como si me picaran las manos.

—¿De quién sos más amigo? —le preguntó Tongolele, y cruzó la pierna—. ¿Del inspector Morales, o de doña Sofía? Pero vení, acercate, me incomoda estar hablando de lejos con alguien.

Obedeciendo, Ovidio dio unos cuantos pasos hacia Tongolele, otra vez las manos entrando y saliendo de los bolsillos del pantalón.

—A los dos los vemos ir y venir, los saludamos, pero no es que tengamos amistad, ¿verdad, Apolonio? —dijo.

—¿Saben qué? —dijo Tongolele, y recostándose en el cabezal de la silla cerró los ojos, como si se preparara para que le enjabonaran la cara—. Ustedes son un par de mentirosos, tan malos mentirosos que dan lástima.

—¿Qué vamos a ganar mintiéndole a usted? —dijo Apolonio, tratando de sonreír, pero más bien como si fuera a llorar.

—Eso mismo me pregunto yo —dijo Tongolele, y se enderezó, abriendo los ojos como si acabara de despertar—. Ustedes saben perfectamente a qué vine aquí, y no es a saludar a dos desgraciados malagradecidos que no se acuerdan de los favores que les hice.

—¿Y entonces qué anda haciendo? —preguntó Ovidio sin poder gobernar sus palabras, y tarde se dio cuenta que debía haberse quedado callado.

—El que vino a hacer las preguntas soy yo —dijo Tongolele, y los miró uno por uno—: ¿adónde iba doña Sofía cuando salió de aquí?

Ovidio volvió a encoger los hombros, de manera ahora más exagerada.

—Antes de la una salió para la iglesia de la Divina Misericordia a entrevistarse con doña Ángela, la mamá de la muchacha desaparecida que andan buscando —dijo Apolonio, como si recitara una lección.

Tongolele se incorporó con tanto impulso que la silla quedó girando en su pedestal. Iban a ser las dos.

—No se me muevan de aquí por si más tarde los necesito —dijo, encaminándose presuroso hacia la salida—. Allí afuera les dejo un amigo que les va a hacer compañía.

—¿Acaso quedamos presos? —alcanzó a preguntar Apolonio, dominando apenas el temblor de la quijada.

—Tal vez aprovechan el tiempo y le afeitan la cabeza a mi amigo al estilo mohicano, porque le ha dado por esa moda de pandilleros —dijo Tongolele, y cerró tras de sí la puerta.

16. La Divina Misericordia

La iglesia de la Divina Misericordia en Villa Fontana, en la prolongación oeste de la pista Jean Paul Genie que lleva hacia los predios de la UNAN, bien hubiera podido pasar por una tranquila residencia de ancianos, con sus ventanales de rejas rodeados de jardineras donde crecían limonarias y palmeras enanas.

Al centro del amplio patio se alzaba una robusta estatua de cemento de Juan Pablo II revestido de la casulla papal, la mitra en la cabeza y una capa pluvial que parecía ondear al viento.

Habría una boda esa tarde. Junto a la puerta lateral, donde Vademécum se detuvo para dejar a doña Sofía, los empleados de una floristería descargaban de una furgoneta manojo tras manojo de calas blancas, sus largos tallos empapados de agua.

Era una hora candente, además de solitaria. En el patio sólo había estacionadas dos Land Cruiser expuestas a la lumbre del sol, y más allá una monumental Suburban de ocho cilindros, amparada bajo un chilamate que dilataba su sombra sobre el techo de la casa cural, en el límite de la propiedad. Vademécum fue a estacionar la pick-up coronada con las bocinas al lado de la Suburban. El motor, que coceaba encabritado, se apagó en un ahogo.

Doña Sofía agradeció el frescor de la nave en sombras, donde los fulgores del mediodía quedaban retenidos en las ventanas como las brasas de un fuego manso. Una tropa de señoras diligentes, cuyas cabezas habían pasado ya por las manos de los estilistas en los salones de belleza, se encargaban de arreglar la iglesia para la boda. Enlazaban colgaduras de tul adornadas de ramilletes de crisantemos en los extremos de las bancas por ambos lados del pasillo central, colocaban las calas en grandes jarrones de cristal en lo alto de peañas al pie de las gradas del presbiterio, y terminaban de vestir con fundas almidonadas los reclinatorios de los novios.

Doña Sofía descubrió la imagen de bulto del padre Pío en un altar cerca de la puerta por la que había entrado. Allí estaban en un florero las heliconias del jardín de doña Ángela, cortadas esa misma mañana. Y no pudo dejar de imaginar que la veía arrodillada frente al santo de los estigmas, descalza y vestida de hábito capuchino, y que al notar su presencia se incorporaba para invitarla a dirigirse hacia la sacristía.

Pero, apartando sus pensamientos fantasiosos, la mediadora era la Sacristana y debía buscarla. La descubrió por fin cerca de la entrada principal, asentada firmemente sobre los pies abiertos y los brazos en jarras, en el acto de vigilar a los operarios que desenrollaban la alfombra de las festividades solemnes, y que la iglesia alquilaba en estas ocasiones para extenderla por el pasillo.

Adivinó que se trataba de ella por las descripciones prolijas que le había hecho el doctor Carmona, y se le acercó, sin cuidarse de disimulos; pero la mujer, fingiendo no reparar en su presencia, tras impartir algunas instrucciones a los trabajadores se dirigió hacia el presbiterio como si no le corriera prisa. Subió las gradas, se arrodilló frente a Jesús de la Divina Misericordia nimbado por el haz de rayos que emergía de su pecho, y luego desapareció por la puerta de la sacristía a la izquierda del altar mayor.

Doña Sofía subía las gradas en pos de ella cuando encontró la mirada inquisidora de una de aquellas señoras peinadas ya para el casamiento, que la vigilaba mientras recortaba los tallos de las calas para que se ajustaran a la hondura del jarrón. Quería comprobar si se iba a arrodillar o no.

Nunca había vuelto a postrarse frente a un altar católico desde el día de su primera comunión. Pero antes de nada estaba su cometido, de modo que lo más conveniente era que la mujer, paralizada en espera, las tijeras en el aire, la tomara por una de esas devotas encargadas de lavar los manteles y recoger la limosna durante la misa, que se dirigía a recibir alguna instrucción de parte de la Sacristana.

Lo hizo deprisa, doblando apenas una sola rodilla, pero sin persignarse, y así sintió que su fortaleza había sufrido poca mella. Se encaminó hacia la puerta de la sacristía, e iba ya a girar la manigueta cuando se encontró cara a cara con la Sacristana, quien se había adelantado a abrir; sin mover un solo músculo de la cara le cedió paso en silencio, y salió de regreso al presbiterio cerrando desde afuera.

Desconcertada, descubrió de pronto en la penumbra a doña Ángela, de pie bajo el agresivo chorro de luz que descendía desde la claraboya en lo alto de la pared fronteriza al estacionamiento, entre un arrumbamiento de trastes que mientras más lejos se hallaban de la claraboya más iban perdiendo sus perfiles, pues aunque en el techo parpadeaba un tubo fluorescente, no alcanzaba a aliviar las sombras.

Muy cerca de donde estaba parada doña Ángela sobresalía el sitial forrado de damasco que sólo el arzobispo de Managua podía ocupar cuando oficiaba en la iglesia, junto a las patas del sillón una caja de empaque de las sopas Maggi repleta de folletos sobre el Año Santo de la Misericordia, y revueltas encima del espaldar las sotanas encarnadas y las albas de los monaguillos; a un lado, un ropero entreabierto donde colgaban casullas esmeralda y violeta, más allá imágenes mutiladas que parecían mirar extrañadas a otras que debajo de la cabeza sólo tenían una armazón; y plegado en una esquina, ya las sombras más espesas, un palio de cuatro tubos cromados, la seda bordada en amarillo.

Pero aún descubrió más. Al pie del ropero había una caja de madera donde se amontonaban húmeros, tibias, fémures, y otras piezas de esqueleto que el haz de la claraboya parecía dorar. Una sobrina de la Sacristana llevaba la carrera de medicina en la UAM gracias a una beca pagada por doña Ángela, y utilizaba la sacristía para el repaso de sus lecciones utilizando esos huesos que un desprevenido podía tomar por reliquias de algún santo mártir.

Lejos del hábito capuchino, y lejos también de sus galas de *¡Hola!*, doña Ángela, el cabello rubio marchito recogido atrás en un moño, vestía con pulcritud refinada; algún modelito de Chanel, tal vez, realizado en estopilla de lino de tono paja, los zapatos de medio tacón y la cartera color tabaco; y como la llevaba colgada del brazo, no podía decirse si acababa de llegar, o estaba por irse.

Doña Sofía sólo había advertido una silleta metálica plegadiza junto al cajón de huesos, utilizada seguramente por la estudiante de medicina, pero sus ojos no exploraban aún el fondo de la sacristía, adonde ahora se dirigía doña Ángela, haciéndole antes una señal con la cabeza para que la siguiera.

Vio entonces dos sillones, los espaldares ovales tejidos de junco, de esos donde se acomodan los diáconos en las misas cantadas, lado a lado de una mesa cubierta por un mantel blanco bordado en punto de cruz con motivos eucarísticos, sobre el mantel dos tazas de china, una azucarera de electroplata que parecía trasplantada de la mesa de regalos de una boda, un vaso turbio lleno de cucharas, una cajita de sobres de té Lipton, y un florerito de barro lleno de crisantemos, detalle agregado por la Sacristana al escenario de la plática a costas de los arreglos de la boda. Y por fin un reverbero enchufado a un tomacorriente, y encima del reverbero un jarro de aluminio.

Se sentaron, todavía en silencio. Entonces doña Ángela, tras depositar la cartera sobre la mesa, extendió las manos para apresar las de doña Sofía, y así las retuvo largo rato mientras las lágrimas asomaban a sus ojos, unas lágrimas que parecían tener su propia luz porque brillaban en la penumbra. Las retiró de pronto. ¿Se avergonzaba de la escena?, se preguntó doña Sofía. Agarrándole las manos a una extraña, llorando frente a una extraña.

Luego sacó de la cartera un paquete de Kleenex, tomó un pañuelito y se enjugó los ojos con leves toques, aplicó otro a sus labios pintados de rojo oscuro, estrujó ambos y los dejó sobre la mesa donde fueron lentamente abriéndose como pétalos, uno de ellos húmedo, el otro manchado de pintura de labios.

Perdone, perdone, decía ahora, en medio de su turbación, mientras sacudía la cabeza, y entonces volvió a echar mano de la cartera y buscó a ciegas hasta encontrar un paquete dorado de cigarrillos Benson & Hedges y una carterita de cerillos propaganda del Galaxy Call Center con el emblema del cometa. Ya encendía uno cuando recapacitó y le ofreció el paquete a doña Sofía.

—No, gracias, no acostumbro —dijo doña Sofía, cortés pero enérgica.

—Usted es evangélica, ya lo sé —dijo doña Ángela, y sonrió, condescendiente—. Ustedes no fuman, y hacen bien. Que se mueran de cáncer en los pulmones los católicos irredentos.

—No fumamos, y menos dentro de un templo —dijo doña Sofía con severidad.

—Pues el padre Pancho, nuestro párroco, fuma aquí en la sacristía —dijo doña Ángela, y encendió el cigarrillo.

—Eso sí que me extraña más —dijo doña Sofía—. ¡El propio pastor!

—Es un amor de persona el padre Aranguren —dijo doña Ángela—. Se llama Patxi, que es muy enredado, por eso prefiere que le digamos Pancho. Lástima, anda en San Salvador dando unos ejercicios espirituales y no va a poder conocerlo.

Como si el humo del cigarrillo hubiera llegado a las narices de la Sacristana, se la oyó entrar con el suave paso de las suelas de goma de sus zapatos de enfermera para depositar sobre la mesa una concha marina que haría las veces de cenicero, y se retiró de la misma manera llevándose los pañuelitos arrugados.

Tan liviana ahora en su plática tras el breve momento de congoja, doña Ángela concordaba más con la mujer que aparecía en la portada de *¡Hola!* enseñando sin recato sus lujos mundanos que con la otra que dormía en hábito de fraile mendicante y se dedicaba a las obras pías.

Y si antes le había tomado las manos en un intento aparente de empezar a abrirle sus secretos, la veía ahora enconcharse, refugiada en el cigarrillo como si quisiera levantar entre ambas una pared de humo. Pero no le correspondía a doña Sofía dar el primer paso, empezar diciéndole hemos encontrado a su hija, sabemos por qué huyó, vamos a denunciar lo que le ha ocurrido, usted debe acompañarnos. ¿Acaso sabía ella de qué lado estaba aquella mujer, si del lado de su hija ultrajada, o del lado del hechor, su marido?

Doña Ángela apagó el cigarrillo en la concha marina y vertió el agua del jarro en las tazas, con estilo, como si se hallara sentada en el sofá rojo carmesí de su sala, entre los jarrones chinos, y custodiada por su perro pastor de porcelana.

—¿Cuántas bolsitas le pongo? —preguntó.

—Sólo una, por favor —contestó doña Sofía por responder algo, pues no estaba acostumbrada a aquella bebida.

—El padre Pancho disfruta mucho del té instantáneo, y la verdad es que a mí no me sabe mal —dijo doña Ángela.

¿A qué habían venido aquí? ¿A hablar sobre el padre Pancho, a quien le gustaba fumar en su propia sacristía, y también el té instantáneo? Ahora le preguntaba cuántas cucharaditas de azúcar. Pero ella misma no había puesto ninguna bolsita en su taza, no era cierto que aquel té de supermercado le gustara. La gran dama, la marquesa, falsa o como fuera, aparentaba rebajarse a servirle a una plebeya una taza de té, pero no lo probaba. O sea, a fin de cuentas, cada quien en su lugar con su cada cual.

Doña Ángela, de pronto, le tomó otra vez las manos y la sacó de sus reflexiones.

—Quiero saber qué me tiene de nuevo —preguntó.

—¿Qué me tiene de nuevo de qué? —preguntó a su vez doña Sofía.

—De mi hija —respondió doña Ángela, y sus ojos volvieron a humedecerse—. Tal vez usted no sabe que fui yo quien pidió a mi esposo que los contratara a ustedes para que se encargaran de encontrarla.

—Su marido más bien nos prohibió terminantemente que la metiéramos a usted en esto —replicó doña Sofía.

—Sería para no darme preocupaciones —dijo doña Ángela.

—Bonita manera de tranquilizarla —dijo doña Sofía.

—Él es así, tiene sus modos —dijo doña Ángela, retirando de nuevo las manos—. Pero se lo pido como madre, dígame lo que han averiguado; usted me entiende porque sabe lo que es perder a un hijo.

—Ése es un golpe bajo —susurró Lord Dixon, de pronto al lado de doña Sofía—. Quiere chantajearla por el lado sentimental.

—La diferencia es que al mío me lo mataron, y la de usted está viva —dijo doña Sofía.

—Pero hay muchas maneras de perder a un hijo —dijo doña Ángela—. Si Marcela no volviera, es como si hubiera muerto.

—A lo mejor no quiere volver —dijo doña Sofía.

—¿Por qué no iba a querer volver? —replicó doña Ángela—. A esa niña no le falta nada, todo gusto se le ha dado.

—Entonces se fue de la casa porque le rebalsa el gusto —dijo doña Sofía, sonriendo de manera irónica.

—Eso es lo que no sabemos, los motivos que tuvo —dijo doña Ángela—. Quién entiende hoy a la juventud, son tan raros los muchachos.

—No pierda la paciencia, doña Sofía —dijo Lord Dixon—. Siga rascando la costra hasta ver la carne viva.

—Y su marido, ¿qué tal es su relación con ella? —preguntó doña Sofía.

—La mejor del mundo —contestó doña Ángela—. Es como si fuera su verdadero padre.

—Y en cuanto a usted, ¿cómo se porta el mejor padre del mundo? —preguntó doña Sofía.

—¿Cómo habría de portarse? —dijo doña Ángela, resintiendo la pregunta—. Normal, respetuoso.

—Pero usted le tiene miedo —dijo doña Sofía.

—¿Miedo? ¿A mi marido? ¿Yo? —doña Ángela se señaló el pecho con una mueca de risa.

—Si me cita con tanto misterio en esta iglesia es para que él no se dé cuenta, y eso quiere decir que le tiene miedo —dijo doña Sofía.

—¡Cómo se atreve! —respingó doña Ángela en el sillón.

—Parece que a la señora le hubiera picado un alacrán en salva sea la parte —dijo Lord Dixon.

—Yo sólo quiero saber qué es lo que usted quiere —dijo doña Sofía—. Y para qué me quiere.

—Sepa que mi esposo y yo somos una pareja muy unida —dijo doña Ángela—. Y no tengo por qué tenerle miedo.

Había sacado otro cigarrillo del paquete, y fumaba con avidez. De nuevo se colocaba detrás del muro de humo que parecía brotar enfurecido de su boca y sus narices.

—Está cerrando filas con el hechor de puro miedo —dijo Lord Dixon.

—Entonces queda todo muy fácil —dijo doña Sofía—. Espere a que terminemos el trabajo y le entreguemos el informe a su marido.

—Parece que usted no tuviera corazón —dijo doña Ángela, y ahora daba toques rápidos al cigarrillo en el borde de la concha para desprender el virote de ceniza.

—Y usted parece que no tuviera sinceridad —respondió doña Sofía.

—Es que hay algunas cosas que usted no sabe —contestó doña Ángela, y dio una última calada antes de aplastar la colilla en la concha.

Tenía los ojos enrojecidos, y doña Sofía no acertaba a saber si era debido al humo del cigarrillo o porque iba a empezar a llorar de nuevo.

—Hágale ver que es necesario hablar a calzón quitado —dijo Lord Dixon.

—Pues cuénteme qué cosas son ésas, y tal vez yo pueda ayudarla —dijo doña Sofía.

—Marcela es una niña hasta allá de complicada —dijo doña Ángela—. Llena de problemas.

—Entonces debería estar en manos de un psiquiatra —dijo doña Sofía—. Pero su marido se lo prohibió.

—¿Usted cómo lo sabe? —saltó otra vez doña Ángela.

—Lo hemos averiguado a pesar de todo —respondió doña Sofía—. Su marido pagó para que no llegáramos a nada.

Doña Ángela intentó alcanzar el paquete de cigarrillos, pero el temblor de su mano se lo impidió.

—Ella es la que se niega a recibir ayuda profesional porque es muy caprichosa —dijo—. Esa es la verdad.

—De cualquier modo que sea necesita cuidado —contestó doña Sofía con impaciencia—. Yo no soy estudiada ni sé nada de asuntos de la cabeza, pero esa niña tiene problemas profundos. Eso que llaman trauma.

—¿Quiere decir que la ha visto, que ha platicado con ella? —preguntó doña Ángela, y ahora agarró a doña Sofía por el antebrazo.

—Son mis deducciones —dijo cortante doña Sofía—. Nadie la secuestró, nadie se la llevó a la fuerza. Huyó de su hogar. ¿Quién huye de su hogar si no es porque tiene horror a lo que hay allí adentro?

—¿Horror? —dijo doña Ángela, y soltó a doña Sofía como si la piel de su antebrazo ardiera—. ¿De qué horror me está hablando?

—Ni que investiguemos un año entero vamos a llegar a saber más que usted, que es su madre —contestó doña Sofía.

—Yo he sido una buena madre —protestó doña Ángela.

—Usted lo dice, usted sabrá —respondió doña Sofía.

—¿Por qué lo pone en duda? —preguntó a su vez doña Ángela.

—¿No va a ofenderse por mi franqueza? —preguntó doña Sofía.

Doña Ángela vaciló, aterrada.

—No, no me ofendo... —musitó.

—Usted no puede ser una buena madre si no sabe por qué su hija huyó de su casa —dijo doña Sofía—. La única hija que tiene.

—Adoro a mi hija —contestó doña Ángela; se llevó una mano empuñada a la boca y se mordió los nudillos.

—No afloje, no la suelte que ya la tiene agarrada —dijo Lord Dixon.

—O lo sabe de sobra, sabe bien por qué huyó, pero le da vergüenza decírmelo —dijo doña Sofía.

Doña Ángela la miraba suplicante, y ahora se mordía los nudillos de ambas manos.

—No sé, le juro que no sé —dijo.

Doña Sofía dio un golpe tal sobre la mesa que el té ya frío de su taza, del que no había dado un solo sorbo, saltó por todo el mantel.

—¡Basta ya de teatro, señora! —dijo—. Usted bien sabe de qué estoy hablando.

Doña Ángela abrió la boca. El grito se le había atragantado en alguna parte, en los pulmones, en el galillo, pero cuando le salió fue el alarido de un animal al que le han clavado el cuchillo en el guargüero para degollarlo.

La Sacristana se asomó a la puerta, asustada, pero doña Ángela, que ya se había vuelto a tragar el grito, la espantó con la mano.

Se puso de pie y emprendió un lento paseo por la sacristía, la cartera colgada del brazo. Fue hasta la esquina donde estaba recogido el palio, regresó, retomó su paseo, se detenía, revisaba lo que encontraba a su paso, las cabezas de los santos sustentadas en las armazones, los huesos de la muchacha estudiante de medicina, las casullas del ropero. Por fin se sentó.

—Voy a hacerle mis confesiones, está bien —dijo—. Pero hágame un pequeño favor, y empiece usted por contarme todo lo demás que ha sucedido con Marcela.

Buscó encender otro cigarrillo, pero ya había arrancado la última de las cerillas de la carterita. Apartó apenas el jarro de aluminio y, el cigarrillo en los labios, acercó la cabeza a la lumbre del reverbero.

—Señora más viciosa, se va a quemar las mechas —dijo Lord Dixon.

—Otra vez de vuelta a su juego —suspiró doña Sofía—. ¿Para eso ha meditado tanto?

—Ningún juego —dijo doña Ángela, y exhaló el humo con toda tranquilidad—. Cuénteme cómo fue que lograron dar con ella, y le prometo que después me va a oír a mí.

—Está dando por descontado que la hallamos —dijo doña Sofía.

—Ahora la que está jugando conmigo es usted —dijo doña Ángela.

—Perdone, doña Sofía, pero esta señora tiene razón —dijo Lord Dixon—. Ya no es hora de seguirla acosando. Dele una oportunidad.

—Es una historia llena de bemoles y se va a hacer demasiado larga —dijo doña Sofía—. Confórmese con saber que está bien, entre gente que la quiere y respeta.

—Entonces dígame qué le ha dicho de mí —dijo doña Ángela.

—Le tiene mucho resentimiento, porque sabiendo usted la verdad, nunca la apoyó —respondió doña Sofía.

—Ella no entiende cuál es mi situación —dijo doña Ángela.

—Claro que la entiende —dijo doña Sofía—. Entiende que si usted se pone del lado de ella, ese hombre la deja en la calle.

—No es el dinero, de ningún modo —dijo doña Ángela—. A lo que le tengo horror es al escándalo.

—A lo que van a decir y pensar el padre Pancho y las damas de la cofradía del padre Pío, para empezar —dijo doña Sofía.

En el paquete quedaba un último cigarrillo y doña Ángela lo encendió con el que estaba a punto de consumirse.

—Con el padre Pancho se equivoca —contestó—. Más bien me ha presionado para que denuncie todo. Él es mi consejero espiritual.

—¿Sabe él que Marcela huyó? —preguntó doña Sofía.

—Se lo pude contar por teléfono antes que tomara el avión —respondió doña Ángela—. Y me regañó. Ya me había advertido que eso iba a ocurrir. Me llama todos los días, me deja mensajes, pero ya no le contesto porque no sé qué decirle. Me sigue exigiendo cosas.

—¿Cosas como qué? —preguntó doña Sofía.

—Que me separe de Miguel, que coja a mi hija apenas aparezca y que nos vayamos lejos —dijo doña Ángela.

—Pues mis felicitaciones al padre Pancho —dijo doña Sofía—. Pero ahora vamos a lo prometido. Quiero oírla: ¿desde cuándo sabe usted que su esposo abusa de Marcela? ¿Desde cuándo se ha callado?

—¿Puedo verla, a ella, a mi hija? —preguntó doña Ángela—. ¿Quiere verme ella a mí?

—Dejemos eso para el final, y respóndame —dijo doña Sofía.

—Lo supe casi desde el principio —dijo doña Ángela, tratando de mirar con entereza a doña Sofía.

—Tantos años de esa canallada, y como si no fuera con usted —dijo doña Sofía.

Doña Ángela apretó los labios pintados de oscuro, y abatió la cabeza mientras el cigarrillo ardía en su mano.

—Soy cobarde, Dios me hizo así —dijo—. El padre Pancho me ha advertido que Dios no anda por el camino de los cobardes, que no quiere nada con ellos. Pero no me atrevo, no puedo.

—Los cobardes tendrán su herencia en el lago que arde colmado de fuego y azufre, junto a los asesinos, los inmorales, los hechiceros, los idólatras y todos los mentirosos, así está escrito en el Apocalipsis —dijo doña Sofía—. A eso lo llama Juan «la muerte segunda».

—¿El infierno? —dijo doña Ángela—. No me lo ofrezca, que ya vivo en él.

—Quítese de encima esa cobardía, desnúdese de esa piel purulenta, y verá el reino —dijo doña Sofía.

—No estoy seguro si la prédica evangélica conviene en estos momentos, doña Sofía —dijo Lord Dixon.

—¿Marcela espera algo de mí, o ya perdió toda esperanza? —preguntó doña Ángela—. ¿Me manda algún recado?

—No sabe que estamos teniendo esta entrevista —dijo doña Sofía—. Pero que ella no pierda las esperanzas en su madre sólo depende de usted.

—La brasa del cigarrillo le está quemando los dedos a esta señora, y ni cuenta se da —dijo Lord Dixon.

—¿Y usted cree que puedo verla, que querrá recibirme? —preguntó doña Ángela—. Estoy dispuesta a cualquier cosa.

—¿Qué quiere decir eso de «cualquier cosa»? —preguntó doña Sofía.

—Llevármela del país, irnos juntas, poner distancia entre Miguel y nosotras —contestó doña Ángela.

—No creo que eso sea suficiente a estas alturas —dijo doña Sofía.

—Pero es lo que me ha pedido el padre Pancho —dijo doña Ángela.

—Olvídese en este momento del padre Pancho —dijo doña Sofía—. A las tres de la tarde de hoy se acaba todo.

—¿Cómo que se acaba todo? —preguntó doña Ángela, y se puso de pie.

—Marcela va a dar una conferencia de prensa, y allí va a saberse de la propia boca de ella lo que hasta ahora ha estado oculto —dijo doña Sofía.

Doña Ángela se dio cuenta, por fin, que el cabo del cigarrillo le estaba quemando los dedos, y sacudiendo la mano lo tiró al piso.

—¿Y mi hija va a hablar delante de todo el mundo de lo que le ha pasado? —preguntó doña Ángela—. ¿Va a contar en público todas esas intimidades?

—No son intimidades, señora, son atrocidades —dijo doña Sofía—. Y el consejo que ha recibido de los que saben de eso es que para poder vivir en paz tiene que quitarse semejante peso de encima.

—Qué horror —dijo doña Ángela, y se llevó las manos a la boca.

—No, señora, horror es lo que ha vivido ella, y usted también —dijo doña Sofía.

—¿Y yo? ¿Qué hago entonces? —preguntó doña Ángela, buscando con desesperación un cigarrillo en el paquete vacío.

—Acompañe a su hija, aparezca junto a ella en esa conferencia de prensa —contestó doña Sofía—. Ella la necesita a su lado.

—Me está pidiendo un imposible —dijo doña Ángela, y sacudió la cabeza.

—Le voy a contestar con la voz del Deuteronomio —dijo doña Sofía—: «Que el medroso y apocado salga y regrese a su casa para que no haga desfallecer el corazón de sus hermanos como desfallece el corazón suyo». Si usted sigue en la cobardía, deje entonces que Marcela busque su remedio.

—Doña Sofía, me deja con la boca abierta —dijo Lord Dixon—. ¿Para qué quieren pastor en la iglesia Agua Viva si habla usted mejor que los televangelistas?

Como el agua del jarro se estaba consumiendo y siseaba, doña Ángela se paró y fue a despegar el enchufe del reverbero en el tomacorriente de la pared. A los ojos de doña Sofía aquella ocurrencia, tan ajena a la tensión del momento, le resultó extraña.

—¿A qué horas me dijo que era esa conferencia de prensa? —preguntó, volviendo a sentarse.

—A las tres de la tarde —respondió doña Sofía.

—¿Dónde? —preguntó doña Ángela.

—Ah, eso no —contestó doña Sofía—. Mientras no tenga su palabra de que va a acompañar a Marcela, no puedo darle ese dato.

—Porque no confía en mí —dijo doña Ángela.

—Me va a perdonar, pero ésa es la verdad —respondió doña Sofía—. Todavía no puedo confiar plenamente en usted.

—Entonces usted me lleva al lugar —dijo doña Ángela.

—La oveja está entrando en el redil —dijo Lord Dixon.

—Claro que sí, de mil amores —contestó doña Sofía—. Marcela se va a morir de alegría cuando la vea aparecer.

—Entonces tenemos que apurarnos, porque ya son pasadas las dos —dijo doña Ángela, consultando su fino reloj de pulsera Cartier.

17. Así se me venga el mundo encima

Doña Sofía, fiel a las medidas de seguridad, dio indicaciones a Vademécum de dirigirse hacia la sede del CENIDH cinco minutos después que la Suburban de doña Ángela, llevándolas a ellas dos, hubiera partido con el mismo destino. De modo que iban ya lejos, siguiendo por la avenida principal de Los Robles, y entraban a la zona Hippos, donde se apagaba el bullicio de la hora del almuerzo en los restaurantes que servían menús ejecutivos, cuando el falso taxi conducido por Tongolele alcanzó a llegar a la iglesia de la Divina Misericordia.

Debido a que el portón se hallaba abierto a medias, tuvo que detenerse para dar paso a la pick-up adornada con sus dos bocinas, y ambos conductores se vieron las caras, pero nada más. Tongolele sabía vagamente la historia de los duendes dedicados a hostigar a los deudores insolventes, pero nunca en su vida había visto al propietario de aquella empresa; por su parte Vademécum, aunque al tanto de los hechos y antecedentes del capitoste policial, no lo conocía lo suficiente como para identificarlo, a pesar de la fama de su mechón blanco y las características marcas de su cara, y menos aún al volante de un taxi.

Cuando Tongolele entró en la iglesia terminó de darse cuenta de lo que ya le decía la soledad del patio, donde el único vehículo estacionado era un microbús del cual bajaban un contrabajo: que seguía llegando tarde dondequiera que iba ese día. Nada de doña Ángela, nada de doña Sofía. Subió hasta el presbiterio y la sacristía, un buen lugar para un encuentro en privado, se hallaba cerrada bajo llave.

301

Arriba, en el coro, los músicos de la Camerata Bach instalaban sus atriles y sacaban los instrumentos de sus estuches, el contrabajo ya presente, para empezar con el ensayo de las interpretaciones que acompañarían la boda, y las bromas cruzadas entre ellos llegaban en ecos a sus oídos.

Ya de salida, cruzó frente a él la Sacristana llevando un paquete de velas nuevas, y de lejos la vio reponer las que humeaban a punto de agotarse en el altar del padre Pío de Pietrelcina. Jamás se le hubiera ocurrido que la mujerona aquella era alguien a quien valdría la pena interrogar.

Y antes de subir a su taxi seguido de los guardaespaldas, se hizo de nuevo la pregunta que seguía acosándolo: ¿por qué andaba metida en todo esto la reverenda Úrsula, la anciana gringa cuyo hobby era dar de comer a los viciosos sin remedio del Mercado Oriental? Se la había tragado la tierra, sus agentes no hallaban ningún indicio suyo.

Lejos de él estaba saber que temprano de esa mañana, al subir al Lincoln Continental en el patio trasero del Centro Valdivieso, la reverenda le había propuesto a don Narciso, como si se tratara de una travesura de la que ambos serían cómplices, dar un paseo hasta la hora de presentarse al CENIDH. ¿Qué otro mejor escondite que la ciudad misma, paseando libremente como una pareja de pensionados en uno de sus perennes días libres?

—¿Le parece si visitamos los sitios de diversión y esparcimiento de la nueva Managua? —le propuso a don Narciso—. Usted decide por dónde empezamos.

La reverenda conocía de sobra a sus antiguos protegidos. Don Narciso era un sincero simpatizante del gobierno de Unidad y Reconciliación Nacional, aunque a distancia y con cierta inocencia, a diferencia de Hermógenes, involucrado hasta extremos que ella solía reprocharle, y de Serafín, quien, para sobrevivir, participaba en acciones reprobables de represión callejera. Pero si se trataba de poner las manos en el fuego por alguno de estos dos últimos en cuanto a lealtad, su elegido era a ojos cerrados Serafín, tal como se lo había expresado al inspector Morales hacía poco. No sería fácil para Tongolele sacarle una confesión.

Ante la insistencia caballerosa de don Narciso, ocupaba siempre el asiento de atrás del Lincoln, como si se tratara del propio don Anselmo. Se dirigieron a la rotonda donde se alza el monumento de latón en homenaje al comandante Hugo Chávez, custodiado por tres frondosos árboles de la vida. La efigie plana surgía por encima de un sol dentro del que se enroscaba una serpiente de vivos colores.

—La boina roja que adorna su cabeza se entiende —comentó la reverenda mientras giraban lentamente por la rotonda—. ¿Pero por qué la cara de ese color amarillo, como de bilis?

—Porque la luz del sol ilumina su rostro que mira hacia el futuro —respondió don Narciso con aplomo.

—Usted dice que es sol, pero a mí me luce más bien flor —dijo ella—. Y esa serpiente parece que tuviera plumas.

—En efecto, se trata de la serpiente emplumada de nuestros antepasados aborígenes, que desde la oscuridad del inframundo nace para morir y luego revivir en un perpetuo ciclo —contestó don Narciso—. Un símbolo de la trascendencia.

El Lincoln dio el último giro y bajó hacia el norte por la antigua avenida Bolívar, llamada ahora De Chávez a Bolívar.

—Y esos árboles de la vida, ¿usted entiende qué significan? —preguntó la reverenda, a la vista de la nutrida alameda de «arbolatas» que se extendía hasta la costa del lago—. Cada vez que me topo con ellos, por más que me quiebre la cabeza no les hallo explicación.

—Es lo más sencillo —contestó don Narciso—. Unen el cielo y el infierno, el orden y el caos, la vida y la muerte, y representan todas las formas de creación del cosmos, según Sai Baba, el gurú oriental; pero, sobre todo, protegen a quienes nos gobiernan de las asechanzas malignas de sus enemigos.

—Lo veo muy instruido en esas cuestiones esotéricas —dijo ella.

—Compré en el Mercado Roberto Huembes un libro de segunda mano que se llama *Los mundos ocultos,* y allí explica muy bien todo eso —dijo don Narciso—. Cuando quiera se lo presto.

—Pierda cuidado, su palabra me basta —dijo la reverenda—. Pero me imagino que deben costar una fortuna.

—Los hay de dos tamaños —explicó don Narciso—: los que miden diecisiete metros de altura, con un peso de siete toneladas; y los que miden veintiún metros, con un peso de diez toneladas. Para pintarlos son necesarias tres cubetas de pintura acrílica.

—Parece como si usted participara en su construcción —dijo ella.

—Me instruyo nada más, reverenda, me instruyo —sonrió don Narciso.

—Y lo que será esa cuenta de luz, porque pasan encendidos hasta que Dios amanece —dijo la reverenda.

—Lo bonito siempre es caro —dijo don Narciso—. De noche este bosque es realmente precioso. Cada árbol tiene quince mil bombillos Led con una potencia de tres vatios por bombillo, o sea, cuarenta y cinco mil vatios por árbol.

—¿No se ha preguntado cuántas viviendas humildes no se podrían beneficiar con esa cantidad de energía eléctrica? —preguntó ella, con su mejor aire candoroso.

—Ya nuestro gobierno revolucionario lleva construidas en sólo este año cinco mil viviendas de interés social, cada cual dotada de servicio eléctrico subsidiado —contestó don Narciso.

—Espero de todo corazón que pronto le den a usted su casa, para que no ande posando en cuarterías —dijo la reverenda.

—El secretario político del partido en mi barrio ya me firmó la carta, y con ese aval me presenté al Consejo del

Poder Ciudadano —dijo don Narciso—. Pero hay que tener paciencia, porque la lista es larga.

Don Narciso le fue mostrando las canchas deportivas, las pistas de patinaje y los juegos mecánicos, así como las diferentes sedes gubernamentales, entre ellas el Ministerio de Relaciones Exteriores, que a ella le pareció un enorme mausoleo forrado de granito al estilo Mussolini, y el edificio de Telcor, que juzgó inspirado en un hangar de la Segunda Guerra Mundial, a pesar de sus colores atrevidos.

Más allá de la hercúlea estatua al combatiente popular, en la mano alzada un fusil Aka y en la otra un mazo, conocida cariñosamente como «el increíble Hulk», se hallaba la plaza de la Fe, vecina al puerto recreativo Salvador Allende, alegremente adornado de banderolas.

—Mire qué hermosura —dijo don Narciso—. El parque acuático que está por abrir sus puertas, construido por una compañía especializada de Miami: un río artificial, piscinas, toboganes, aguas turbulentas, cascadas.

—Sí, realmente parece que estuviéramos en Miami —dijo ella—. Estaciónese, por favor, para que empecemos el paseo a pie.

Apoyada en don Narciso, que la llevaba del brazo, eran la perfecta imagen de lo que ella pretendía, un matrimonio de la tercera edad disfrutando de su excursión sabatina.

—A mano izquierda del Teatro Nacional Rubén Darío, nuestro coloso cultural, tenemos la Casa de los Pueblos, donde se llevan a cabo las ceremonias de Estado —dijo don Narciso extendiendo la mano hacia el edificio.

—Muy bonito, parece un juguete de Fisher-Price —comentó la reverenda—. Recuerdo que fue donado por Taiwán, la patria anticomunista de Chiang Kai-shek.

—Sea lo que sea, Taiwán también nos ha donado el nuevo estadio de beisbol, que tendrá todos los requisitos de los estadios de las Grandes Ligas —dijo don Narciso.

Del lado sur del paseo había una exposición de armamentos pesados, y entre piezas de artillería antiaérea, lanzacohetes de bocas múltiples y ametralladoras de trípode, la pieza que más les llamó la atención fue un tanque T-72, el primero que se exhibía en público de los ochenta recién adquiridos en Rusia para la defensa de la patria y el combate del narcotráfico, según explicaba a los curiosos, lleno de cordial locuacidad, un joven oficial.

—¿Usted se imagina de qué forma este armatroste puede servir para el combate del narcotráfico, don Narciso? —preguntó ella.

—Soy poco ducho en asuntos militares, y prefiero no comentar aquello que ignoro —respondió don Narciso.

—Vaya —dijo la reverenda, afirmándose de su brazo—, al fin hay algo de lo que usted no sabe.

Desde lo alto de una pasarela pasaron revista a las maquetas a escala reducida de algunos de los edificios de la antigua capital que habían sucumbido al terremoto, y asimismo, a una aglomeración de las principales iglesias coloniales del país, reproducidas igualmente en pequeño.

—Muy propias para creyentes liliputienses —comentó ella.

—No hay en Centroamérica nada igual a esto —dijo orgullosamente don Narciso—. No conozco Disneylandia, pero dicen que no le vamos a la zaga.

—Deberían agregar a este parque la cadena de volcanes humeantes de Nicaragua, que derramaran lava por medio de algún mecanismo, para esparcimiento del público —dijo la reverenda—. Otro mecanismo podría producir temblores moderados.

Pasaron enseguida al recién estrenado museo dedicado a Juan Pablo II, donde se exhibían los objetos sagrados y vestimentas talares que había utilizado en sus dos visitas a Nicaragua, así como las toallas con que se secó las manos, vasos, tazas, platos, cubiertos empleados para tomar sus alimentos y, en hornacina aparte, una ampolleta con sangre suya traída desde Roma. También podía admirarse una reproducción del dormitorio de la Nunciatura Apostólica donde se alojó la última de las veces, con la auténtica cama y todos los muebles. Y no se perdieron de ver las numerosas fotografías de gran formato de los momentos destacados de ambas visitas.

—Falta la foto donde el Santo Padre alza el dedo acusador para regañar al padre Ernesto Cardenal, de rodillas frente a él, porque se negaba a renunciar a su cargo de ministro de Cultura —dijo ella—. Eso fue en la primera visita, muy tormentosa por cierto, recién el triunfo de la revolución.

—¿Para qué estar enrostrando lo desagradable? —dijo don Narciso—. Lo que sucedió ya sucedió, y el pueblo viene aquí a pasar ratos amenos.

—Tiene razón —dijo la reverenda—. Nada amenas serían las fotos, que tampoco están allí, de la trifulca en la misa campal que ofició esa misma vez el papa.

—Cuando se negó a orar por los caídos en la guerra y por poco lo linchan las turbas divinas —asintió don Narciso—. También sobre eso hay que correr el velo del olvido.

Almorzaron por invitación de la reverenda en uno de los tiangues donde servían platos típicos, ella picoteando como un pajarito, él con apetito voraz. Y ya de vuelta en el vehículo, don Narciso, sentado al volante, se quedó esperando las instrucciones de su protectora.

—Vaya encaminándome hacia el CENIDH, que está en el barrio El Carmen —le indicó—. Y me hace el favor de esperarme hasta que termine mi compromiso.

En la sala había ya una media docena de periodistas sentados de manera dispersa, uno que otro fotógrafo, y varias cámaras de televisión instaladas cerca de la mesa de las comparecencias. Detrás de la mesa, en una lona fijada a la pared, lucía el emblema del CENIDH, una mano abierta que semejaba una paloma en vuelo, y debajo el lema DERECHO QUE NO SE DEFIENDE, DERECHO QUE SE PIERDE.

La reverenda iba a acomodarse en una de las últimas filas cuando notó en los lugares delanteros la presencia de una señora elegante que se mostraba inquieta buscando dónde echar las cenizas de su cigarrillo a punto de acabarse, hasta que doña Sofía, sentada a su lado, fue a retirar una de las escudillas donde descansaban los vasos de agua listos en la mesa y se la llevó.

Esa señora elegante calzaba con su recuerdo de la madre de Marcela. La había visto de lejos entrando a su oficina en las Obras del Padre Pío cierta vez que llegó a tramitar la donación de un lote de latas de leche en polvo. ¿Podría ser ella? Era inverosímil encontrarla aquí.

En eso entró la propia Marcela, acompañada de la doctora Núñez y de dos de los abogados del CENIDH, de corbata y camisas manga corta. Como si viniera de la oscuridad y se sintiera de pronto deslumbrada, la muchacha miró a todos lados, parpadeando, y la reverenda ya no tuvo dudas cuando, tras apenas descubrir a la señora elegante, la vio correr enseguida hacia ella, tan presurosa que en el camino tropezó con una de las sillas.

La madre se puso de pie, y se abrazaron estrechamente por un largo rato. La mirada de la reverenda se encontró con la de doña Sofía. Es su obra, pensó llena de admiración. Esa mujer, que parecía como si nunca hubiera dejado el lampazo ni el trapo de sacudir, era capaz de obrar prodigios.

El inspector Morales no tardó en aparecer acompañado de la licenciada Cabrera, y se mostró no menos admirado de ver allí a doña Ángela, que ahora, en lugar del cuchillo corvo con que cortaba heliconias en su jardín, tenía en la mano un paquete de pañuelitos Kleenex que había sacado de su cartera para enjugar las lágrimas de la hija, y luego las suyas.

Un momento después se acercó la doctora Núñez, y Marcela le presentó a su madre; hablaron brevemente entre las tres, y enseguida se dirigieron a la mesa. La licenciada Cabrera fue a sumárseles.

El inspector Morales se quedó de pie cerca de la puerta, apoyado en el bastón, y Vademécum, tras saludarlo alzando la gorra, pasó frente a él para ir a sentarse al lado de la reverenda. Como doña Sofía no le había prohibido expresamente asistir, se concedió él mismo la licencia.

En eso llegó la Fanny y le explicó sofocada al inspector Morales las dificultades en hallar taxi, razón de su retraso cuando hubiera querido ser la primera en hacerse presente. Quiso permanecer de pie al lado suyo, pero él le hizo señales enérgicas de que buscara sitio; refunfuñando, fue a acomodarse junto a Vademécum.

La doctora Núñez empezó dando las gracias a los periodistas por la amabilidad de asistir a una conferencia de prensa cuyo motivo no había sido comunicado de previo debido a razones que la misma naturaleza de la denuncia que iban a escuchar justificaba plenamente. Presentó a Marcela, y le concedió la palabra.

Francis, una morena delgadita de pelo rizado, con una camiseta que tenía estampada la paloma que se convertía en mano abierta, se hallaba en la primera fila lista para empezar a teclear la cadena de tweets en su teléfono, los pulgares ansiosos sobre la pantalla.

Marcela dio un sorbo largo al vaso de agua colocado frente a ella, y luego, con voz segura y reposada, sin soltar la mano de doña Ángela, empezó:

—Les habla una víctima de las perversiones sexuales de Miguel Soto Colmenares. Soy su hija adoptiva, y aquí conmigo está mi madre.

Grave denuncia de #violación contra empresario #miguelsoto, empieza conferencia de prensa de víctima, su propia hija adoptiva #marcelasoto.

Como si leyera de algún texto escrito, precisó cómo había empezado el acoso a la edad de doce años, en la piscina de la mansión de Soto en Bal Harbour, Miami, cuando pretendía enseñarle a nadar y aprovechaba para hacer avances de manera cada vez más atrevida; cómo ya de vuelta en Managua, pretextando enseñarle a montar a caballo, la llevaba a los establos que posee en la comarca de Esquipulas, y entraba tras ella a los vestidores obligándola a desnudarse y ponerse el traje de montar en su presencia, y mientras permanecía apenas con el blúmer puesto, alababa el despertar de su cuerpo, le acariciaba los pechitos, las nalgas, los genitales, advirtiéndole que aquél era un juego que ella sólo podía jugar con él y con nadie más.

#marcelasoto relata #acososexual padre adoptivo desde la edad de doce años en Miami y que siguió incrementando en Managua.

Si era toda una mujer, si ya le había bajado la regla, ¿por qué se estaba desperdiciando?, le repetía en cada oportunidad que se quedaban solos. Él, como tanto la quería, sería su maestro, y después ella misma vendría a pedirle más. Pero también se volvía violento. Cuando ella trataba de huir de su lado la retenía a la fuerza por los bracitos y la amenazaba con terribles castigos, secuestrarla en una de sus fincas más lejanas en las montañas de Jinotega que se llama La Cumbancha y esconderla dentro de una bodega de aperos, donde había nidos de murciélagos y una vez habían matado una víbora cascabel; o sustancias que le pondría en la comida sin que ella se diera cuenta y harían que se le cayeran los dientes y el pelo. Era como vivir con el ogro de los cuentos.

Pero luego cambiaba al halago, y entonces le ofrecía un crucero por las islas del Caribe, regalarle el Centella, su caballo preferido, con título de propiedad puesto a su nombre, una tarjeta de crédito platino para que se comprara la ropa y los juguetes que ella quisiera. Todo esto había durado cerca de un año.

Francis se había quedado paralizada, la boca abierta y los pulgares en el aire, y de pronto, como si volviera en sí, tecleó:

Durante un año #miguelsoto sometió a #marcelasoto a la amenaza, al miedo, al chantaje y el halago para conseguir su infame objetivo.

Marcela se mostraba ahora cansada, jadeando como si hubiera corrido subiendo una prolongada cuesta. Miró a su madre, apretó su mano de la que no se había desprendido, y siguió:

La había violado por primera vez el lunes 23 de mayo de 2005, cerca de las cuatro de la tarde. A causa de la lluvia que ya venía se suspendió el partido colegial de voleibol en el que le tocaba jugar, y de camino a la casa el aguacero era tal que borraba todos los contornos y al chofer le costaba ver aun con el limpiaparabrisas a máxima velocidad. Entonces, cuál no sería su susto cuando vio que Soto la estaba esperando al pie de las escaleras que llevaban de los garajes a los interiores, esa vez la enorme casa más sola que nunca, como si la servidumbre se hubiera esfumado: mientras vos, mamá, te hallabas en las Obras del Padre Pío atendiendo a una delegación de Cáritas Internacional, y yo me sentía aterrorizada, como si todas mis fuerzas se hubieran desvanecido, no me resistí a que me llevara de la mano a su dormitorio, donde sólo recuerdo la lluvia golpeando furiosa contra los ventanales como si fuera a romperlos, puso el seguro a la puerta, me desvistió él mismo, me hizo acostarme sobre el cobertor de la cama, hizo lo que quiso conmigo y luego tuve que jurarle que guardaría eterno silencio, porque era nuestro secreto, un secreto que nos unía para siempre y si se lo contaba a alguien, especialmente a vos, mamá, nadie iba a creerme y quedaría como una mentirosa, y si es que acaso alguien me daba crédito yo misma me deshonraría y nadie querría después casarse conmigo, y así en cada ocasión: cuidado alguna palabra que te estoy vigilando.

Es nuestro secreto, si lo contás nadie te va a creer, advirtió #miguelsoto a #marcelasoto tras primera #violación en su propio dormitorio.

Doña Ángela se había soltado con suavidad y disimulo de la mano de Marcela, se agarraba de los bordes de la silla como si quisiera detenerse en el intento de huir de aquel lugar y de la voz de la hija que martillaba de manera monótona, sin emoción alguna:

Un infierno, su vida era un infierno, cuando su madre se iba a las Obras del Padre Pío le rogaba llorando llevársela con ella, se pondría a hacer allá las tareas escolares sin molestarla, pero nunca le hizo caso, y en aquel momento volteó a mirarla llena de compasión como si la víctima fuera la madre y no ella: y yo sabía que vos sabías, mamá, no porque yo te lo hubiera dicho, porque no me atrevía a confesártelo, pero era como si dentro de la casa hubiera un cadáver, una pestilencia que nadie podía dejar de oler, y te callabas, y cuando él volvía de pronto a la casa sabiendo que te habías ido a dirigir tus caridades yo me llenaba de espanto y corría a esconderme donde no pudiera hallarme, pero siempre lo lograba, la casa desierta porque cada vez la servidumbre desaparecía como si fuera entendido que ése era su papel, desaparecer de la escena y dejarlo a él en libertad de hacer de mí lo que quisiera.

La vida convertida en un infierno para #marcelasoto por años sometida a los instintos bestiales de #miguelsoto convertido en su #violador.

Doña Sofía, sin moverse de su asiento, filmaba en close up el rostro de Marcela, a veces a medio plano para cubrir también a doña Ángela, o abriendo el lente para que aparecieran la doctora Núñez y la licenciada Cabrera.

—Cuando me mandaron a estudiar a la Universidad de Vanderbilt en Estados Unidos sentí que por fin me había liberado de él, pero fue una vana ilusión, porque aparecía a visitarme al campus de manera sorpresiva, aterrizaba en su jet en el aeropuerto de Nashville, me obligaba a dejar el dormitorio y me llevaba a un hotel donde ya tenía reservaciones. Mientras tanto yo me iba apagando, no tenía voluntad ni de estudiar, pasaba los cursos con las peores notas o me suspendían, me encerraba en mi cuarto temiendo su siguiente llamada desde su avión en vuelo anunciándome que estaba por tocar tierra, y de pronto se me acabaron las ganas de existir, sentí que las puertas del mundo se habían cerrado para mí, era como si viviera recluida en la bodega de los murciélagos y las culebras con que él tanto me había amenazado, una vez había ya decidido tragarme todo el tubo de pastillas tranquilizantes que el médico me recetaba por mi estado nervioso, causa de la anorexia que padecía, pero me salvó que las vomité, todo lo vomitaba, sólo oler los alimentos en la cafetería de la universidad cuando me colocaba en la fila con mi bandeja me causaba amagos de vómito.

#marcelasoto nunca dejó de ser perseguida por #miguelsoto cuando se fue a estudiar a los Estados Unidos y estuvo a punto de suicidarse.

—Esta situación duró hasta este mismo mes, y he decidido ponerle punto final. No culpo a mi madre, porque las dos hemos vivido paralizadas por el miedo compartiendo la misma casa con un criminal que se siente todopoderoso. Pero si estoy aquí es porque al fin pude armarme de valor y hui a esconderme lejos de mi verdugo burlando la vigilancia de sus sicarios, un hombre tan cínico como para pretender casarme ya por último con el retardado mental de su sobrino, y así continuar sus abusos resguardado por ese disfraz matrimonial, boda que según sus cuentas sería tan fastuosa como nunca se ha visto una en Nicaragua.

#ataquessexuales de #miguelsoto han durado hasta la fecha y #marcelasoto tuvo que huir ante amenazas temiendo por su vida.

El inspector Morales advirtió que un reportero del Canal 17 retiraba de la mesa el micrófono, y mientras enrollaba el cable su camarógrafo quitaba la cámara del trípode y lo plegaba. Dos periodistas de otros medios salieron tras ellos, sin disimular su premura, como si lo que estaban escuchando los pusiera en peligro mortal.

—Sé que Miguel Soto tiene en sus manos todo el poder del mundo para exponerme como una calumniadora. Sé que de inmediato comenzará una campaña bien orquestada para tildarme de mentirosa, de desequilibrada, de enferma mental. Pero encontrarme aquí con mi madre, que ha venido a darme su respaldo, me da fuerzas y me hace sentir que puedo ver por fin la luz al final del túnel. Así se me venga el mundo encima, estoy dispuesta a soportar lo que sea. Muchas gracias, mamá, te adoro.

Besó entonces en la mejilla a doña Ángela, que permaneció impávida.

—Y quiero dar las gracias a las personas con quienes me atreví a confesarme y me prestaron oídos y me ayudaron a escapar y a ocultarme, no voy a mencionarlas para no ponerlas en riesgo. Eso es todo.

La doctora Núñez fue muy escueta. Sólo anunció que el equipo jurídico del CENIDH presentaría de inmediato acusación criminal contra Miguel Soto Colmenares, conforme a los delitos pertinentes establecidos en la letra del Código Penal de Nicaragua. Y enseguida dio la palabra a la licenciada Cabrera, quien leyó una hoja que llevaba preparada.

Desde una perspectiva clínica la víctima, a la que había tratado profesionalmente, sufría de un severo estado depresivo como consecuencia de la prolongada agresión sexual del hechor, investido de poder familiar, social, económico y aun político. El estado patológico de su paciente presentaba pérdida de la autoestima, al punto de despreciar su propia existencia, así como miedo a las relaciones sociales y, sobre todo, a las sentimentales, pues sólo encontraba seguridad encerrándose en sí misma. Su valiente denuncia la ponía en camino de la sanación, y el tratamiento psicoterapéutico debía continuar, apoyado con los fármacos adecuados.

—¿Usted es capaz de certificar que todo lo que esta señorita ha venido a decir aquí no es una mentira bien urdida? —le preguntó uno de los periodistas, flaco y canoso, casi sin dejarla terminar—. El ingeniero Soto es un hombre de bien. Un empresario modelo, creador de fuentes de trabajo. Se está poniendo en entredicho su honra.

—Ése es Gallo Flaco —dijo Vademécum acercándose al oído de la reverenda—; lo conozco por insigne venadero. En alguna de las empresas de Soto deben untarle la mano.

—Avalo todas y cada una de sus palabras, porque la he tratado clínicamente, y estoy en capacidad de discernir la veracidad de su testimonio —aseguró sin titubeos la licenciada Cabrera.

—¿De qué honra habla usted? —intervino Marcela, por primera vez exaltada, dirigiéndose a Gallo Flaco, que ya estaba de pie para irse—. ¿La honra del infame que ha destruido la mía?

—Yo vine a hacer preguntas, y no a que me pregunten —dijo el hombre, y se encaminó a la salida.

Psicóloga licenciada Cabrera respalda a #marcelasoto y certifica estado depresivo consecuencia #abusossexuales de #miguelsoto.

La Fanny, desconsolada, se atrevió a acercarse al inspector Morales.

—Ay, mi Diosito, esto está acabando en un puro fracaso, sólo quedan dos periodistas y el camarógrafo del Canal 12 —le dijo.

—Lo importante son las redes, como estaba calculado —dijo el inspector Morales.

A esas alturas, los retweets sumaban más de mil. Las etiquetas estaban probando ser una herramienta eficaz.

—Y la señora, ¿va a quedarse callada? —preguntó la Fanny.

El inspector Morales iba a responder que no lo sabía cuando escucharon la voz de la doctora Núñez.

—Para finalizar, se dirigirá a ustedes la señora Ángela Contreras de Soto, mamá de la víctima —anunció.

Ella miró aturdida hacia distintos sitios de la sala ya prácticamente desierta, y luego enfrentó directamente la cámara de doña Sofía.

—Estoy cien por cien con mi hija —dijo de manera casi inaudible, y eso fue todo.

Ángela de Soto presente conferencia prensa se solidariza con su hija #marcelasoto y la respalda ciento por ciento.

Sólo hubo dos preguntas más, una de Amalia Morales del diario *La Prensa,* y otra de Arien Cerda, del semanario *Confidencial.*

Amalia preguntó a doña Ángela por qué había callado tantos años si era sabedora de que su hija estaba siendo víctima de su propio esposo, convertida en su amante a la fuerza. Ella tardó en darse por aludida, luego miró a Marcela, y se echó a llorar.

—Contesto por mi madre —dijo Marcela—: repito que ella también ha sido víctima del miedo, igual que yo. Y lo importante de todos modos es su valentía de venir a respaldarme, sabiendo que su actitud cambia su vida matrimonial para siempre. Estamos unidas como nunca antes.

Arien preguntó a Marcela si estaba consciente que a Soto lo respaldaba una maquinaria poderosa que le echaría

encima para triturarla, medios de comunicación, abogados, fiscales, jueces.

—Más que consciente, creo que ya lo dije —sonrió
ella—. Pero lo que busco es justicia moral haciendo que la
gente sepa quién es realmente ese hombre; de la justicia
legal ya sé que sólo puedo esperar lo peor.

Eso fue todo. Doña Ángela se había mostrado conforme cuando Marcela la enteró de su decisión de irse ese
mismo día del país. El vuelo a Miami de American Airlines
salía a las seis de la tarde y debían apresurarse; ella misma
se ofreció a llevarla en la Suburban.

Marcela se acercó al inspector Morales para despedirse. La Fanny no se había quitado de su lado.

—Usted ya debería estar lejos —le advirtió—. Van a
venir a buscarlo aquí mismo ahora que ya estalló el escándalo.

—Ya me iba, el doctor Carmona me va a dar asilo en
su casa según deseos de la reverenda —contestó el inspector Morales—. Mientras a Tongolele se le pasa la rabia.

—Aquí tiene mi mail y mi teléfono en Miami para
que estemos en contacto —dijo Marcela entregándole un
papelito, y luego lo besó en ambas mejillas.

La Fanny ardía en cólera, y peor, porque se despidió de
ella con un simple gesto de la cabeza.

—Dos besos, como si no le bastara uno —dijo.

—Es el estilo europeo, doña Fanny —dijo Lord Dixon,
manifestándose de pronto—. Dé gracias que no fue al estilo
ruso, pues los besos de despedida son en la boca.

El inspector Morales se rio de la ocurrencia, y la Fanny
se encabronó más creyendo que se mofaba de ella. Como
Vademécum le hacía señas urgidas de que lo esperaba en la
calle, aprovechó para escaparse de la retahíla.

—¿Dónde te habías metido todo este tiempo? —le
preguntó a Lord Dixon camino a la salida.

—No me he ido a ninguna parte —respondió Lord
Dixon—. Aquí he estado, muy calladito, sentado al lado

de la morena Francis, que se ha lucido con sus tweets. Ya la denuncia se volvió trending topic en las redes.

—Quisiera ver la cara de espanto de Soto —dijo el inspector Morales.

—Y espérese a que la morena Francis suba la filmación de doña Sofía a YouTube —dijo Lord Dixon—. Le dejó el chip de la cámara antes de salir en estampida.

—¡Ah, doña Sofía! La vi pasar y ni adiós me dijo —contestó el inspector Morales cuando llegaban a la puerta de la calle.

—La reverenda le ordenó irse a pie para despistar —dijo Lord Dixon—. Y ella misma se fue a coger un taxi a la estatua de Montoya.

—Ya me he acostumbrado a acatar los deseos de la reverendísima —dijo el inspector Morales—. ¿Y su fiel don Narciso?

—Va camino a su parada en el Mercado Oriental, pensando en solicitar a su comité de barrio que le instalen un árbol de la vida en el patio de su cuartería —respondió Lord Dixon.

—Quién quita y su árbol de fierro le da aguacates —dijo el inspector Morales.

—Apúrese en subirse a la barata, que Tongolele ya está a tres cuadras de aquí y viene hecho un basilisco —dijo Lord Dixon.

Vademécum le había abierto la puerta desde su asiento para que subiera a la cabina, y no tardaron en ponerse en marcha. Cuando la pick-up intentaba salir en dirección norte para desembocar en la carretera Panamericana, una motocicleta se atravesó en la bocacalle, mientras otra cerraba la cuadra por el lado sur.

—Encienda los parlantes y deme el micrófono —le ordenó a Vademécum.

Se oyó un chirrido agudo porque el volumen estaba muy alto, y Vademécum, la mano en temblores, lo moderó.

El inspector Morales sopló dos o tres veces, y luego empezó con voz entusiasta:

—¡Pomada roja Solka, lo mejor para ronchas, carates, granos, furúnculos, erupciones y demás enfermedades cutáneas, no se deje vencer por ese acné rebelde, a la primera untada su piel vuelve a ser tan tersa como la nalga de un bebé...!

El taxi rosado chicha estaba ya en la puerta del CENIDH cuando el policía que se había bajado de la motocicleta alzó la mano metida en un guante anaranjado y le hizo señas enérgicas a Vademécum para que se apresurara en pasar.

18. Duelos y quebrantos

Mónica Maritano entró al despacho de Miguel Soto a eso de las cuatro y media de la tarde, taconeando rápido en señal de alarma, para enterarlo del escándalo desatado en las redes a causa de la sorpresiva conferencia de prensa que para entonces había llegado a su fin en el CENIDH.

Llevaba consigo una iPad y fue leyéndole a tropezones los tweets que decenas de sitios estaban ya reproduciendo, dentro y fuera de Nicaragua, y cuando sin ocultar su gozo malicioso llegó al último, le puso la pantalla frente a los ojos:

> Ángela de Soto presente conferencia prensa se solidariza con su hija #marcelasoto y la respalda ciento por ciento.

Soto le arrebató la tableta y la estrelló contra el piso, como Charlton Heston con las tablas de la ley en *Los diez mandamientos,* y la pantalla se hizo añicos. Culpó a gritos a su asesora de haberle recomendado contratar al renco del bastón, y antes de haber podido ella replicarle otra vez, entre tantas, que el consejo había partido más bien de su esposa, la echó del despacho, siempre a gritos, y cuando iba a lanzarle la cabeza de bronce de un caballo que servía de pisapapeles en su escritorio, Mónica alcanzó a desaparecer detrás de la puerta.

Una vez a solas su cólera se encendió en contra de Tongolele, a quien sólo había podido conseguir por teléfono una líquida vez cerca del mediodía, seguro andaba dedicado a otros asuntos despreciando el suyo. O aquel policía cara picada no era tan competente como daba a creer.

Volvió a llamarlo, y ahora le salió de inmediato. Venía regresando del CENIDH después de levantar el operativo de cerco y captura montado de emergencia. El inspector Morales se le había escapado de las manos por apenas minutos.

—Pero nos vamos a ver las caras, no lo dude —dijo Tongolele.

—¿Y de qué me va a servir ahora? —dijo Soto con amargura—. Ya me ha arruinado la vida.

—Hay lo que se llama el control de daños, ingeniero —dijo Tongolele—. Que su gente se ponga de inmediato a cerrar cualquier hendija en los medios rebeldes. No son muchos, pero joden, como lo hablamos esta mañana.

—Mi asesora de relaciones públicas es una inútil —dijo Soto.

—Entonces coja usted el teléfono y hable directamente con los dueños —dijo Tongolele.

—¿Y las redes, quién las controla? —preguntó Soto.

—En un par de días nadie se acuerda, ya tocamos ese punto —contestó Tongolele—. Además, su hijastra se está yendo hoy para Miami. Lejos el perro, se acabó la rabia.

—¿Se va? —dijo Soto, sorprendido.

—Ya olvídese de ella, bórrela de su vida —dijo Tongolele—. Y otro consejo: dedíquese a sus asuntos de siempre, no se esconda.

—¿Qué remedio me queda? Debo salir hoy mismo a una junta muy importante que tengo mañana temprano en Punta Cana —dijo Soto—. ¿Pero con qué cara voy a presentarme delante de mis socios dominicanos?

—Con la mejor que pueda poner, alegre y despreocupada —dijo Tongolele—. Y con su esposa al lado. A los dos les conviene tomarse unas vacaciones lejos de aquí.

—¿Ángela conmigo, en mi avión? —dijo Soto—. ¿Después de lo que acaba de pasar?

—No sea huevón, ingeniero, perdone la falta de respeto —dijo Tongolele—. La principal ficha para el control de daños es ella. ¿Quién más que usted tiene el poder de hacer que vuelva sobre sus pasos?

—Ni siquiera sé dónde encontrarla —dijo Soto—. A lo mejor se ha ido a vivir aparte, a un hotel.

—Ella misma llevó a Marcela a coger el vuelo —dijo Tongolele—. Acaban de llegar a la sala vip del aeropuerto. El embarque empieza en quince minutos. Después que se despidan se va a quedar sola, desorientada. Allí es donde entra usted en escena.

—No lo veo tan fácil —suspiró Soto.

Pero apenas concluida la plática llamó al chofer de doña Ángela y le ordenó que cuando saliera de la terminal la llevara al hangar ejecutivo donde esperaba el Falcon, aunque ella se opusiera. Después le daría más instrucciones.

En eso entró Manuelito, los ojos enrojecidos de llanto.

—Tío, ¿es cierto todo eso que están poniendo en Internet? —le preguntó, acercándose con los puños cerrados, en gesto de desafío.

—Nunca vas a dejar de ser un comemierda —le dijo Soto con voz calmada—. ¿No sabés bien que tengo muchos enemigos en los negocios? Marcela se ha prestado a ser un instrumento de ellos, por resentimiento. Toda hijastra es una resentida.

—Era mi novia —sollozó Manuelito.

—Dejate de sandeces, que bien sabés que nunca fue novia tuya —dijo Soto—. Yo quería casarla con vos, pero se acabó, ya vamos a encontrarte un partido mejor.

—¿Y por qué mi tía estaba allí con ella cuando hizo la denuncia? —preguntó Manuelito.

—Porque Marcela la engañó —contestó Soto, y se acercó a abrazarlo—. A Marcela ya no podemos recuperarla, pero a tu tía sí. Es una mujer buena, pero ingenuota, vos lo sabés bien.

—Es verdad, tío —asintió Manuelito—. Eso de andar en caridades es una dundera de ella. Si te ponen el bocado gratis en la boca, ¿para qué esforzarse en trabajar?

—Tu tía nos va a estar esperando en el hangar —dijo Soto—. Nos vamos los tres para Punta Cana.

—¿Yo también? —preguntó Manuelito.

—¿No lo estás oyendo? Cuando termine mi reunión nos quedamos unos días descansando —respondió Soto—. Como tenemos mucho que platicar ella y yo, vos te dedicás a pescar y a pasear en yate. Y a las discotecas.

Ya para entonces el inspector Morales se encontraba a buen resguardo en la casa de Vademécum en el barrio Monseñor Lezcano, que tenía toda la apariencia de una jaula inexpugnable. En previsión de las visitas de los amigos de lo ajeno, como solía llamar a los ladrones, tanto el portón del garaje como las puertas y ventanas del primer piso se hallaban protegidos por fuertes rejas trabajadas en arabescos, y el balcón de la planta alta encerrado en una verja bien trenzada.

El corredor que daba al patio, también enrejado, hacía las veces de sala de estar, y allí tenía otro juego de mecedoras, como el de su oficina en el shopping center, y un comedor de ocho puestos, regalo del dueño de una mueblería en gratitud por la exitosa operación de cobro a un moroso, cada una de las sillas con un águila de alas abiertas labrada en el remate del espaldar. En uno de los extremos de la mesa se asentaba su longeva computadora, siempre encendida en espera del ansiado mensaje de Costa de Marfil.

Un tabique separaba el consultorio de la sala de espera con puerta a la calle, y aunque clausurado por orden judicial se conservaba intacto. La camilla ginecológica, donde había pasado tanta vergüenza la Sacristana, la vitrina de instrumentos, un anaquel rebosante de muestras médicas hacía años vencidas, y el escritorio cubierto sobre el que reposaba el busto de Hipócrates, y también el teléfono de baquelita de la casa. La sala de espera servía ahora de dormitorio a Bob Esponja, y allí mismo guardaba la bicicleta en que se movía por la ciudad.

Apenas había Vademécum entrado al corredor acompañado de su huésped, una vez encerrada la barata en el garaje, se oyó repicar el teléfono, y pasó al consultorio para atender la llamada.

—Nos tienen presos dentro de la barbería por órdenes de Tongolele —oyó la voz de Ovidio como si le hablara desde las profundidades de un pozo.

El guardián, doblegado por el hambre, había ido a comprar unas pupusas al Cafetín Cuscatleco, sentenciándolos que si se movían de allí les quebraba las patas a balazos donde los encontrara.

—Grandes pendejos —le dijo Vademécum—. Aprovechen para salir corriendo y váyanse a la mierda.

—Es que Apolonio se zurra de miedo —dijo Ovidio.

—Pues correte vos y allí dejalo que lo jodan a él por cagón —le contestó Vademécum.

—Bueno —dijo Ovidio, con voz aún más soterrada, y cortó.

—El problema va a ser sacar de la agencia los dólares que me dio Soto —dijo el inspector Morales apenas Vademécum le contó la conversación con Ovidio—. En cualquier momento catean la agencia.

—Usted sólo me indica el lugar preciso donde buscarlos, y Bob Esponja se encarga de esa tarea —dijo Vademécum.

—De acuerdo, pero hay que avisarle a doña Sofía, porque es capaz de cometer la imprudencia de ir ella misma —dijo el inspector Morales.

—Se halla en el Tabernáculo como huésped de la reverenda, y el mismo Bob Esponja irá a prevenirla —respondió Vademécum.

Lo llamaron, y el inspector Morales le hizo repetir en voz alta los pasos a seguir una vez en la agencia. Bob Esponja aspiró el aire con la boca abierta como si se asfixiara, pero una vez salido del trance pudo demostrar que todo había quedado debidamente registrado en su cabeza.

Apenas se fue empujando su bicicleta, volvió a sonar el teléfono. Era otra vez Ovidio. Habían logrado huir y estaba llamando desde la parada de buses de la Casa del Obrero. El gorilazo, al que Apolonio se había visto obligado a hacerle gratis el corte de pelo mohicano, volvía con su orden de pupusas, comiéndose una, cuando ellos alcanzaban en carrera desmandada la salida del shopping center. Y, otro triunfo, habían conseguido bajar la puerta metálica a pesar de la prisa.

La Hermelinda, la cocinera de Mónica Maritano, los iba a esconder en su casa, allá por Monte Tabor, en la carretera Sur.

—Fíjense bien dónde se meten —le advirtió Vademécum—, no vaya a ser y esa mujer le va con el cuento a su patrona.

—No tenemos más palo en que ahorcarnos —dijo Ovidio.

—Qué idea peregrina bajar la cortina metálica —le dijo Vademécum al inspector Morales al referirle la nueva conversación—. La van a abrir a la fuerza de todos modos, y después del cateo no va a quedarles de recuerdo ni un solo peine.

Cerca de las siete se sentaron en el extremo de la mesa opuesto a la computadora a comerse unas piezas de pan dulce que Vademécum guardaba en un paniquín, acompañadas de Kola Shaler, bebida gaseosa de vieja data recomendada por él a las parturientas para la convalecencia, nada fácil de encontrar ahora en las pulperías.

El inspector Morales, después de tantas horas de tensiones y desvelo, hubiera preferido una triple medida de Flor de Caña; pero en aquella prisión el licor brillaba por su ausencia, de conformidad a las reglas de sobriedad que Vademécum se había impuesto a sí mismo.

—¿Qué piensa hacer con el dinero del cielo raso? —preguntó Vademécum echando mano a una torta de leche—. No irá a devolvérselo a Soto.

—Claro que no —contestó el inspector Morales—. Pero aún no me decido.

—Yo le tengo una propuesta —dijo Vademécum, mordisqueando la torta con extrema delicadeza—. He invertido mi pequeño capital en un negocio y me quedé sin liquidez. Se trataría de un préstamo a plazo breve, y los intereses serían más que generosos.

—¿Y de qué negocio se trata? —preguntó el inspector Morales—. ¿Va a comprar algún casino de juego?

—Nada de nimiedades —respondió Vademécum, sonriendo condescendiente—. Voy a recibir una cuantiosa herencia, y he debido incurrir en gastos previos, trámites y cosas así, que me han dejado lavado.

—No sabía que tenía alguna tía rica, como en las películas —dijo el inspector Morales.

—Más bien se trata de una viuda de Costa de Marfil —contestó Vademécum—. Está a punto de fallecer, me ha nombrado su heredero universal, y todos mis haberes los he gastado en legalizaciones y asuntos bancarios.

—¿Y a quién le ha enviado el dinero para esos trámites? —preguntó el inspector Morales, ya su curiosidad transformada en asombro.

—A los abogados de la viuda, por transferencia bancaria —contestó Vademécum.

—¿Y esa oferta de nombrarlo heredero la recibió por Internet? —preguntó el inspector Morales.

—Tuve la grandísima suerte que me tocara a mí ser destinatario del mensaje de la moribunda —respondió Vademécum, echando mano ahora de una rosca bañada—; me escogió para que en nombre de ella gaste esa herencia en obras de caridad. Pero la caridad comienza por casa.

—Perdóneme que no me ande por las ramas, doctor, pero lo han estafado —dijo el inspector Morales—. Cayó ingenuamente en manos de una red de maleantes internacionales que opera a través de Internet.

—¿Ingenuo yo? —se rio ruidosamente Vademécum—. No ponga esa clase de pretextos para rechazar la solicitud de préstamo que en mala hora le hice.

—Nada de pretextos, sólo lo estoy advirtiendo —dijo el inspector Morales.

En eso se oyó la campanilla anunciando la entrada de un nuevo mensaje. Sonaba como la que agitan los monaguillos a la hora de la elevación en la misa.

—¡Ha muerto la viuda! —exclamó Vademécum y corrió hacia la computadora.

La luz de la pantalla iluminaba su rostro mientras leía el mensaje.

—Es de doña Fanny —dijo decepcionado—; doña Sofía debe haberle dado mi dirección. Venga a leerlo, pues es un asunto solamente de su incumbencia.

El inspector Morales, avergonzado de antemano, porque ya sospechaba de qué podía tratarse, tomó asiento frente a la pantalla:

Amor mío de mi alma

este email es de dolor y de rabia ante los últimos acontecimientos ocurridos si me ibas a dejar por esa pendeja de mierda me lo hubieras dicho y punto pero lo que me repugna es el engaño y la traición ya que si me abandonas así es porque me ves arruinada y enferma y todo el infortunio que me cae encima como si se derrumbara sobre mi cabeza el techo me lo ha confirmado mi prima Lucrecia a donde me fui de inmediato después que salí de los Derechos Humanos de doña Vilma a que me echara las cartas del tarot y las dos primeras que sacó del mazo fueron una de espadas sobre una de bastos y me ha dicho la Lucrecia aquí queda más claro que el agua que tiene remedio así que confórmate pero yo no me conformo y te pregunto la última vez si es ésa tu voluntad dejarme ok hasta aquí nomás llegamos pero me quedo con el corazón sangrante debido a tu cruel ingratitud que no se ha visto otra igual en la faz de la tierra y ya para despedirse te saluda tu amor de otros tiempos felices que no te olvida y no es así no más que una putilla cualquiera que se acuesta con su propio padrastro te va a quitar de mis brazos ve lo que fuiste a escoger comida jugada atentamente

Fanny.

El inspector Morales le dio delete al mensaje y, más avergonzado aún, regresó a su puesto en la mesa.

—Volviendo al asunto de la herencia de la viuda... —dijo.

—Olvídese de eso, que no quiero forzarlo a ningún préstamo, y déjelo nada más como la íntima confidencia de un amigo —dijo Vademécum—. Y como dan darán dicen las campanas, ahora confiéseme usted: ¿de verdad está enamorado de esa desventurada muchachita?

—Amor de viejo, amor de pendejo —contestó el inspector Morales.

—Esto no es asunto de edad, sino de sentimientos, inspector —dijo Vademécum—. ¿Sí o no?

—Digamos que pienso en ella más de la cuenta —dijo contrito el inspector Morales.

—Eso es amor —dijo Vademécum—; quien lo probó, lo sabe.

—Pero no es broma que soy un viejo, para colmo, mutilado —dijo el inspector Morales—. Y ahora, peor, un viejo mutilado sin trabajo.

—Viejos son los caminos... —dijo Vademécum.

—Tampoco es que sea usted un anciano de darle mogo con cuchara, inspector —dijo Lord Dixon—. Perdón por la demora, pero con tanta reja que tiene esta casa me costó entrar.

—Y eso de pensar más de la cuenta en ella es un asunto nada más de mi parte —dijo el inspector Morales—. Estoy seguro que esa muchacha no pasa las horas dedicada a pensar en mí.

—Amor platónico —dijo Vademécum—. Nada en dos platos, eso es lo que amor platónico quiere decir. Lo que tiene que hacer es exponerle sus sentimientos.

—¿Está loco, doctor? —se atrevió a reír el inspector Morales—. Vivimos en planetas diferentes, ella en Júpiter y yo en Plutón, que ya ni siquiera es planeta.

—Yo por eso a mis queridas las busco entre la clase proletaria —dijo Vademécum—; así no enfrento esa clase de dificultades. O dificultades de clase.

—Además, ella lejos, en Miami, y seguramente ya nunca va a regresar —dijo el inspector Morales.

—Tal vez Agnelli le presta su avión privado para ir a verla —dijo Lord Dixon.

—Para eso se inventaron los teléfonos, no tenga miedo de llamarla —dijo Vademécum—. ¿Un guerrillero con miedo? No puedo creerlo.

—Por Skype es mejor —dijo Lord Dixon—. Así los enamorados se ven las caras.

—Hay miedos de miedos —dijo el inspector Morales—. Y el peor es el miedo al ridículo.

—Fíjese bien, mi estimado —dijo Vademécum—. Esa niña está en una situación vulnerable, y lo que necesita es un protector.

—Un nuevo padre adoptivo para sustituir a Soto —sonrió con tristeza el inspector Morales.

Cuánto querría en ese momento ya no un trago triple, sino la botella entera de Flor de Caña Gran Reserva siete años.

—No se compare con Soto que eso es indigno —lo reprendió Vademécum.

—Usted no es ningún violador, camarada, sino un casto enamorado desbordante de sinceridad —dijo Lord Dixon.

—No me estoy comparando, faltaba más —dijo el inspector Morales—. Pero no me gusta ese papel pendejo de protector que usted me asigna.

La campanilla volvió a sonar, y Vademécum, imaginando que podría ser otra vez la Fanny, se acercó sin urgencia a la computadora.

—¡Murió! —exclamó jubiloso—. ¡La viuda murió por fin! ¡Me lo comunica el abogado!

—Y ahora le pide el envío de otra transferencia para sufragar los funerales, porque aún no se puede tocar la cuenta bancaria de la fallecida —dijo el inspector Morales.

—¿Cómo lo sabe? —preguntó Vademécum, demudado—. ¡Me están solicitando cinco mil dólares más para el certificado de defunción, la preparación del cadáver, el pago del ataúd y los derechos de enterramiento!

—Ahí tiene —dijo el inspector Morales—. Les manda la plata, y la siguiente vez, cuando les escriba reclamándoles, le devuelven el correo porque la dirección es inválida. Inventan esas direcciones y las anulan cuando la estafa ya fue completada.

Entró Bob Esponja al corredor, con todo y bicicleta, orgulloso del deber cumplido. Traía la bolsa de manila metida bajo la camisa. Había terminado a tiempo su misión, porque a los pocos minutos los agentes de Tongolele entraron en el shopping center a catear la agencia de detectives y arrasar la peluquería. El busto de yeso de Rubén Darío, partido en dos, yacía tirado en el corredor en medio de un revoltijo de pelucas. Pero la oficina de El Duende Eficaz la habían dejado tranquila.

Antes, como se le había pedido, pasó por el Tabernáculo previniendo a doña Sofía.

El inspector Morales, tras recibir la bolsa, sacó el sobre bancario que contenía los cinco mil dólares de adelanto de honorarios y se lo alcanzó a Vademécum, que seguía sentado frente a la computadora, fijos los ojos en la pantalla como si se hallara hipnotizado.

—Aquí tiene, doctor —le dijo—. Si es su gusto, haga mañana mismo la transferencia.

Vademécum se despegó de la pantalla y lo miró abatido.

—Gracias por su generosidad, pero guarde su dinero para una mejor causa —respondió.

El inspector Morales se colocó a sus espaldas y vio que había abierto el artículo de Wikipedia donde se enlistaban los casos típicos de estafa cometidos por «la banda nigeriana» que operaba desde Lagos. Entre los más comunes estaba el de la viuda rica desahuciada en busca de un alma caritativa para heredarle su fortuna.

—Pues ahora va a necesitar este dinero más que nunca —dijo el inspector Morales, y puso el sobre en la mesa.

—No hiera más con su bondadoso gesto la dignidad de un hombre avergonzado de sí mismo —dijo Vademécum, devolviéndole el sobre.

—No es usted el único, doctor —dijo el inspector Morales—. Hay todo un rosario de víctimas alrededor del mundo.

—Triste consuelo contarme entre el número de los imbéciles, yo, que me he creído la mamá de Tarzán, y resulta que no soy sino un niño de biberón —dijo Vademécum.

—Siéntese, que quiero seguir confiándole mis penas de amor —le dijo el inspector Morales buscando distraerlo.

—Cuéntele sus cuitas al viento, que mi cabeza no está para consejos sentimentales —dijo Vademécum—. Y ahora me perdona, pero me urge salir. Arriba está listo su cuarto. Prenda el abanico si siente que hace mucho calor.

El inspector Morales se alarmó.

—No se vaya a meter al Faraón, que allí lo terminan de desplumar —le dijo.

—Descuide, tengo un asunto urgente que arreglar en mi oficina —dijo Vademécum—. Ya oyó que el cateo nada tiene que ver conmigo.

Llamó a Bob Esponja para que le abriera el portón del garaje, y al poco rato el ruido del motor de la pick-up llenó toda la casa. Luego se oyó cómo se alejaba.

Cuando Bob Esponja apareció de nuevo en el corredor, se acercó apurado al inspector Morales.

—Nada tiene que hacer a estas horas en la oficina, y mejor voy a ver —le dijo, tras la angustia inicial de su asfixia con las palabras.

—Hacés muy bien —le dijo el inspector Morales—. ¿Querés que te dé dinero para que te vayás en taxi?

—En la bicicleta llego más rápido —dijo Bob Esponja.

—Apenas volvás, no importa que me hallés dormido, quiero saber lo que pasó —dijo el inspector Morales.

Se quedó solo en su encierro, y como una fiera pacífica enjaulada dio un paseo de ida y vuelta por el corredor, entró al consultorio, revisó los antiguos libros de ginecología y obstetricia en el anaquel, no pocos de ellos en francés, y las revistas manoseadas de hacía años en la sala de espera donde Bob Esponja había abierto ya la tijera de lona en que dormía. No tenía ánimo de subir las escaleras en busca del cuarto, ni tampoco sueño.

Sacó del bolsillo el pedacito de papel donde Marcela había anotado su mail y el número de teléfono, y se quedó meditando. A estas horas ya estaría en Miami, pero pensó que llamarla así porque sí sería una imprudencia demasiado atrevida.

—Las imprudencias son parte de la naturaleza del amor —le dijo Lord Dixon—. No se detenga en menudencias.

Fue a la computadora y con un toque de la tecla de barra despertó la pantalla. Doña Sofía le había creado hacía tiempo una cuenta en Yahoo que casi nunca usaba, inundada desde el primer momento de basura comercial. La abrió con su password, Artemio, y copiando del papelito puso la dirección electrónica de Marcela en la cabecera del mensaje. En la línea de asunto escribió: SALUDOS. Luego se quedó acobardado, las manos lejos de las teclas, como si al acercarlas la anciana computadora fuera a tomar fuego.

—Ármese de valor, camarada —dijo Lord Dixon—. Pero ni se le ocurra utilizar el estilo encendido de doña Fanny.

Al fin se decidió, escribiendo cada letra con tiento, como si subiera una escalera empinada ayudado de su bastón:

Estimada Marcela:

Espero que llegó bien a su destino y le deseo todo lo mejor. Fue un gusto colaborar con usted.

Con todo aprecio,

Dolores Morales.

—Vaya parquedad —dijo Lord Dixon—; le aconsejé prudencia en las palabras, pero no a ese extremo.

Le dio send, y como si huyera de algún acontecimiento grave provocado por él mismo, cuyas consecuencias no quería presenciar, se alejó hasta el extremo del corredor vecino al garaje. Entonces, la campanilla de iglesia estalló en sus oídos.

Se acercó, cauteloso, y abrió el mensaje:

Apenas estoy llegando al hotel, mil gracias de nuevo por todo, usted ha sido mi ángel guardián. Lo quiero mucho.

—Lo ha enviado desde su iPhone —dijo Lord Dixon—. Debe estar ya en la cama, así que es el mejor momento. No desperdicie esta oportunidad de oro.

El inspector Morales volvió a escribir:

He estado despierto hasta esta hora ansiando saber que ya estaba a salvo, lejos de toda amenaza. Yo también la quiero, no sabe cuánto.

Ahora la respuesta tardaba en llegar, pero al fin sonó otra vez la campanilla:

Gracias por su cariño. Se lo dije a Tommy cuando salíamos del aeropuerto adonde fue a esperarme, que después de llegar a conocerlo bien encontré en usted un verdadero protector, algo así como el padre que me hacía falta. Tommy es un amigo de tiempos de la universidad, muy buena gente, y ahora trabaja aquí en Miami como consultor financiero. ¿Puedo hacerle una confesión? Fue mi enamorado, y lo sigue siendo, pero por causa de lo que me estaba pasando yo veía un noviazgo con él como algo absurdo. Fuimos a cenar, se lo conté todo y, muy comprensivo, se mostró dispuesto a apoyarme. A lo mejor, con el tiempo, quién sabe, llegamos a construir una relación. Digamos, por el momento, que se trata de un «amigo sin derechos». La que me preocupa es mi mamá, pero no quiero seguirlo abrumando con mis penas después de todo lo que ha hecho por mí. Que pase buenas noches.

—Vaya pues, en eso de padre adoptivo Vademécum ha sido todo un profeta —dijo Lord Dixon.

El inspector Morales borró todos los mensajes, oprimiendo cada vez el ratón como si empujara las palabras hacia un despeñadero. Luego apagó la computadora, que antes de darse por vencida emitió ruidos de agonía.

—Soy un pendejo esférico, pendejo por donde se me vea —dijo levantándose de la silla rematada por el águila rampante.

—Se dejó llevar por la imprudencia, madre de dificultades y sinsabores —dijo Lord Dixon.

—¿Y vos mismo no me estabas incitando hace un momento a escribirle? —contestó airado el inspector Morales—. Tirás la piedra y escondés la mano.

—Si un día Marcela publica un libro contando su caso, que es probable porque a los gringos puritanos les encanta la literatura pecaminosa, a lo mejor ese intercambio de mensajes va a salir expuesto en sus páginas —dijo Lord Dixon.

—¿Vos creés? —preguntó el inspector Morales, asustado.

—Hasta una película pueden hacer —respondió Lord Dixon—. Y nada extraño sería que busquen contratarlo a usted para que represente su propio papel.

—Andá comé mil veces mierda —dijo el inspector Morales.

—Me parece que a lo largo de esta novela esa palabra desagradable ha sido mencionada ya demasiadas veces —dijo Lord Dixon.

El cascabeleo de la cadena de la bicicleta de Bob Esponja anunció su aparición. Su cara no presagiaba buenas noticias. Sin soltar los manubrios hizo varios intentos para sacarse las palabras, y por fin salió victorioso del trance.

—Abrió el candado de la jaula —dijo.

—¿Cuál jaula? —preguntó el inspector Morales.

—Era un símbolo de su abstinencia —dijo Lord Dixon.

—Donde estaba encerrada la botella de Old Parr —contestó Bob Esponja—. Doña Sofía tiene la llave, pero él usó una ganzúa.

—Ahora se muere de cirrosis —dijo Lord Dixon.

—¿Y se bebió toda la botella? —preguntó el inspector Morales.

—No quedó ni una gota —respondió Bob Esponja—. Y llamándome hijo bienamado me abrazó llorando y me mandó a comprar más licor.

—¿Y hallaste whisky a estas horas? —preguntó el inspector Morales.

—Tres botellas de ron Caballito fue lo que le compré —contestó Bob Esponja.

—Suficiente munición hasta que amanezca —dijo Lord Dixon.

—¿Y lo dejaste solo, bebiendo encerrado? —preguntó el inspector Morales.

—Usted me pidió que viniera a informarle —contestó Bob Esponja—. Ya me regreso donde él antes que coja camino.

—¿De dónde va a sacar para andar bebiendo en las cantinas si los nigerianos lo dejaron en la calle? —preguntó el inspector Morales.

—Abrió la caja fuerte y sacó lo que tenía —dijo Bob Esponja—. Son apenas tres mil córdobas. Y el reloj de oro que le ganó anoche al chino con los naipes.

—Tres mil córdobas no le aguantan ni para dos días —dijo el inspector Morales—. Y ese reloj seguro es falso.

—Un reloj de hojalata —dijo Lord Dixon—. Pronto andará pidiendo el trago, durmiendo en las aceras y cagándose y orinándose en los pantalones.

—Hay que avisarle a la reverenda —dijo el inspector Morales.

—Ni ella puede nada, ya ha pasado otras veces, y sólo la insulta con las peores groserías —dijo Bob Esponja.

—¿Y ahora qué hago en este encierro? —dijo el inspector Morales, mirando a todos lados.

—Aquí se está mejor que en una celda de El Chipote —dijo Lord Dixon—. Eso téngalo por seguro.

Epílogo
Viernes, 3 de septiembre

La noche se espesa
y hacia el bosque tenebroso vuela el cuervo...

WILLIAM SHAKESPEARE,
Macbeth, acto III, escena 2

Ya nadie llora por mí

El inspector Dolores Morales fue capturado la mañana del viernes 3 de septiembre por agentes vestidos de civil que seguían sus pasos, minutos después de haber depositado en una de las alcancías de la Comisión Nicaragüense de Ayuda al Niño con Cáncer (CONANCA), ubicadas en los corredores de Metrocentro, los dos sobres bancarios que le había entregado Miguel Soto a cuenta de las pesquisas para dar con el paradero de Marcela, íntegra la suma correspondiente a los honorarios, y descontadas de los gastos operativos las cantidades que fue de rigor utilizar.

Doña Sofía había empezado a frecuentar la casa enrejada para auxiliar a su jefe con las compras, cocinarle algo, asearle el dormitorio y, sobre todo, hacerle compañía en su encierro, ambos forzados al ocio y por tanto tentados a pláticas triviales y a distracciones que en otras circunstancias ella hubiera considerado detestables, como las partidas de desmoche, versada bien pronto en las mañas del juego. Del paradero de Vademécum no se había vuelto a saber más, y aun Bob Esponja llegó a perderlo de vista.

Pero, pasados los días, el inspector Morales, cada vez más hastiado de su vida de recluso, había decidido salir, pese a la obstinada oposición de doña Sofía, bajo el urgente pretexto de que el dinero de Soto le quemaba las manos y ya sabía dónde deshacerse de él. En una ocasión le tocó seguir a la esposa del flautista de El Flaco Esqueleto hasta el food court de Metrocentro, donde la esperaba su amante para almorzar; y tras fotografiarlos juntos, ya de salida, se fijó en las alcancías, esa vez custodiadas por niños enfermos de leucemia con las cabezas rapadas, pacientes del hospital La Mascota, porque era el Día Internacional del Cáncer Infantil.

Se había confiado, señal de mengua en las habilidades propias del oficio, según el juicio de Lord Dixon, calculando que Tongolele tenía asuntos más importantes entre manos que perseguirlo a él. Pero se equivocaba. Sus agentes seguían bajo órdenes estrictas de mantener la vigilancia sobre los puntos de interés marcados por él mismo en un plano de Managua, entre ellos el Tabernáculo; el encargado de la posta en ese sitio vio salir a doña Sofía, y la siguió a bordo de su motocicleta hasta la casa enrejada del barrio Monseñor Lezcano, sin dejarse confundir, porque ella, cumpliendo su código de medidas de seguridad, cambiaba arbitrariamente de líneas de buses.

Todo fue entonces asunto de enviar a un grupo de sus agentes bajo el disfraz de una brigada sanitaria que entró en la casa pretextando fumigar criaderos de mosquitos, y una vez hecha la comprobación de que aquél era el refugio del inspector Morales, decidió esperar a capturarlo y esposarlo en la vía pública. No se iba a pasar encerrado toda la eternidad, y quería jugar un rato con él.

Doña Sofía había accedido por fin, bajo la condición de acompañarlo a distancia, y así salieron, el uno tras del otro. Tomaron taxis distintos frente al hospital Salud Integral, y ya en Metrocentro se mantuvo igualmente alejada de él. Ambos aparentaban distraerse contemplando vitrinas, hasta no llegar el inspector Morales a la primera alcancía a mano, situada en la puerta de Hush Puppies, al lado de un exhibidor de zapatos en oferta.

Al ver que lo rodeaban doña Sofía corrió a socorrerlo, pero uno de los agentes la agarró firmemente por la muñeca, apartándola de tal modo que fue a chocar contra uno de los exhibidores y los zapatos se desparramaron por el suelo.

Ante la expectación muda de la gente que transitaba por el corredor le arrebataron el bastón, lo cachearon para quitarle el revólver, luego todo lo que llevaba en los bolsillos, y tras ponerle las esposas se lo llevaron para meterlo en un Hyundai color marfil sin placas detenido con el motor en marcha frente a la entrada este del mall.

Entonces el teniente Fajardo, de camiseta a rayas y pantalones navy se acercó a doña Sofía.

—No es con usted la cosa, madre, quédese tranquila —le dijo—; además, sólo queremos chequear si su licencia de investigador privado está en regla.

Doña Sofía lo midió con la vista, y midió el tamaño de su mentira. Era un jovencito de aire resuelto, y una chispa burlona bailaba en sus ojos de un amarillo claro, como de gato.

—¿Y por qué lo esposaron? —protestó—. Eso es una afrenta para un combatiente guerrillero.

—Conocemos su historial, y la revolución se lo agradece —sonrió el teniente Fajardo—; pero las esposas son un asunto del reglamento que yo no puedo pasar por alto.

—¿Y yo? ¿Usted sabe quién soy yo? —reclamó doña Sofía, buscando salir de entre los zapatos desparramados sin pisarlos—. La madre de un mártir.

—En nombre de mis superiores le presento excusas por el maltrato involuntario —dijo el teniente Fajardo—. Váyase para su casa, o quédese paseando por aquí, como quiera. No hay nada contra usted.

Le hizo el remedo de un saludo militar y se dirigió a la salida para abordar un segundo Hyundai, también color marfil, situado detrás del otro donde habían introducido al inspector Morales, y los dos vehículos arrancaron al mismo tiempo.

Doña Sofía se quedó en el corredor, sin saber qué hacer, mientras la muchacha dependienta de Hush Puppies que había salido a recoger los zapatos la miraba con cierto aire de reproche.

Por fin decidió coger un taxi para dirigirse al Tabernáculo, y al llegar se encontró a los comensales alborotados en la acera frente al portón abierto, y junto a ellos las cocineras, como si acabara de ocurrir un temblor. A la reverenda

Úrsula se la había llevado una patrulla de agentes mujeres de Migración para el aeropuerto, le informó Brígida; la iban a sacar deportada para los Estados Unidos con lo que llevaba puesto, porque no le permitieron alistar valija.

La Popis, la mirada perdida, berreaba de pronto y luego se calmaba, consolada por la Maléfica, que la abrazaba sin dejar de lanzar insultos contra Magic Johnson: el muy cochón había salido corriendo al ver la escuadra de robocops que llegó a apoyar a las migrañas por si acaso los comensales se furioseaban, pero fue caso único el de aquel cagonazo, ninguno de los demás se achumicó ni nada parecido, y despidieron a la reverenda dándole un aplauso mientras la llevaban hasta el microbús estacionado al lado del basural, una migraña a cada lado de la anciana agarrándola de los brazos y una fundillona que abría paso por delante, de la que ahora se burlaba la Maléfica, parecía que las costuras del uniforme iban a romperse por detrás y le iba a quedar el nalgatorio pelado.

Doña Sofía se sintió de pronto invadida por un desgano fatal, como si su única ambición en el mundo fuera encontrar una cama, apagar la luz y quedarse dormida en la oscuridad.

Y la moral se le habría ido aún más por los suelos de haber sabido que Ovidio y Apolonio, espantados ante la noticia de los destrozos y el saqueo del RD Beauty Parlor, y temiendo que en cualquier momento fueran a buscarlos a la casa de la Hermelinda, habían cruzado la frontera de Costa Rica esa misma madrugada, como parte de una tropa de emigrantes clandestinos tras haber entrado en tratos con una banda de coyotes.

Decidió entonces, como último recurso, ir en busca de la doctora Núñez a informarle personalmente de todo lo ocurrido, al menos una denuncia pública podía hacer el CENIDH. Pero cuando echó mano del carriel donde guardaba el suelto de monedas y billetes, comprobó que no le quedaba ni para el pasaje en bus, así que se vio en la sin remedio de hacer a pie el trayecto desde el Oriental hasta el barrio El Carmen. Una hora por lo menos de recorrido bajo el sol despiadado. Contuvo las lágrimas, y empezó a caminar calle abajo por la 15 de Septiembre.

Entre tanto, los dos Hyundai no se habían dirigido hacia las alturas de la loma de Tiscapa en busca del portón de El Chipote, como el inspector Morales suponía, sino que siguieron por la carretera a Masaya hasta la rotonda de la Centroamérica, y tras dejar atrás los predios del colegio La Salle tomaron la pista suburbana.

Ya casi para alcanzar la intersección de la carretera Sur entraron al desvío que conducía al edificio revestido de placas de cristal verde botella. El portón se descorrió, y se dirigieron a la rampa de acceso al estacionamiento del sótano.

El elevador privado esperaba con las puertas abiertas. Metieron al inspector Morales, ahora bajo la sola custodia del teniente Fajardo, y tras un rápido ascenso llegaron a la pecera de luces mortecinas. La secretaria de los lentes en forma de alas de mariposa, que revisaba unos papeles marcador en mano, alzó apenas la cabeza para verlos pasar camino al despacho de Soto.

En el umbral aguardaba Tongolele luciendo el uniforme de comisionado general. El teniente Fajardo se cuadró, y solicitó permiso para retirarse. Entonces Tongolele invitó a pasar al inspector Morales con un gesto que simulaba una ligera reverencia.

Cuando la puerta de roble se cerró a sus espaldas, el inspector Morales sintió que se abalanzaban sobre él para darle un puñetazo que resultó fallido porque pudo esquivarlo. En el impulso, esposado como estaba, estuvo a punto de caer al suelo, pero el propio Tongolele lo retuvo. Enfrente de él descubrió a Manuelito, de gris y lentes oscuros, otra vez como el agente Smith, amagando con agredirlo de nuevo.

—Contenga a su sobrino, ingeniero —dijo Tongolele—, que se deje de pantomimas.

Hasta entonces reparó el inspector Morales en Soto, sentado al otro lado de su escritorio de marquetería, vestido de traje traslapado, la corbata a rayas anudada de manera impecable, y a sus espaldas el ojo de pupila cobriza, abierto como en asombro. Uno de aquellos ojos que ya conocía.

—Manuelito, hay que conservar la calma, nada se gana siendo violento —dijo con voz apacible.

Disgustado, el agente Smith fue a sentarse al sofá.

—Aquí lo tiene —dijo Tongolele—. Sólo quería que se despidiera de usted.

Soto permaneció imperturbable, las manos rudas, aunque de uñas bien pulidas, abiertas sobre el escritorio.

—Todos esos inventos para ponerme como un violador delante de la gente de nada te han servido —dijo.

—Un total fracaso —se rio Tongolele—. Una patraña que nadie en sus cinco sentidos ha tomado en serio.

—Cuéntele, tío, para que le duela, que la Federación de Cámaras Empresariales Centroamericanas lo acaba de nombrar empresario del año —dijo Manuelito.

—No pienso tomar ninguna acción judicial contra vos por difamación y daño moral —agregó Soto—. No ganaría nada. Y me dice el comisionado que echaste los sobres con el dinero que te había adelantado en una alcancía de CONANCA. Te felicito por eso.

—Una agencia de detectives que funciona sin licencia, invasión de la privacidad de las personas según las fotos y los chips hallados en el cielo raso durante el cateo de tu oficina, portación ilegal de armas de fuego —dijo Tongolele—. Todo eso podría costarte de cinco a seis años de cárcel, pero tampoco vamos a proceder.

—Entonces soltame las esposas, que me están chimando —dijo el inspector Morales.

—Habla, tiene lengua —dijo burlonamente Manuelito desde el sofá.

—Es que vas a hacer un viaje, algo que más bien parece un premio, pero esposado —dijo Tongolele.

—Yo también tengo un viaje a Houston y ya estoy atrasado. Nos vamos, Manuel —dijo Soto, y su sobrino se apresuró a seguirlo hacia la escalera de acceso a la terraza donde aguardaba el helicóptero.

—Por mi parte, aquí me despido —dijo Tongolele—. La verdad es que todo lo que se escribe sobre vos son puras exageraciones.

—En tu caso, nada de exageraciones —dijo el inspector Morales—. Atractivo el mechón, pero lo que es tu cara, es igual a como me la pintaron.

—Eso se soluciona en la cama cuando apago la luz, no te preocupés por mí —dijo Tongolele—. Las mujeres no me ven, y gozan igual.

—¿Puedo saber adónde me llevan? —preguntó el inspector Morales.

—Eso lo vas a averiguar cuando llegués allá —respondió Tongolele—. La revolución es a veces muy alcahueta con gente como vos. Si fuera por mí, te metería en chirona para que escarmentés de verdad.

—Arriba los ricos del mundo, a la mierda los esclavos sin pan... —dijo el inspector Morales extendiendo la mirada por la oficina—. Bonita tu revolución.

Tongolele iba a responder, pero el zumbido agudo de las aspas del helicóptero que se ponían en marcha invadió el despacho.

—Eso de los aliados que escoge la revolución no te toca juzgarlo ni a vos ni a mí —dijo cuando el helicóptero se alejaba ya.

—No lo juzgo yo, sino esta pata de fierro que piensa por sí misma —dijo el inspector Morales.

—Ya decía yo que bastante tardabas en sacarme que sos guerrillero herido en combate —dijo Tongolele calzándose la gorra adornada con los laureles de comisionado general—. Pero qué le vamos a hacer, en este banquete sobran comensales, y no es mi culpa ni es la tuya.

—Y vos recogés las sobras —dijo el inspector Morales.

—Entiendo tu arrechura, perdiste, y se acabó —dijo Tongolele—. Y para que veás que no te quiero mal, ya ordené que te devuelvan tu bastón. Y te dejo también el celular, que de algo te servirá en tu nuevo domicilio, y tu cédula de identidad.

Salió, empujando la puerta de roble, que no tardó en volver a abrirse para dar paso a una escuadra de custodios vistiendo uniformes reglamentarios de la Policía Nacional y armados de fusiles Aka plegables, al mando de un sargento.

Ahora la secretaria ni siquiera alzó la vista cuando el prisionero era llevado hacia el ascensor. En el estacionamiento subterráneo lo montaron en la tina de una camioneta donde lo esperaban, esposados también, Rambo, lleno de alegría al verlo, y el Rey de los Zopilotes, cuyo ojo bizco se había quedado fijo, mirando hacia el cielo.

—Por nada me ahogan en la pileta, pero nunca solté prenda, jefe —le dijo Rambo en un susurro.

La camioneta tomó en dirección a la carretera Norte, y Hermógenes les informó, como si hablara desde el rescoldo de su autoridad perdida, que el destino de los tres era el paso fronterizo de Las Manos. Iban deportados para Honduras.

Fue la última vez que abrió la boca, pues el resto del viaje se hundió en un desconsolado mutismo. No quería quizás seguir enseñando su boca desdentada, de la que habían desaparecido varias piezas de oro, prueba de la severidad del interrogatorio sobre sus manejos de contrabando. Cuantas veces pidió a los custodios una parada porque necesitaba orinar, lo hizo por medio de gestos, ocasiones aprovechadas por los otros dos prisioneros para el mismo menester, difícil de cumplir debido a sus manos esposadas.

Pasada la ciudad de Ocotal, acercándose ya a la frontera, la carretera ascendía entre lomas antes tupidas de pinares y ahora desnudas, enseñando algunos pocos vástagos que pugnaban por afianzarse en el terreno arenoso. Los delgados árboles serruchados por las motosierras yacían desperdigados en las pendientes donde quedaban los muñones de los troncos, en espera de ser arrancados de raíz para extraer la resina. En las colinas lejanas, perdidas en la bruma del atardecer, los pinos habían triunfado en regenerarse y el viento frío llevaba su fragancia hasta la tina de la camioneta.

En la cumbre de uno de aquellos cerros pelados se alzaba un árbol metálico rojo fucsia, y una cuadrilla de operarios izaba otro amarillo canario con el auxilio de una grúa, mientras en el suelo esperaban dos más para ser atornillados en sus bases de concreto, uno verde esmeralda, el otro violeta genciana. Pronto habría allí un bosque de árboles de la vida, sus ramas encrespadas indiferentes al viento.

Las filas de furgones de carga estacionados en el borde de la carretera a lo largo de varios kilómetros anunciaban la proximidad del puesto fronterizo instalado en una garganta de la cordillera de Dipilto, las alturas de las crestas pedregosas erizadas de antenas a ambos lados.

Cuando llegaron a Las Manos, el jefe del destacamento de Migración condujo a los tres prisioneros hasta la aguja que marcaba la guardarraya, entre el nutrido ir y venir de viajeros de a pie y vendedores ambulantes, agentes de Aduana y gestores de trámites, y una vez libres de las esposas, que él mismo les quitó, los hizo pasar al otro lado, donde los entregó a un capitán del Ejército de Honduras, un mulato fornido de ojos achinados.

El capitán los llevó a una covacha del cuartel donde les hizo un interrogatorio rutinario, sentado frente a una máquina de escribir de esas de largo carro para hojas de contabilidad, en la que tecleaba las respuestas con el índice de la mano izquierda, mientras en la otra sostenía un cigarrillo Imperial que iba consumiéndose solo, porque olvidaba llevárselo a los labios.

El inspector Morales iba a ser interrogado de último, y mientras aguardaba se distraía mirando un pequeño televisor, sintonizado en el Canal 8 de Nicaragua, que descansaba sobre una peña en la pared. La señal era mala, pero cuando el locutor del noticiero vespertino anunció la presentación de un video exclusivo, no le costó distinguir a los personajes que aparecieron en la pantalla. Soto y su esposa. Él, de pantalones blancos y un saco blazer de botones metálicos, estilo capitán de marina; doña Ángela cargando siempre su cartera, como si fuera a salir de compras, y al cuello un foulard de seda estampada.

Era la misma sala donde ella había posado para *¡Hola!* Se hallaban sentados en el sofá de guarniciones doradas, tapizado de rojo carmesí, y a sus pies yacía el mismo perro pastor de porcelana de tamaño natural. Los escenógrafos, dirigidos a lo mejor por Mónica Maritano, restablecida en sus funciones de relacionista pública, habían agregado a aquel set de perfecta armonía hogareña un manojo de heliconias con sus crestas rojas de bordes amarillos, colocado de manera sobresaliente a la izquierda del encuadre en uno de los jarrones chinos.

Doña Ángela empezó a hablar, cada palabra pronunciada cuidadosamente mientras Soto asentía, los dos mostrándose compungidos. Le pedía a Marcela, en nombre propio y de su esposo, que volviera al hogar. Como madre sabía que la habían manipulado, que había sido víctima de maniobras vergonzosas que pretendían manchar el buen nombre de su marido, pero eso debía quedar enterrado en el pasado. Regresa, hija mía, éste es tu hogar, nosotros somos tus padres, dijo doña Ángela para cerrar su mensaje, mientras la cámara se acercaba en close up a su rostro maquillado, que tan de cerca parecía resquebrajarse, y dejaba advertir su cabello rubio marchito.

El capitán llamó en ese momento al inspector Morales, le hizo unas cuantas preguntas de cajón, y finalmente notificó a los tres que estaban libres. Podían circular sin trabas por el territorio hondureño portando sus cédulas de identidad. El gobierno constitucional de la república les garantizaba el asilo, siempre que no se inmiscuyeran en ninguna actividad delictiva o de carácter político.

Afuera se cernía una lenta garúa mientras las luces se encendían veladas por la neblina, y la actividad del puesto fronterizo iba amainando a ambos lados de la aguja. A Hermógenes lo esperaba un gordo barrigón con aspecto de ganadero próspero, de sombrero tejano, cinturón ancho, botas vaqueras y camisa a cuadros. Se abrazaron, y luego subieron al vehículo del barrigón, un todoterreno plateado.

—El compañero Hermógenes debe haber traspuesto unos cuantos realitos para no perecer de necesidad llegado el caso —dijo Rambo, estremecido de frío—. Ése será su socio aquí en Honduras.

—Deben ir para Tegucigalpa —dijo el inspector Morales señalando con el bastón el vehículo que se perdía en una curva—. Ni siquiera nos preguntó si necesitábamos ride.

—¿Ride para qué? —dijo Rambo—. ¿Usted tiene algún conocido en Tegucigalpa, jefe?

—No conozco alma nacida allí —dijo el inspector Morales.

—Entonces le recomiendo que caminemos hasta El Paraíso, que no está tan lejos, buscamos dónde dormir, y mañana amanecemos viendo qué chamba nos hallamos —dijo Rambo—. Mientras seguimos viaje.

—¿Viaje para dónde? —preguntó el inspector Morales.

—Para los Yunais, jefe, como mojados —dijo Rambo—; lo primero es llegar a Guatemala y cruzar el río Suchiate.

—¿A nado? —preguntó el inspector Morales.

—Hay baqueanos que lo pasan a uno caminando por las partes más secas —contestó Rambo—. Después atravesamos México en ese tren que he visto en la tele, que le dicen *La Bestia*.

—Muertos de risa, en primera clase —dijo el inspector Morales.

—No tanto, jefe, uno va en el techo de los vagones y hay señoras caritativas que desde abajo te tiran paquetes de comida —dijo Rambo—. Así no perece uno de hambre.

—Si serás caballo, Serafín —dijo el inspector Morales—. Para que nos almuercen vivos los Zetas en el camino.

En eso, el celular que cargaba en la bolsa delantera del pantalón sonó con el repique de los teléfonos antiguos. La Fanny le instalaba los tonos a su capricho, como cuando estaba activo en Antidrogas y le había puesto la musiquita navideña de *Jingle Bells,* con su cadencia de trineo en marcha.

Era doña Sofía, empeñada en disfrazar la voz.

—De los Derechos Humanos de doña Vilma preguntaron a relaciones públicas de la Policía y contestaron que lo habían puesto libre —dijo—. ¿Dónde se encuentra?

—Me expulsaron para Honduras —contestó el inspector Morales—. Y hábleme correctamente, que nada ganamos a estas alturas con fingimientos.

—Qué barbaridad, qué abuso más grande, en qué tiempos estamos —se encrespó doña Sofía.

—Apúrese en decirme lo que me tiene que decir, que la oigo mal y se nos va a ir la comunicación —dijo el inspector Morales.

—Es porque la antena de Nicaragua aquí ya casi no agarra nada —dijo Rambo.

—Es la Fanny, la ingresaron al hospital Salud Integral —dijo doña Sofía.

—¿Qué le pasó? —preguntó alarmado el inspector Morales alejándose de Rambo—. ¿Un accidente de carro?

—Le tomaron unas placas —respondió doña Sofía—. La enfermedad se le cruzó a un pulmón.

—¿Y los doctores qué dicen? —preguntó el inspector Morales, más alarmado aún, pegándose el teléfono al oído.

—Que tal vez se le regó también en los huesos —tardó en responder doña Sofía—. Pero eso no se sabrá hasta mañana, cuando la metan en ese tubo de la resonancia magnética.

En efecto, el celular se quedó mudo, y ya no oyó más.

—Por su cara noto que le han dado malas novedades, jefe —dijo Rambo, acercándose.

—Tengo que volverme a Nicaragua —dijo el inspector Morales mirando el celular muerto en su mano.

—¿Cuándo es el viaje? —preguntó Rambo.

—Apenas empiece a clarear, para poder ver por cuál vereda me meto —contestó el inspector Morales.

—Yo me voy con usted de regreso, faltaba más —dijo Rambo.

—Siempre has sido un irresponsable de marca mayor, Serafín —dijo el inspector Morales, mirándolo con gratitud.

—El comal le dice a la olla —se rio Rambo.

—Veamos cómo descansamos un rato entonces, aunque sea apoyando el lomo en las ruedas de uno de esos furgones —dijo el inspector Morales.

—Si se devuelve es por una mujer, no hay de otra —dijo Rambo mientras caminaban hacia un patio de estacionamiento donde los choferes se acomodaban en hamacas colgadas debajo de los contenedores para pasar la noche.

—Tenés toda la razón —dijo el inspector Morales—. Me devuelvo por eso, por una mujer.

—¿No será por la flaquita, jefe? —preguntó Rambo.

—Ésa se fue para Miami —suspiró el inspector Morales mientras se sentaba en el suelo para recostarse en la llanta—. Fueron ilusiones vanas.

—La verdad es que mejor que ni la haya tocado —dijo Rambo, sentándose también—; tiene los huesitos de pollo y en un arrebato quién quita y la quiebra todita.

—Vaya consejero sentimental el que se gasta, camarada —dijo Lord Dixon.

—Sólo pensás en lo mórbido, Serafín —dijo el inspector Morales.

—No sé qué es eso de mórbido, jefe —dijo Rambo—; pero suena a algo rico. Y yo con el hambre que me tengo me comería cualquier cosa mórbida.

—Tongolele no va a darle ninguna cordial bienvenida, inspector —dijo Lord Dixon.

—Te advierto que ahora sí nos pueden joder de verdad, Serafín —dijo el inspector Morales.

—Más de lo que me han jodido ya, sólo que me maten —dijo Rambo.

—Vamos a tener que andar del timbo al tambo, escondiéndonos —dijo el inspector Morales.

—Le ofrezco el Mercado Oriental como refugio, ya le he probado que me lo conozco como mis manos —dijo Rambo.

—Ya me veo allí averiguando robos y estafas contra las marchantas —dijo el inspector Morales, y se rio con una risa que se convirtió en un ronquido triste.

—Y también abundan los casos de las mercaderas que se la pegan al marido —dijo Serafín—. Por gordas que sean tienen el chunche alegre.

—Ésta va a ser la primera agencia de detectives clandestina que se ve en el mundo —dijo Lord Dixon.

Managua / Masatepe / Masapa,
enero de 2013-mayo de 2017

Índice

Este libro se terminó
de imprimir en
Móstoles, Madrid,
en el mes de
abril de 2018